BUR

Biblioteca Universale Rizzoli

GUILLAUME MUSSO

L'uomo che credeva di non avere più tempo

BUR

ISBN 978-88-17-02029-9

Titolo originale dell'opera:
Et après...

Traduzione di Fabrizio Ascari

Prima edizione Sonzogno 2005
Prima edizione BUR gennaio 2008

Per Suzy

Prologo

AUTUNNO 1972
ISOLA DI NANTUCKET, MASSACHUSETTS

Il lago si estendeva a est dell'isola, dietro le paludi che bagnavano le piantagioni di mirtilli selvatici. Il tempo era bello.

Dopo alcuni giorni di freddo, la temperatura era tornata mite e la superficie dell'acqua rifletteva i colori sgargianti dell'estate indiana.

"Ehi, vieni a vedere!"

Il ragazzino si avvicinò alla riva e guardò nella direzione indicata dalla sua compagna di giochi. Un grande uccello nuotava in mezzo alle foglie. Il piumaggio immacolato, il becco nero come il carbone e il collo allungato gli conferivano una grazia maestosa.

Un cigno.

Arrivato a pochi metri dai bambini, l'uccello tuffò la testa e il collo nell'acqua. Poi riemerse e lanciò un lungo grido, dolce e melodioso, che contrastava con lo starnazzare dei cigni dal becco giallastro che si trovano nei giardini pubblici.

"Vado ad accarezzarlo!"

La bimba si avvicinò alla riva e tese la mano. Spaventato, l'uccello spiegò le ali con un movimento così brusco che le fece perdere l'equilibrio. Cadde in acqua con un tonfo mentre il cigno spiccava il volo con un battito d'ali affannoso.

Immediatamente la piccola si sentì mozzare il respiro dal freddo, come se una morsa le stringesse il torace. Era una buona nuotatrice per la sua età. A volte al mare le era capitato di nuotare a rana anche per parecchie centinaia di metri.

Ma le acque del lago erano gelide e la sponda difficile da raggiungere. Si dibatté violentemente e poi, quando capì che non sarebbe riuscita a risalire a riva, fu colta dal panico. Si sentiva minuscola, completamente inghiottita da quell'immensità liquida.

Quando vide la sua amica in difficoltà, il ragazzino non ebbe un attimo di esitazione: si tolse le scarpe e si tuffò tutto vestito.

"Attaccati a me, non avere paura!"

Lei si aggrappò e a fatica riuscirono ad avvicinarsi alla terra. Con la testa sott'acqua, lui la sollevò con tutte le sue forze e, grazie al suo aiuto, lei riuscì appena a tirarsi su a riva.

Nel momento in cui stava per arrampicarsi a sua volta, il ragazzino si sentì venir meno, come se due braccia possenti lo trascinassero con forza in fondo al lago. Soffocò, il suo cuore si mise a battere a tutta velocità mentre una pressione spaventosa gli comprimeva il cervello.

Si dibatté fino a sentire che i polmoni gli si riempivano d'acqua. Poi, non potendone più, cedette e sprofondò. I timpani gli esplosero e tutto attorno a lui divenne nero. Avvolto dalle tenebre, capì confusamente che era giunta la fine.

Perché non c'era più niente. Soltanto quel nero freddo e terrificante.

Nero.

Nero.

Poi, all'improvviso...

Una luce.

I

Taluni nascono grandi.
Altri alla grandezza giungon per gradi.
William Shakespeare

9 dicembre, Ai giorni nostri
Manhattan

Come tutte le mattine, Nathan Del Amico fu svegliato da due suonerie simultanee. Programmava sempre due sveglie: una era collegata alla corrente elettrica, l'altra funzionava a pile. Mallory trovava la cosa ridicola.

Dopo aver trangugiato metà scodella di cornflakes, si infilò una tuta e un paio di vecchie Reebok e uscì per il suo footing quotidiano.

Lo specchio dell'ascensore gli rimandò l'immagine di un uomo ancora giovane, con un fisico piacente ma un viso stanco.

Avresti proprio bisogno di una vacanza, Nathan, pensò osservando più da vicino le occhiaie che gli si erano formate durante la notte.

Si tirò su la lampo della giacca fino al collo e poi si mise un paio di guanti imbottiti e un berretto di lana degli Yankees.

Nathan abitava al ventitreesimo piano del San Remo Building, uno dei lussuosi immobili dell'Upper West Side, che dava direttamente su Central Park West. Non appena mise fuori il naso, una nuvoletta di vapore gli uscì dalla bocca. Era ancora buio e i palazzi che costeggiavano la strada cominciavano appena a emergere dalla foschia. Il giorno prima, le previsioni avevano annunciato neve, ma dal cielo non era ancora sceso niente.

Risalì la strada a piccole falcate. Le luci natalizie e le ghirlande di agrifoglio appese ovunque alle porte conferivano al quartiere un'aria di festa. Nathan passò davanti al museo di Storia naturale e, al temine di una corsa di un centinaio di metri, entrò in Central Park.

A quell'ora della giornata, e visto il freddo, il luogo non era molto frequentato. Un vento glaciale proveniente dall'Hudson sferzava la pista da jogging attorno al Reservoir, il lago artificiale che si stende in mezzo al parco.

Anche se non era proprio consigliabile avventurarsi su quella pista prima che fosse completamente spuntato il giorno, Nathan la imboccò senza timore. Correva lì da parecchi anni e non gli era mai capitato niente di brutto. Si impose un ritmo di corsa sostenuto. L'aria era pungente, ma lui non avrebbe rinunciato per nulla al mondo alla sua ora di sport quotidiano.

Dopo tre quarti d'ora di attività fisica, fece una sosta all'altezza di Traverse Road e si dissetò abbondantemente prima di sedersi un po' sul prato.

Lì, pensò agli inverni miti della California e alla costa di San Diego che offriva decine di chilometri di spiagge ideali per correre. Per un attimo si lasciò invadere dalle risate di sua figlia Bonnie.

Gli mancava terribilmente.

Anche il viso di sua moglie Mallory, con quei grandi occhi color oceano, gli balenò nella mente, ma lui si sforzò di non abbandonarsi alla visione.

Smettila di rigirare il coltello nella piaga.

Eppure rimase lì sull'erba, sempre pervaso dal vuoto immenso che aveva provato quando lei se n'era andata. Un vuoto che lo divorava interiormente da parecchi mesi.

Non aveva mai sospettato che il dolore avrebbe potuto assumere quella forma.

Si sentiva solo e infelice. Per un attimo, le lacrime gli scaldarono gli occhi, prima di essere spazzate via dal vento gelido.

Bevve un altro sorso d'acqua. Da quando si era svegliato, avvertiva una strana fitta al petto, che gli rendeva difficoltoso il respiro.

Cominciarono a scendere i primi fiocchi di neve. Allora si alzò e si avviò al San Remo aumentando il ritmo, in modo da poter fare una doccia prima di andare al lavoro.

Nathan sbatté la portiera del taxi. Abito scuro e rasato di fresco, entrò speditamente nella torre di cristallo che ospitava gli uffici dello studio Marble&March all'angolo tra Park Avenue e la 52ª.

Di tutti gli studi legali della città, Marble era quello con il vento in poppa. Aveva più di novecento dipendenti negli Stati Uniti, di cui circa la metà a New York.

Nathan aveva cominciato la sua carriera nella sede di San Diego, dove era diventato molto presto il beniamino della ditta, al punto che Ashley Jordan, il socio principale, aveva proposto la sua candidatura come associato. Allora, lo studio di New York era in pieno sviluppo, così, a trentun anni, Nathan aveva fatto i bagagli per ritornare nella città che lo aveva visto crescere e dove lo attendeva il suo nuovo posto di responsabile aggiunto del reparto fusioni-acquisizioni.

Una carriera eccezionale per la sua età.

Nathan aveva realizzato la sua ambizione: diventare un mago dei profitti, uno degli avvocati più famosi e più giovani del settore. Aveva avuto successo nella vita. Non facendo fruttare il denaro in Borsa o approfittando delle relazioni familiari. No, aveva fatto i soldi con il suo lavoro. Difendendo individui e società, e facendo rispettare le leggi.

Brillante, ricco e orgoglioso di sé.

Così era Nathan Del Amico.

Visto da fuori.

Nathan trascorse l'intera mattinata a incontrare i collaboratori, di cui supervisionava il lavoro, per fare il punto sulle pratiche in corso. Verso mezzogiorno, Abby gli portò un caffè, delle ciambelle al sesamo e del *cream cheese*.

Abby era la sua assistente da parecchi anni. Originaria della California, aveva accettato di seguirlo a New York. Single non ancora sfiorita, si impegnava molto e godeva della piena fiducia di Nathan che non esitava mai ad affidarle compiti di responsabilità.

Bisogna dire che Abby possedeva una capacità di lavoro poco comune che le consentiva di seguire, o addirittura di accelerare, i ritmi imposti dal suo capo, anche a costo di doversi riempire di nascosto di caffeina e succhi di frutta vitaminizzati.

Visto che non c'erano appuntamenti per l'ora seguente, Nathan ne approfittò per allentarsi la cravatta. Decisamente il dolore al petto persisteva. Si massaggiò le tempie e si bagnò il viso con un po' di acqua fredda.

Smettila di pensare a Mallory.

"Nathan?"

Abby era appena rientrata senza bussare come faceva di solito quando erano soli. Fece il punto sul suo programma del pomeriggio e poi aggiunse:

"Un amico di Ashley Jordan ha chiamato in mattinata, voleva un appuntamento urgente. Un certo Garrett Goodrich..."

"Goodrich? Mai sentito nominare."

"Mi è parso di capire che fosse un suo amico d'infanzia, un medico rinomato."

"E che cosa posso fare per questo signore?" chiese Nathan aggrottando le sopracciglia.

"Non lo so, è rimasto sul vago. Ha detto soltanto che, secondo Jordan, lei era il migliore."

Ed è vero: non una sola causa persa in tutta la mia carriera. Non una.

"Cerchi di chiamarmi Ashley, per favore."

"È partito per Baltimora un'ora fa. Sa, la pratica Kyle..."

"Ah, già! È vero... A che ora deve venire Goodrich?"

"Gli ho detto alle cinque."

Abby aveva appena lasciato la stanza quando infilò la testa nello spiraglio della porta.

"Sarà stato denunciato da un paziente", azzardò.

"Probabile", concordò lui immergendosi di nuovo nei suoi incartamenti. "Se è così, lo manderemo al reparto del quarto piano."

Goodrich arrivò un po' prima delle cinque. Abby lo introdusse nell'ufficio senza farlo attendere.

Era un uomo nel pieno vigore degli anni, alto e ben

piantato. Il lungo cappotto impeccabile e l'abito antracite accentuavano ulteriormente la sua statura. Si fece avanti con passo sicuro. Le spalle da lottatore gli conferivano una certa imponenza.

Con un ampio gesto della mano, scosse il cappotto prima di porgerlo ad Abby. Si passò le dita fra i capelli brizzolati e sapientemente spettinati, ancora folti nonostante dovesse essere ormai sulla sessantina, poi si accarezzò lentamente la corta barba fissando con i suoi occhi vivaci e penetranti quelli dell'avvocato.

Non appena lo sguardo di Goodrich incrociò il suo, Nathan si sentì a disagio. Il suo respiro si fece stranamente veloce e per un attimo i suoi pensieri si confusero.

2

Vidi poi un angelo, ritto sul sole.

APOCALISSE, 19, 17

“Si sente bene, signor Del Amico?”

Che diavolo mi prende?

“Sì, sì... solo un attimo di stordimento”, rispose Nathan riprendendosi. “Un po’ di surmenage, probabilmente...”

Goodrich non sembrava convinto.

“Sono un medico, se desidera che la visiti lo farò volentieri”, propose con voce squillante.

Nathan si sforzò di sorridere.

“Grazie, va meglio.”

“Davvero?”

“Glielo assicuro.”

Senza attendere di essere invitato ad accomodarsi, Goodrich si sedette su una poltrona di pelle mettendosi a osservare con attenzione l’arredamento dello studio. La stanza, rivestita di scaffalature piene di libri antichi, aveva al centro un’imponente scrivania affiancata da un tavolo di noce massiccio per le riunioni e da un elegante divanetto, che sprigionavano un senso di opulenza.

“Allora, che cosa si aspetta da me, dottor Goodrich?” chiese Nathan dopo un breve silenzio.

Il medico accavallò le gambe e si mosse leggermente sulla poltrona prima di rispondere:

"Non mi aspetto niente da lei, Nathan... Permette che la chiami Nathan, vero?"

Il tono era più affermativo che interrogativo.

L'avvocato non si lasciò confondere:

"Viene a trovarmi a titolo professionale? Il nostro studio difende alcuni medici denunciati dai loro pazienti..."

"Non è il mio caso, per fortuna", lo interruppe Goodrich. "Evito di operare quando ho bevuto un bicchiere di troppo. È stupido amputare la gamba destra quando è la sinistra a essere ammalata, non crede?"

Nathan si sforzò di sorridere.

"Qual è il suo problema, allora, dottor Goodrich?"

"Be', ho qualche chilo di troppo ma..."

"... questo non necessita affatto dei servizi di un avvocato d'affari, le pare?"

"È vero."

Questo tipo mi prende per un imbecille.

Un silenzio pesante calò nella stanza benché non vi regnasse una grande tensione. Nathan non era una persona facilmente impressionabile. La sua esperienza professionale aveva fatto di lui un temibile negoziatore ed era difficile portarlo fuori strada in una conversazione.

Guardò fisso il suo interlocutore. Dove aveva già visto quella fronte spaziosa, quella mascella pronunciata, quelle sopracciglia folte e ravvicinate? Non c'era alcuna traccia di ostilità negli occhi di Goodrich, ma questo non impedì all'avvocato di sentirsi minacciato.

"Vuole bere qualcosa?" propose con un tono che cercava di essere tranquillo.

"Volentieri, un bicchiere di San Pellegrino, se è possibile."

"Non credo sia un problema", lo assicurò Nathan sollevando il ricevitore per chiamare Abby.

In attesa dell'acqua, Goodrich si era alzato e guardava con aria interessata gli scaffali della libreria.

Benissimo, fa' pure come se fossi a casa tua! pensò Nathan, infastidito.

Tornando alla sua poltrona, il medico osservò attentamente il fermacarte d'argento a forma di cigno posato sulla scrivania.

"Si potrebbe quasi uccidere un uomo con un oggetto simile", disse soppesandolo.

"Senza dubbio", ammise Nathan con un sorriso un po' forzato.

"Si trovano molti cigni nei vecchi testi celtici", osservò Goodrich come fra sé e sé.

"Si interessa alla cultura celtica?"

"La famiglia di mia madre è originaria dell'Irlanda."

"Anche la famiglia di mia moglie."

"Intende dire della sua *ex* moglie."

Nathan fulminò con lo sguardo il suo interlocutore.

"Ashley mi ha detto che era divorziato", spiegò tranquillamente Goodrich mentre faceva girare la comoda poltrona imbottita.

Così impari a raccontare la tua vita a quello stronzo.

"Nei testi celtici", riprese Goodrich, "gli esseri dell'altro mondo che visitano la terra assumono spesso la forma di un cigno."

"Molto poetico, ma può spiegarmi quello che..."

In quel momento, Abby entrò nella stanza con un vassoio su cui c'erano una bottiglia e due grandi bicchieri di acqua frizzante.

Il medico depose il fermacarte e bevve lentamente tutto il contenuto del suo bicchiere, un po' come se assaporasse ogni bollicina con avidità.

"Si è ferito?" chiese poi indicando un'escoriazione sulla mano sinistra dell'avvocato.

Questi alzò le spalle.

"Una sciocchezza: mi sono graffiato contro una rete metallica mentre facevo footing."

Goodrich posò il bicchiere e assunse un tono professorale.

"Nel momento preciso in cui lei parla, centinaia di cellule della sua pelle si stanno ricostituendo. Quando una cellula muore, un'altra si divide per sostituirla: è il fenomeno dell'omeostasi dei tessuti."

"Lieto di saperlo."

"Parallelamente, numerosi neuroni del suo cervello vengono distrutti ogni giorno da quando ha compiuto vent'anni..."

"È, credo, la sorte di tutti gli esseri umani."

"Esatto. È il bilanciere permanente fra creazione e distruzione."

Questo tizio è fuori di testa.

"Perché me lo dice?"

"Perché la morte è ovunque. In ogni essere umano, a ogni stadio della vita, esiste una tensione fra due forze contrarie: la forza della vita e quella della morte."

Nathan si alzò indicando la porta dell'ufficio.

"Lei permette?"

"Prego."

Uscì dalla stanza e si diresse verso una postazione di lavoro libera nella sala delle segretarie. Si connesse rapidamente a Internet e visitò i siti degli ospedali di New York.

L'uomo che era seduto nel suo ufficio non era un impostore. Non si trattava né di un predicatore né di un malato mentale evaso da un istituto psichiatrico. Si chiamava davvero Garrett Goodrich, dottore in chirurgia oncologica, ex interno al Medical General Hospital di Boston, primario dell'unità di cure palliative dello Staten Island Public Hospital.

Quell'uomo era un personaggio importante, un vero luminare della medicina. Nessun dubbio: c'era persino una foto, e ritraeva proprio il volto curato del sessantenne che aspettava nella stanza vicina.

Nathan esaminò più attentamente il curriculum vitae del suo ospite: per quanto ne sapesse, non era mai stato in nessuno degli ospedali che costellavano la carriera del dottor Garrett Goodrich. Perché, allora, la sua fisionomia non gli era sconosciuta?

Con questa domanda in testa tornò nel suo ufficio.

"Allora, Garrett, mi stava parlando della morte, no? Permette che la chiami Garrett, vero?"

"Le stavo parlando della vita, Del Amico, della vita e del tempo che passa."

Nathan approfittò di quelle parole per guardare con ostentazione l'orologio, in modo da far capire che in effetti "il tempo passava" e che il suo era prezioso.

"Lei lavora troppo", si limitò a dire Goodrich.

"Mi colpisce molto che qualcuno si preoccupi per la mia salute, davvero."

Di nuovo calò il silenzio fra loro. Un silenzio al tempo stesso intimo e opprimente. Poi la tensione salì:

"Per l'ultima volta, in che cosa posso esserle utile, signor Goodrich?"

"Penso di poter essere io utile a lei, Nathan."

"Per il momento, non vedo bene in cosa."

"Tutto a suo tempo, Nathan. Certe prove possono essere penose, vedrà."

"A che cosa allude, esattamente?"

"Alla necessità di essere preparato."

"Non la seguo."

"Chi sa di che cosa sarà fatto il domani? Conviene non sbagliare priorità nella vita."

"È molto profondo come pensiero", disse in tono ironico l'avvocato. "È una sorta di minaccia?"

"Non una minaccia, Nathan, ma un messaggio."

Un messaggio?

Nello sguardo di Goodrich continuava a non esserci ostilità, questo però non lo rendeva meno inquietante.

Sbattilo fuori, Nat. Questo tizio sragiona. Non fare il suo gioco.

"Forse non dovrei dirglielo, ma se lei non fosse stato raccomandato da Ashley Jordan avrei chiamato la sicurezza e ordinato di cacciarla fuori."

"Me ne rendo conto", sorrise Goodrich. "Per sua informazione, non conosco Ashley Jordan."

"Credevo fosse un suo amico!"

"Era solo un modo per arrivare fino a lei."

"Aspetti! Se non conosce Jordan, chi le ha detto che sono divorziato?"

"Ce l'ha scritto in faccia."

Fu la goccia che fece traboccare il vaso. L'avvocato si alzò di colpo e aprì la porta con una violenza mal trattenuta.

"Ho del lavoro da sbrigare!"

"Ha detto proprio bene, allora la lascio... per il momento."

Goodrich si alzò dalla poltrona. La sua sagoma imponente si stagliava in controluce, dando l'impressione di un massiccio colosso indistruttibile. Si diresse verso la porta e varcò la soglia senza voltarsi.

"Che cosa vuole da me in realtà?" chiese Nathan smarrito.

"Credo che lei lo sappia, Nathan, credo che lei lo sappia", rispose Goodrich, già nel corridoio.

"Non so nulla!" replicò con forza l'avvocato. Sbatté la porta, poi la riaprì subito per gridargli dietro:

"Non so chi lei sia!"

Ma Garrett Goodrich era già lontano.

3

Una carriera di successo è una cosa meravigliosa,
ma non ti scalda di notte quando hai freddo.
MARILYN MONROE

Dopo aver spinto la porta dietro di sé, Nathan chiuse gli occhi e, per parecchi secondi, si premette il bicchiere di acqua fresca contro la fronte.

Percepiva confusamente che quell'episodio avrebbe avuto un seguito e che avrebbe sentito parlare ancora di Garrett Goodrich.

Faticò a rimettersi al lavoro. La vampata di calore che lo assaliva e quel dolore sempre più insistente al petto gli impedivano di concentrarsi.

Con il bicchiere d'acqua in mano, si alzò dalla sedia e fece alcuni passi in direzione della finestra per poter scorgere i riflessi azzurrini dell'Helmsley Building. Di fianco all'immensa facciata priva di fascino del Met Life, quel grattacielo di dimensioni umane passava per un vero gioiello con la sua elegante torre sormontata da un tetto a forma di piramide.

Per alcuni minuti, rimase a guardare il traffico che scorreva verso sud lungo Park Avenue.

La neve continuava a cadere ininterrottamente, colorando la città con sfumature di bianco e grigio.

Provava sempre un profondo turbamento davanti a quella finestra. Al momento degli attentati dell'11 settembre, quando era echeggiata la prima esplosione, stava lavorando al computer. Non avrebbe mai dimenticato quella spaventosa giornata di orrore, le colonne di fumo nero che avevano oscurato il cielo fino ad allora limpido, e poi la mostruosa nuvola di detriti e polvere quando le torri erano crollate. Per la prima volta, Manhattan e i suoi grattacieli gli erano parsi piccoli, vulnerabili ed effimeri.

Come la maggior parte dei colleghi, aveva cercato di non ripensare troppo all'incubo che avevano vissuto allora. La vita aveva ripreso il suo corso. *Business as usual.* Eppure, come dicevano gli abitanti della città, New York non era mai ritornata davvero New York.

Non ce la farò mai.

Scelse comunque alcuni incartamenti che infilò nella sua valigetta, poi, con grande stupore di Abby, decise di andare a studiarseli a casa.

Era un'eternità che non lasciava l'ufficio così presto. Di solito lavorava quattordici ore al giorno, sei giorni la settimana e, dopo il divorzio, spesso andava in studio anche di domenica. Tra gli associati, era lui che fatturava il maggior numero di ore. A questo bisognava aggiungere il prestigio della sua ultima prodezza: mentre tutti ritenevano quell'operazione delicata, lui era riuscito a concludere felicemente la fusione delle imprese Downey e NewWax, su cui era concentrata l'attenzione dei media, e questo gli era valso un articolo di elogio sul *National Lawyer*, uno dei giornali giuridici più famosi. Nathan esasperava la maggior parte dei suoi colleghi. Era troppo esemplare, troppo perfetto. Non contento di poter vantare un bel fisico, si ricordava sempre di salutare le segretarie, ringraziava il portiere che gli chiamava un taxi e consacrava gratuitamente alcune ore al mese a clienti bisognosi.

L'aria frizzante della strada gli fece bene. Non nevicava quasi più e il traffico era rimasto scorrevole. Mentre aspettava di veder passare un taxi, ascoltò un coro di bambini, vestiti con tuniche immacolate, che cantavano l'*Ave verum corpus* davanti alla chiesa di St Bartholomew. Non poté fare a meno di trovare in quella musica qualcosa di soave e di inquietante al tempo stesso.

Arrivò al San Remo poco dopo le sei, si preparò un tè bollente e prese il telefono.

Anche se a San Diego erano solo le tre del pomeriggio, magari Bonnie e Mallory erano in casa. Doveva mettere a punto i dettagli dell'arrivo di sua figlia, che lo avrebbe raggiunto di lì a pochi giorni in occasione delle imminenti vacanze.

Compose il numero con apprensione. Dopo tre squilli la segreteria entrò in funzione.

"Qui Mallory Wexler. In questo momento non posso rispondere ma..."

Sentire il suono della sua voce gli faceva bene. Era come ricevere una boccata di ossigeno di cui fosse stato privato troppo a lungo. Ecco a cosa era ridotto, lui che non era certo abituato ad accontentarsi di poco.

All'improvviso, il messaggio si interruppe.

"Pronto?"

Nathan fece uno sforzo sovrumano per assumere un tono allegro, obbedendo così a quella sua stupida e vecchia abitudine di non mostrare mai le proprie debolezze, nemmeno a una donna che lo conosceva fin dall'infanzia.

"Ciao, Mallory."

Da quanto tempo non la chiamava più *tesoro*?

"Buon giorno", rispose lei senza calore.

"Va tutto bene?"

Lei prese un tono seccato: "Che cosa vuoi, Nathan?"

Va bene, ho capito: non sarà certo oggi che ricominceremo a parlarci normalmente.

"Chiamavo solo per metterci d'accordo sul viaggio di Bonnie. È lì con te?"

"È a lezione di violino. Sarà a casa fra un'ora."

"Forse potresti già darmi l'orario del volo", propose lui. "Credo che il suo aereo arrivi verso sera..."

"Sarà qui fra un'ora", ripeté Mallory, impaziente di porre fine alla conversazione.

"Benissimo, allora a tra..."

Ma lei aveva già riagganciato.

Mai avrebbe pensato che le loro conversazioni potessero raggiungere un simile grado di freddezza, che due persone che erano state così vicine arrivassero a comportarsi come estranee. Com'era possibile? Si accomodò sul divano del salotto e lasciò vagare lo sguardo sul soffitto. Che razza di ingenuo! Certo che era possibile! Bastava che si guardasse attorno: divorzi, tradimenti, stanchezza... Nel suo mestiere, la concorrenza era spietata. Solo chi sacrificava parte della vita familiare e del tempo libero poteva sperare di avere successo. Ogni cliente dello studio rappresentava parecchie decine di milioni di dollari, il che richiedeva una disponibilità totale da parte degli avvocati. Era la regola del gioco, il prezzo da pagare per muoversi alla corte dei grandi. E lui l'aveva accettato. In compenso, riceveva uno stipendio di 45.000 dollari al mese, senza contare i bonus. Questo significava che, in qualità di associato, si vedeva assegnare un premio annuale di circa mezzo milione di dollari. Il suo conto in banca aveva appena superato per la prima volta il traguardo del milione di dollari. Ed era solo all'inizio.

Ma la sua vita privata aveva seguito la traiettoria inversa a quella del successo professionale. Negli ultimi anni, il suo matrimonio era andato in pezzi. A poco a poco, lo studio legale aveva assorbito tutta la sua esistenza. Al punto di non fargli trovare più tempo per le colazioni in famiglia o per controllare i compiti della figlia. Quando si era reso conto dell'entità del danno, era troppo tardi per tornare indietro. Lui e Mallory avevano divorziato da qualche mese. Certo, non era l'unico in quella situazione: più della metà dei suoi colleghi erano separati dalle mogli, ma questo non lo consolava certo.

Nathan era preoccupato per Bonnie che era rimasta molto turbata da quanto era successo. A sette anni, faceva ancora la pipì a letto e, secondo sua madre, era soggetta a crisi di angoscia. Nathan le telefonava tutte le sere, ma gli sarebbe piaciuto essere più presente.

No, pensò sedendosi sul divano, *un uomo che dorme senza nessuno di fianco e che non vede la propria figlia da tre mesi è un fallito, anche se ha un bel conto in banca.*

Nathan si tolse la fede che continuava a portare al dito e lesse all'interno il verso del *Cantico dei Cantici* che Mallory aveva fatto incidere per il loro matrimonio:

Il nostro amore è più forte della morte.

Conosceva il seguito:

Le grandi acque non lo smorzano
né i fiumi lo sommergono.

Tutte stronzate! Sdolcinature da innamorati adolescenti. L'amore non è quella cosa assoluta che resiste al tempo e alle prove.

Eppure, aveva creduto a lungo che il suo matrimonio avesse qualcosa di eccezionale, una dimensione magica e irrazionale suggellata fin dall'infanzia. Lui e Mallory si conoscevano da quando avevano sei anni. Da subito, si era tessuto fra loro una sorta di filo invisibile, come se il destino avesse voluto farne degli alleati naturali davanti alle difficoltà della vita.

Guardò le foto della moglie sul cassettone. Indugiò parecchi minuti sulla più recente che si era procurato grazie alla complicità di Bonnie.

Certo, il pallore del volto di Mallory testimoniava il periodo difficile che aveva accompagnato la loro separazione, ma le sue lunghe ciglia, il naso sottile, i denti bianchi erano gli stessi di sempre. Il giorno in cui era stata scattata la foto, durante una passeggiata lungo la Silver Strand Beach, la spiaggia delle conchiglie d'argento, aveva i capelli raccolti in due trecce tirate su e tenute insieme da un fermaglio di tartaruga. I piccoli occhiali con la montatura d'acciaio la facevano somigliare a Nicole Kidman in *Eyes Wide Shut*, anche se a lei quel paragone non piaceva. Nathan non poté fare a meno di sorridere: Mallory indossava uno dei suoi soliti pullover patchwork che confezionava personalmente e che le davano un'aria al tempo stesso chic e disinvolta.

Laureata in Economia ambientale, aveva insegnato all'università ma, dopo essersi trasferita nella vecchia casa di sua nonna, nei pressi di San Diego, aveva abbandonato le lezioni per impegnarsi in svariate associazioni a favore dei più indigenti. Si occupava da casa del sito web di un'organizzazione non governativa, dipingeva acquerelli e faceva mobiletti ornati di conchiglie che vendeva d'estate ai turisti quando trascorreva le vacanze a Nantucket. Né il denaro né il successo erano mai stati una motivazione per Mallory: amava ripetere che una passeggiata nel bosco o sulla spiaggia non costava niente, ma Nathan non era completamente d'accordo con quei discorsi così semplicistici.

Troppo facile quando si è sempre avuto tutto!

La famiglia di Mallory era agiata e prestigiosa. Suo padre era stato il socio principale in uno degli studi legali più famosi di Boston. Lei non aveva bisogno del successo professionale per conquistare uno status sociale che possedeva dalla nascita.

Per un attimo Nathan rivide la posizione esatta di ogni neo sul corpo della sua ex moglie. Poi si sforzò di scacciare il ricordo e aprì uno degli incartamenti che si era portato a casa. Accese il computer, prese qualche appunto e dettò al registratore alcune lettere all'attenzione di Abby.

Infine, verso le sette e mezza, ricevette la telefonata che aspettava.

"Ciao, papi."

"Ciao, scoiattolino."

Bonnie gli raccontò tutti i particolari della sua giornata, come faceva di solito nel corso delle loro conversazioni quotidiane. Gli parlò delle tigri e degli ippopotami che aveva visto durante una visita scolastica allo zoo di Balboa Park. Lui le chiese della scuola e della partita di calcio a cui aveva partecipato il giorno prima. Paradossalmente non aveva mai parlato tanto con sua figlia come adesso che erano lontani tremila chilometri.

All'improvviso la bimba assunse un tono più inquieto: "Ti devo chiedere una cosa".

"Tutto quello che vuoi, tesoro."

"Ho paura a viaggiare in aereo da sola. Puoi venire a prendermi, sabato?"

"Che sciocchezza, Bonnie, adesso sei una bambina grande!"

Quel sabato aveva un appuntamento importante: gli ultimi accordi per una fusione fra due società su cui lavorava da mesi. Era stato lui a insistere per quella data!

"Ti prego, papi, vieni a prendermi!"

Dall'altro capo del filo, Nathan sentì che sua figlia stava per piangere. Bonnie non era una bambina capricciosa. Il rifiuto di prendere l'aereo da sola testimoniava un'autentica angoscia. Per nulla al mondo avrebbe voluto darle un dispiacere. E ancora meno in quel momento.

"Va bene tesoro, nessun problema. Verrò. Promesso."

Bonnie si calmò e parlarono ancora per qualche minuto. Per tranquillizzarla e farla ridere, le raccontò una storiella e le fece l'imitazione, ben riuscita, di Winnie Pooh che voleva un barattolo di miele.

Ti voglio bene, piccola mia.

Dopo aver messo giù, considerò per alcuni minuti quali conseguenze avrebbe avuto il rinvio della riunione di sabato. Certo, poteva pagare qualcuno perché andasse a prendere Bonnie in California. Ma abbandonò in fretta quell'idea stupida: era il genere di cose che Mallory non gli avrebbe mai perdonato. E poi aveva promesso a Bonnie che ci sarebbe andato. Non poteva proprio deluderla. Pazienza, avrebbe trovato una soluzione, per una volta.

Dettò ancora alcuni appunti al registratore e poi finì per addormentarsi sul divano, senza togliere le scarpe né spegnere le luci.

Fu svegliato di soprassalto dal citofono.

Era Peter, il custode, che lo chiamava dall'atrio.

"C'è qui un signore per lei... Il dottor Garrett Goodrich."

Guardò l'orologio: *Accidenti, già le nove!* Non aveva intenzione di essere assillato da quel tipo anche in casa propria.

"Non lo lasci entrare, Peter, non lo conosco."

"Non faccia lo stupido", gridò Goodrich che evidentemente aveva preso la cornetta al custode, "è importante!"

Che diavolo ho fatto per meritarmi questo?

Esitò, massaggiandosi le palpebre. Nel suo intimo sapeva che avrebbe ritrovato la serenità solo dopo averla fatta finita con Goodrich. Per questo doveva capire che cosa volesse esattamente quell'uomo.

"Va bene, lo faccia salire, Peter."

Nathan si riabbottonò la camicia, aprì la porta e uscì sul pianerottolo ad aspettare il medico che non ci mise molto a raggiungere il ventitreesimo piano.

"Che ci fa qui, Garrett? Ha visto l'ora?"

"Bell'appartamento", fece l'altro lanciando un'occhiata all'interno.

"Le ho chiesto che ci fa qui."

"Credo che dovrebbe venire con me, Del Amico."

"Vada a farsi fottere! Non sono ai suoi ordini."

Garrett cercò di rassicurarlo.

"E se si fidasse di me?"

"Che cosa mi prova che lei non è pericoloso?"
"Niente", ammise Goodrich alzando le spalle. "Ogni uomo è potenzialmente pericoloso, glielo concedo."

Con le mani in tasca, avvolto nell'ampio cappotto, Goodrich camminava tranquillamente per strada in compagnia di Nathan che, più basso di lui di una spanna buona, gesticolava al suo fianco.
"Fa un freddo cane!"
"Si lamenta sempre così?" chiese Garrett. "D'estate, questa città è soffocante. È in inverno che New York esprime il meglio di sé."
"Balle!"
"Del resto, il freddo conserva, uccide i microbi e poi..."
Nathan non gli lasciò il tempo di finire.
"Almeno prendiamo un taxi."
Si spinse sulla carreggiata e alzò il braccio per fermarne uno.
"Ehi! Ehi!"
"La smetta di urlare, è ridicolo."
"Se crede che mi debba congelare le palle per far piacere a lei, si sbaglia di grosso."
Due taxi passarono davanti a loro senza rallentare. Finalmente un *yellow cab* si fermò all'altezza dei Century Apartements. I due uomini vi salirono e Goodrich diede l'indirizzo al conducente: tra la 5ª Avenue e la 34ª.
Nathan si sfregò le mani. L'auto era ben riscaldata. La radio trasmetteva una vecchia canzone di Frank Sinatra.
Broadway brulicava di gente. In vista delle feste di fine anno, molti negozi rimanevano aperti tutta la notte.
"Avremmo fatto prima a piedi", non poté fare a meno

di osservare Goodrich con evidente piacere quando rimasero imbottigliati nel traffico.

Nathan gli lanciò uno sguardo poco amabile.

Dopo alcuni minuti, il taxi riuscì a imboccare la 7ª Avenue dove la circolazione era meno caotica, quindi arrivò alla 34ª, svoltò a sinistra e percorse ancora un centinaio di metri prima di fermarsi.

Goodrich pagò la corsa e i due uomini scesero dal veicolo.

Si trovavano ai piedi di uno degli edifici più celebri di Manhattan: l'Empire State Building.

4

L'angelo dalla spada di fuoco, in piedi dietro di te,
ti punta l'arma alle reni e ti spinge negli abissi!
VICTOR HUGO

Nathan alzò gli occhi verso il cielo. Dopo il crollo delle Twin Towers, il vecchio Empire State era tornato a essere il grattacielo più alto di Manhattan. Saldamente appoggiato sul suo massiccio basamento, l'edificio dominava Midtown in un misto di eleganza e potenza. Gli ultimi trenta piani, come sempre nel periodo natalizio, splendevano di rosso e verde.

"Ci tiene davvero a salire lassù?" chiese l'avvocato indicando l'antenna luminosa che sembrava bucare il velo della notte.

"Ho già i biglietti", rispose Goodrich estraendo di tasca due piccoli rettangoli di cartoncino blu. "Tra l'altro, mi deve sei dollari..."

Nathan scosse la testa per manifestare la sua irritazione poi, come rassegnato, seguì il medico.

Entrarono nell'atrio in stile art déco. Dietro il banco della reception, un orologio segnava le dieci e mezzo, mentre un cartello avvertiva i visitatori che la vendita dei biglietti sarebbe proseguita per un'altra ora e che l'orario di visita terminava a mezzanotte. Accanto, una riproduzione gigante dell'edificio scintillava come un sole di ottone. New York a Natale era piena di turisti e, nonostante l'ora tarda, erano in molti ad accalcarsi ancora alla biglietteria decorata dalle foto di tutte le celebrità che, nel corso degli anni, erano venute ad ammirare il grattacielo.

I biglietti acquistati da Goodrich consentirono ai due uomini di evitare la coda. Si lasciarono guidare fino al secondo piano da dove partivano gli ascensori diretti all'osservatorio. Anche se non nevicava più, il pannello indicatore annunciava una visibilità ridotta, a causa delle nubi che ristagnavano sulla città.

In meno di un minuto, un ascensore ultrarapido li portò all'ottantesimo piano. Da lì ne presero un altro per la terrazza panoramica dell'ottantaseiesimo piano, a trecentoventi metri di altezza, ed entrarono in un osservatorio coperto, protetto da vetrate.

"Se non ha nulla in contrario, resterò qui al caldo", brontolò Nathan stringendosi la cintura del cappotto.

"Le consiglio di seguirmi, invece", ribatté Goodrich con un tono che non ammetteva replica.

Uscirono sulla terrazza dell'osservatorio. Un vento gelido proveniente dall'East River fece rimpiangere all'avvocato di non aver portato con sé una sciarpa e un cappello.

"Mia nonna diceva sempre: 'Non potete dire di conoscere New York se prima non siete saliti in cima all'Empire State Building'", gridò Goodrich per sovrastare il sibilo del vento.

Quel luogo era davvero magico. Accanto all'ascensore, il fantasma di Cary Grant aspettava una Deborah Kerr che non sarebbe mai arrivata. Più in là, appoggiata con i gomiti al parapetto, una coppia di giapponesi si divertiva a imitare Tom Hanks e Meg Ryan nell'ultima scena di *Insonnia d'amore*.

Nathan si avvicinò a piccoli passi al bordo della terrazza e si sporse.

La notte, il freddo e le nuvole conferivano alla città un'aria misteriosa e non ci volle molto perché Nathan rimanesse strabiliato dallo spettacolo che si apriva davanti a lui: era senza dubbio uno dei panorami più impressionanti di Manhattan.

Da lì si aveva una vista impagabile sulla guglia del Chrysler Building e su Times Square che si indovinava brulicante di gente.

"È da quando ero bambino che non metto più piede qui", confessò l'avvocato introducendo un *quarter* nella fessura di uno dei binocoli.

Le macchine che si accalcavano ottantasei piani più in basso erano talmente minuscole che il flusso della circolazione sembrava lontanissimo, come se appartenesse a un altro pianeta. Invece, il ponte della 59ª pareva incredibilmente vicino e rifletteva la sua brillante architettura nelle acque nere dell'East River.

Per un po' Nathan e Garrett non si scambiarono una parola, limitandosi ad ammirare le luci della città. Il vento continuava a soffiare gelido e il freddo era pungente. Un buonumore comunicativo pervadeva i visitatori. Due giovani innamorati si baciavano con passione, meravigliandosi che le loro labbra crepitassero di elettricità statica. Alcuni turisti francesi facevano confronti con la torre Eiffel, una coppia del Wyoming raccontava a chi voleva ascoltare i particolari del loro primo incontro in quello stesso posto, venticinque anni prima. Quanto ai bambini, avvolti in pesanti parka, giocavano a nascondersi dietro le gambe degli adulti.

Sopra le loro teste, il vento faceva sfilare le nuvole a una velocità incredibile, scoprendo qua e là un pezzo di cielo dove brillava una stella solitaria. Era davvero una bella notte.

Fu Goodrich a rompere il silenzio.

“Il ragazzo con la giacca a vento arancione”, sussurrò all’orecchio di Nathan.

“Prego?”

“Guardi il ragazzo con la giacca a vento arancione.”

Nathan strizzò gli occhi e osservò attentamente l’individuo che gli indicava Goodrich: un giovane di una ventina d’anni, che era appena arrivato sulla piattaforma. Aveva una barbetta bionda e dei lunghi e sudici capelli da rasta. Fece due volte il giro della terrazza, passando vicinissimo all’avvocato che riuscì a incrociare il suo sguardo allucinato e inquietante. Era visibilmente tormentato e il suo viso, segnato dalla sofferenza, contrastava con le risate e il buonumore degli altri visitatori.

Nathan pensò che potesse essere sotto l’effetto di qualche droga.

“Si chiama Kevin Williamson”, proseguì Goodrich.

“Lo conosce?”

“Non personalmente, ma conosco la sua storia. Suo padre si è gettato da questa terrazza quando ancora non c’erano le reti di protezione. Viene qui regolarmente da una settimana.”

“Come fa a saperlo?”

“Diciamo che ho fatto una piccola indagine.”

Dopo un attimo di silenzio, l’avvocato chiese:

“E che cosa c’entro io?”

“Tutto quello che ha a che fare con l’esistenza dei nostri simili ci riguarda”, rispose il medico come se si trattasse di un assioma.

In quel momento, una violenta folata di vento investì la terrazza. Nathan si avvicinò ancora di più a Goodrich.

“Insomma, Garrett! Perché diavolo vuole che guardi quel ragazzo?”

"Perché sta per morire", gli rispose Goodrich in tono grave.

"Lei è... lei è pazzo!" esclamò Nathan. Mentre pronunciava quelle parole, però, si sentì invadere da una sorda inquietudine e non poté fare a meno di fissare la figura di Kevin.

Non succederà nulla. È impossibile...

Ma trascorse meno di un minuto fra l'inattesa predizione di Goodrich e il momento in cui il giovane estrasse una pistola dalla tasca della sua giacca a vento. Per alcuni secondi, guardò spaventato l'arma che gli tremava in mano.

All'inizio, nessuno sembrò notare quello strano comportamento, poi, all'improvviso, una donna lanciò un urlo.

"Quell'uomo è armato!"

Tutti gli sguardi si concentrarono immediatamente sul ragazzo.

Colto dal panico, Kevin rivolse allora la pistola contro di sé. Le labbra gli tremavano di terrore. Lungo il viso gli scorrevano lacrime di rabbia, accompagnate da un grido di sofferenza che si perse nelle tenebre della notte.

"Non lo faccia!" gridò un padre di famiglia mentre si scatenava un incredibile fuggi fuggi in direzione dell'osservatorio coperto.

Nathan restava immobile davanti al ragazzo. Affascinato e al tempo stesso terrorizzato dalla scena, non osava accennare il minimo movimento, nel timore di affrettare l'irreparabile. Non aveva più freddo. Un calore improvviso gli pervase tutto il corpo.

Purché non spari...

Non sparare. Non sparare, ragazzo...

Ma Kevin alzò gli occhi, guardò un'ultima volta il cielo senza stelle e poi premette il grilletto.

La detonazione squarciò la notte newyorkese. Le gambe cedettero sotto il suo peso e il ragazzo si accasciò bruscamente.

Per un attimo fu come se il tempo fosse rimasto sospeso.

Poi ci furono grida di panico e una grande agitazione invase la piattaforma. La folla si accalcò davanti agli ascensori. Sconvolti, i visitatori si spingevano correndo in tutte le direzioni. Alcuni avevano già acceso il cellulare... presto... avvertire la famiglia... avvertire gli amici. Da quella famigerata mattina di settembre, la maggior parte dei newyorkesi era ossessionata da un senso quasi palpabile di vulnerabilità. Tutti erano rimasti più o meno traumatizzati e i turisti stessi sapevano bene che visitando Manhattan poteva accadere qualunque cosa.

Nathan era rimasto assieme a pochi altri sulla terrazza. Si era formato un cerchio attorno al corpo di Kevin. I due innamorati, sporchi di sangue, piangevano in silenzio.

"Spostatevi! Lasciatelo respirare!" gridò un agente della sicurezza, chino sul giovane.

Impugnò il suo walkie-talkie e chiese aiuto all'atrio.

"Chiamate i pompieri e un'ambulanza! Abbiamo un ferito da arma da fuoco all'ottantaseiesimo piano."

Si chinò di nuovo su Kevin, constatando purtroppo che i soccorsi sarebbero serviti soltanto a trasportarlo all'obitorio.

A meno di un metro dalla vittima, Nathan non poteva fare altro che guardarne il cadavere. Il suo viso, segnato dalla sofferenza, si era irrigidito per sempre nel mezzo di un grido di terrore. Gli occhi, spalancati e vitrei, fissavano ormai solo il vuoto. Dietro l'orecchio, si poteva vedere un buco aperto, rosso vivo, con i contorni bruciati. Una parte del cranio era stata ridotta in poltiglia e quello che ne restava giaceva in una pozza di sangue e di materia cerebrale. L'avvocato seppe subito che non si sarebbe mai potuto liberare di quell'immagine che sarebbe tornata a ossessionarlo nelle notti e nei momenti di estrema solitudine.

I curiosi cominciavano ad andarsene. Un bambino aveva perso di vista i genitori e se ne stava lì, sconcertato, a tre metri dal cadavere, ipnotizzato dalla pozza di sangue.

Nathan lo prese in braccio per distoglierlo da quello spettacolo morboso.

"Vieni con me, piccolo. Non preoccuparti, ritroveremo mamma e papà, vedrai."

Rialzandosi, scorse Goodrich che si allontanava tra la folla. Si precipitò verso di lui.

"Garrett! Mi aspetti, per la miseria!"

Con il bambino sempre attaccato al collo, Nathan si fece largo a gomitate per raggiungere il medico.

"Come faceva a saperlo?" gridò afferrandolo per un braccio.

Con lo sguardo perso nel vuoto, Goodrich non gli diede retta.

Nathan cercò di trattenerlo ma venne bloccato dai genitori del bambino, felici di avere ritrovato il figlio.

"Oh! James, ci hai fatto spaventare tanto, tesoro!"

L'avvocato si liberò a fatica dai genitori riconoscenti. Stava per raggiungere il medico quando questi riuscì a infilarsi nel primo ascensore disponibile.

"Perché non ha fatto niente, Garrett?"

Per una frazione di secondo i loro sguardi si incrociarono, ma fu davanti alle porte scorrevoli che si chiudevano che Nathan urlò la sua ultima domanda:

"Perché non ha fatto niente se sapeva che sarebbe morto?"

5

Facciamo fatica a credere a ciò cui è doloroso credere.

OVIDIO

10 DICEMBRE

Quella notte, Nathan dormì poco.

L'indomani si svegliò tardi, in un bagno di sudore gelato, e scoprì subito che il dolore al petto non era sparito. Si massaggiò il fianco destro e credette di sentire una fitta più acuta.

Per giunta aveva sognato di nuovo di annegare, e questo era indice di ansia. Probabilmente perché Goodrich gli aveva parlato di cigni.

Scese dal letto e si accorse che gli tremavano le gambe. Si sentiva persino un po' febbricitante e si mise il termometro sotto l'ascella.

37,8. Nulla di allarmante.

Ma visto che si sentiva così poco in forma e si era alzato tardi, rinunciò ad andare a correre. Sarebbe stata, di sicuro, una bruttissima giornata.

Prese una pillola di Prozac nell'armadietto dei medicinali e la mandò giù con un sorso d'acqua. Ne faceva uso regolarmente da quando... da quando non si sentiva più in armonia con niente.

Raccolse gli incartamenti sparsi sul divano. La sera prima non aveva combinato gran che. Adesso avrebbe dovuto raddoppiare il ritmo di lavoro. Tanto più che stava per raggiungere un accordo nell'affare Rightby's. La celebre casa d'aste, di cui aveva assunto la difesa, era accusata di aver violato la legge antitrust accordandosi con la principale concorrente per fissare tassi di commissione analoghi sulle vendite di opere d'arte. Era una pratica delicata, che non andava avanti da sola. Ma se fosse riuscito a ottenere un buon accordo, la sua fama si sarebbe accresciuta.

Malgrado fosse in ritardo, rimase a lungo sotto la doccia calda, ripensando al suicidio di Kevin Williamson. Gli rivennero in mente anche alcune parole di Goodrich: "Penso di poter essere io utile a lei, Nathan. Certe prove possono essere penose, vedrà". Aveva anche accennato alla "necessità di essere preparato".

Che diavolo voleva da lui quel tipo? Questa storia cominciava a diventare inquietante. Doveva avvertire qualcuno? La polizia? In fondo, c'era stato un morto la sera prima e non era una cosa da niente.

Sì, ma si era trattato di un suicidio. Decine di persone potevano testimoniarlo. Però Goodrich doveva per forza avere una parte di responsabilità in quella storia. A ogni modo, era al corrente di cose che non avrebbe dovuto tenere per sé.

Uscì dalla doccia e si asciugò energicamente.

Forse la cosa migliore era non pensarci più. Non ne aveva il tempo. Non doveva accettare mai più di incontrare Goodrich. Mai più...

Così tutto sarebbe rientrato nell'ordine.

Prima di uscire, mandò giù due aspirine e una compressa di vitamina C.

Doveva andarci piano con tutte quelle medicine, lo sapeva. Ma non quel giorno. Non era ancora pronto.

Ci mise un po' prima di trovare un taxi. L'auto svoltò all'altezza di Columbus Circle e superò Grand Army Plaza.

Non arriverò certo in anticipo, pensò mentre scambiava quattro chiacchiere con il conducente pakistano. Per giunta, un camion delle consegne si era fermato davanti al GM Building, provocando un mezzo ingorgo su Madison. Nathan abbandonò il taxi e si mise a camminare nel corridoio di vetro e metallo formato dai grattacieli di Park Avenue. Tutta l'agitazione della città gli esplose in faccia, dallo scoppio delle voci degli uomini-sandwich al concerto di clacson di una limousine con i vetri oscurati che per poco non lo travolse. All'improvviso si sentì oppresso, stritolato in quello spazio ostile e fu con sollievo che ritrovò lo spettacolare ingresso dell'edificio di Marble&March, dominato da una volta a mosaico di ispirazione bizantina.

Nathan si fermò dapprima al trentesimo piano dove i soci disponevano di una vasta sala relax e di un piccolo bar. A volte gli capitava di fermarsi lì a dormire, quando la mole di lavoro era davvero troppa. Recuperò alcuni documenti nel suo armadietto e salì al piano superiore dove c'era il suo ufficio.

Dato che era insolitamente tardi, colse lo sguardo interrogativo della sua segretaria.

"Abby, vuole portarmi la posta e un caffè triplo, per favore?"

La donna girò sulla sua sedia lanciandogli un'occhiata di riprovazione.

"La posta l'attende sulla sua scrivania da un'ora. Quanto al caffè, è sicuro che uno triplo..."

"Lo voglio molto forte e senza latte, grazie."

Entrò in ufficio e lesse la posta per venti minuti, poi diede un'occhiata alle sue e-mail mentre finiva il caffè. Ne aveva ricevuta una da un collaboratore che sollecitava il suo aiuto su una questione delicata della pratica Rightby's. Stava per rispondergli quando...

No, impossibile concentrarsi. Non poteva fingere che non fosse successo niente. Doveva sistemare quella faccenda.

In meno di due secondi chiuse il computer portatile, afferrò il cappotto e lasciò l'ufficio.

"Abby, chieda al portiere di chiamarmi un taxi e annulli tutti i miei appuntamenti per la mattinata."

"Ma doveva vedere Jordan a mezzogiorno..."

"Cerchi di rinviare l'incontro al tardo pomeriggio, per favore, credo che a quell'ora abbia tempo."

"Non so se ne sarà contento."

"Questo è un problema *mio.*"

Abby lo raggiunse in corridoio gridandogli:

"Ha bisogno di riposo, Nathan, non è la prima volta che glielo dico!"

"South Ferry Terminal", ordinò richiudendo la portiera del taxi.

Grazie ai venti dollari promessi al conducente, riuscì per un pelo a infilarsi fra gli ultimi passeggeri del traghetto delle dieci per Staten Island. In meno di mezz'ora, il battello lo portò in quel quartiere di New York in piena espansione. La traversata era straordinaria, ma né la vista di Lower Manhattan né quella della statua della Libertà gli procurarono piacere, tanto aveva fretta di arrivare.

Appena sbarcato, chiamò un altro taxi che lo lasciò dopo pochi minuti allo Staten Island Public Hospital.

Il polo ospedaliero si estendeva su una vasta zona nei pressi di St George, il capoluogo del distretto situato sulla punta nordorientale dell'isola.

Il taxi si fermò davanti al Surgery Center. Non nevicava più dal giorno prima, ma il cielo era grigio di nuvole.

Nathan entrò di corsa nell'edificio. Un'impiegata dell'accettazione lo fermò.

"Signore, l'orario di visita inizia..."

"Vorrei vedere il dottor Goodrich", la interruppe.

Ribolliva di rabbia. Qualche volta il Prozac gli faceva strani effetti.

La donna cercò sullo schermo del computer la tabella degli interventi.

"Il professore ha appena terminato una biopsia e deve subito effettuare un'esofagotomia e una mastectomia. Adesso non può vederlo."

"Lo avverta lo stesso", chiese Nathan. "Gli dica che il signor Del Amico è qui. È urgente."

La donna promise di tentare e lo invitò ad accomodarsi in una sala d'attesa.

Goodrich arrivò un quarto d'ora dopo, con un camice blu e una cuffia da chirurgo.

Nathan lo assalì.

"Accidenti, Garrett, vuole spiegarmi quello che..."

"Fra un po'. Al momento non sono libero."

"Eh, no! Mi piomba in ufficio, poi in casa, mi fa assistere a un suicidio spaventoso dicendomi soltanto 'mediti sulla brevità della vita'. La cosa comincia a scocciarmi!"

“Parleremo più tardi. Al primo piano un uomo aspetta che gli si asporti un tumore...”

Nathan fece un grande sforzo per mantenere la calma. Si sentiva capace delle peggiori violenze nei confronti del medico.

“... ma può sempre venire con me se ne ha voglia”, propose Goodrich voltandogli le spalle.

“Eh?”

“Venga ad assistere all’intervento, è molto istruttivo.”

Nathan sospirò. Si rendeva pienamente conto che Garrett stava cominciando a influenzarlo, ma non poté fare a meno di seguirlo. A ogni modo, al punto in cui era arrivato...

Rispettò alla lettera il protocollo di sterilizzazione. Si insaponò e strofinò le mani e le braccia con una schiuma antibatterica prima di mettersi una mascherina sulla bocca e sul naso.

“Che cosa c’è in programma?” chiese assumendo un’aria distaccata.

“Esofagotomia per laparotomia e toracotomia”, rispose Goodrich spingendo la porta a battenti.

Nathan non si sforzò nemmeno di cercare una risposta spiritosa e raggiunse il chirurgo in sala operatoria, dove un’infermiera e un assistente lo stavano aspettando.

Non appena entrò nella stanza senza finestre e illuminata al neon, capì che quanto stava per vedere non gli sarebbe piaciuto.

Che orrore! Come la maggior parte delle persone detestava quell’odore di disinfettante che gli faceva riaffiorare brutti ricordi.

Si mise in disparte e non aprì più bocca.

"È un brutto cancro", spiegò Goodrich all'assistente. "Uomo di cinquant'anni, gran fumatore, diagnosi un po' tardiva. La mucosa è intaccata. Presenza di alcune metastasi al fegato."

Gli porsero un vassoio con ogni sorta di strumenti chirurgici. Goodrich prese un bisturi e diede il segnale di inizio.

"Benissimo, cominciamo."

Nathan seguì tutte le fasi dell'operazione su un piccolo schermo televisivo fissato al di sopra della testa del paziente.

Sezione del legamento triangolare... liberazione dello iato esofageo...

Dopo alcune manipolazioni, vide sullo schermo soltanto un ammasso di organi sanguinolenti. Come facevano i chirurghi a raccapezzarcisi? Non era mai stato ipocondriaco ma, in quel preciso momento, non poté fare a meno di pensare al dolore che gli opprimeva il petto. Guardava con angoscia Goodrich impegnato nel suo compito.

No, non è un pazzo. È un medico competente. Un uomo che si alza al mattino per salvare vite umane. Ma allora, che cosa vuole da me?

A un certo punto, l'assistente di Goodrich tentò di portare la conversazione sul campionato di baseball, ma Garrett lo fulminò immediatamente con lo sguardo e l'uomo non fiatò più.

Di nuovo, Nathan distolse gli occhi dal monitor mentre l'operazione seguiva il suo corso.

Sonde gastriche... drenaggio toracico e addominale...

Si sentiva umile. In quel preciso momento, i suoi incartamenti, le riunioni di lavoro e quel milione di dollari in banca gli parvero futili.

L'intervento volgeva ormai alla fine, quando il ritmo cardiaco del malato impazzì di colpo.

"Cazzo!" gridò l'assistente. "È andato in tachicardia."

"Succede", replicò con calma Goodrich, "sopporta male il deflusso sanguigno."

Nel momento in cui Garrett chiedeva all'infermiera di praticare un'iniezione, Nathan si sentì salire in gola un rigurgito di bile. Uscì di corsa dalla sala operatoria e si precipitò in un gabinetto a vomitare.

Si ricordò allora che erano quasi ventiquattro ore che non toccava cibo.

Goodrich lo raggiunse dieci minuti dopo.

"Vivrà?" chiese Nathan angosciato, asciugandosi la fronte.

"Più a lungo che se non avessimo tentato nulla. Se non altro potrà alimentarsi e digerire normalmente. Per un certo tempo, almeno."

"L'operazione è andata bene", spiegò il chirurgo alla moglie del paziente. "Naturalmente sono sempre possibili alcune complicazioni postoperatorie, ma io sono ottimista."

"Grazie, dottore", mormorò la donna con gratitudine, "lo ha salvato."

"Abbiamo fatto del nostro meglio."

"Grazie anche a lei", aggiunse stringendo la mano a Nathan.

Lo aveva preso per l'assistente del chirurgo. L'avvocato aveva talmente l'impressione di aver partecipato all'intervento che non disse nulla.

Il bar dell'ospedale era situato al primo piano e si affacciava sul parcheggio.

Seduti l'uno di fronte all'altro, Goodrich e Nathan avevano ordinato un caffè. Sul tavolo era posato un piccolo cestino di paste.

"Vuole un *doughnut*? Sono un po' unti ma..."

Nathan scosse il capo.

"Mi sento ancora il sapore di amaro in bocca, se vuole proprio saperlo."

Un impercettibile sorriso attraversò il volto del medico.

"Benissimo. La ascolto."

"Ah, no, Garrett! Questa poi! Sono *io* che ascolto lei: perché è venuto a trovarmi e come faceva a sapere che Kevin aveva intenzione di spararsi un colpo in testa?"

Goodrich, si servì una tazza di caffè e vi aggiunse molto latte e molto zucchero. Aggrottò le sopracciglia.

"Non sono sicuro che lei sia già pronto, Nathan."

"Pronto a cosa?"

"A sentire quello che sto per dirle."

"Oh! Mi aspetto di tutto, se solo potesse accelerare il ritmo..."

Ma Goodrich da quell'orecchio non ci sentiva.

"Vuole farmi un piacere? Smetta di guardare l'orologio ogni due minuti."

Nathan sospirò.

"Va bene, prendiamocela comoda", brontolò allentandosi la cravatta e togliendosi la giacca.

Garrett mandò giù un pezzo di *doughnut* con un sorso di caffè.

"Mi prende per pazzo, non è vero?"

"Confesso che me lo chiedo", rispose l'avvocato senza sorridere.

"Lei ha mai sentito parlare delle unità di cure palliative?"

"Ho letto che è il primario di quel reparto in questo ospedale."

"Esatto. Come lei sa, sono servizi che accolgono quei malati condannati dalla medicina."

"E voi date loro un sostegno psicologico..."

"Sì. Non hanno che poche settimane di vita e ne sono consapevoli. È una situazione molto dura da accettare."

Erano già le due del pomeriggio. La grande sala del bar era mezza vuota. Nathan tirò fuori una sigaretta ma non la accese.

"La nostra missione è di accompagnarli verso la morte", proseguì Goodrich. "Di fare in modo che impieghino il poco tempo che resta loro per cercare di andarsene in pace."

Lasciò passare alcuni secondi e precisò:

"In pace con se stessi e con gli altri".

"Benissimo, ma allora io cosa..."

Goodrich esplose:

"Allora lei cosa c'entra? Sempre la stessa domanda da piccolo egoista! Cosa c'entra Nathan Del Amico, il grande avvocato che guadagna quattrocento dollari l'ora, con tutta la miseria del mondo? Non può dimenticare per un attimo la sua piccola persona?"

Stavolta era troppo. L'avvocato batté il pugno sul tavolo.

"Mi ascolti bene, specie di testa di cazzo! Nessuno si è più rivolto a me con questo tono dai tempi delle elementari e voglio che continui a essere così!"

Si alzò bruscamente e per calmarsi andò a ordinare una bottiglietta di Evian al bancone.

Tutti i clienti del bar avevano smesso di parlare e lo guardavano con un'aria di rimprovero.

Controllati. Sei pur sempre in un ospedale!

Aprì la bottiglia e bevve metà del contenuto. Trascorse un minuto prima che tornasse a sedersi al tavolo.

Guardò Goodrich dritto negli occhi per fargli capire che non lo impressionava.

"Vada avanti", disse con un tono più calmo che però lasciava trapelare un'ostilità latente.

La tensione fra i due era palpabile. Ciononostante, il medico riprese il discorso da dove lo aveva lasciato.

"Le unità di cure palliative sono destinate a persone di cui la medicina ha già previsto la morte. Ma esistono anche molti decessi impossibili da prevedere in anticipo."

"Come gli incidenti?"

"Sì, gli incidenti, le morti violente, le malattie che la medicina non riesce a scoprire o scopre troppo tardi."

Nathan capì che il momento della spiegazione era vicino. Continuava a sentire quel dolore che gli stringeva il petto come una morsa.

"Come ho cercato di farle capire", riprese Goodrich, "è più facile affrontare la morte quando si è riusciti a realizzare le proprie aspirazioni."

"Ma non è possibile nel caso di una morte imprevedibile!"

"Non sempre."

"Come, non sempre?"

"In effetti, questa è una delle missioni dei Messaggeri."

"I *Messaggeri*?"

"Sì, Nathan, esistono persone con il compito di preparare coloro che stanno per morire a fare il grande salto nell'altro mondo."

L'avvocato scosse la testa.

L'altro mondo! Siamo in pieno delirio.

"Vuole dirmi che alcune persone sanno *in anticipo* chi morirà?"

"È più o meno così", confermò seriamente Garrett. "Il ruolo dei Messaggeri è di facilitare la separazione serena tra i vivi e i morti. Consentono a coloro che stanno per andarsene di mettere in ordine la loro vita prima di scomparire."

Nathan sospirò.

"Credo che lei caschi male con me: appartengo piuttosto al genere cartesiano e la mia vita spirituale è sviluppata quanto quella del lombrico."

"Sono più che consapevole che è difficile da credere."

Nathan alzò le spalle e si girò verso la finestra.

Che ci faccio qui?

La neve ricominciava a scendere soffice dal cielo grigio sfiorando la vetrata che dava sul parcheggio.

"E se ho capito bene, lei sarebbe uno di quei..."

"... di quei Messaggeri, sì."

"È per questo che sapeva di Kevin?"

"Sì."

Non doveva stare al suo gioco. Non aveva niente da guadagnare ad ascoltare i deliri di quel pazzo, eppure non poté fare a meno di chiedere:

"Ma non ha fatto niente per lui?"

"Che cosa intende dire?"

"Come lo ha preparato a compiere il grande salto? Come è riuscito a 'facilitare la separazione serena tra i vivi e i morti'? Kevin non sembrava certo molto sereno al momento di andarsene..."

"Non possiamo agire ogni volta", ammise Goodrich. "Quel ragazzo era troppo disturbato per fare un lavoro su se stesso. Per fortuna non va sempre così."

Anche accettando quell'ipotesi, c'era qualcosa che turbava Nathan.

"Poteva impedirgli di morire. Avrebbe dovuto avvertire qualcuno della sicurezza o la polizia..."

Garrett lo fermò subito:

"Non avrebbe cambiato gran che. Nessuno può influire sull'ora della morte. E non si può rimettere in causa la decisione finale".

La decisione finale; i Messaggeri; l'altro mondo... Perché non il purgatorio e l'inferno già che ci siamo?

Nathan si prese qualche secondo per incassare le informazioni e domandò con un sorriso tirato:

"È davvero convinto che le creda?"

"Queste cose esistono anche se lei non ci crede."

"Le ripeto ancora una volta che perde il suo tempo, non sono religioso."

"Tutto questo non ha nulla a che vedere con la religione."

"Secondo me lei ha perso la ragione e forse sarebbe mio dovere segnalare i suoi discorsi al direttore dell'ospedale."

"In tal caso, è da più di vent'anni che sono pazzo."

Il tono di Garrett si fece più convincente.

"Non le avevo forse preannunciato la morte di Kevin?"

"Non è una prova. Ci sono un sacco di altre ragioni che possono spiegare come lei abbia indovinato il suo suicidio."

"Non vedo quali."

"Un indottrinamento, il potere di una setta, la droga..."

"Mi creda, non voglio trascinarla su questo terreno, Nathan. Le dico semplicemente che ho la capacità di prevedere la morte di certe persone. So che moriranno prima che compaiano i segni premonitori e mi sforzo di prepararle a quello che le attende."

"E da dove le verrebbe questo potere?"

"È complicato, Nathan."

L'avvocato si alzò e si infilò la giacca e il cappotto.

"Per oggi ne ho avuto abbastanza."

"Lo credo anch'io", sospirò Garrett comprensivo.

L'avvocato si avviò verso l'uscita ma, di fronte alle porte automatiche, fece bruscamente dietrofront e tornò verso Goodrich puntandogli il dito contro:

"Mi scusi se torno alla mia piccola persona, dottore, ma non sta cercando di farmi capire che è qui *per me*?"

"..."

"Lei è qui per me, Goodrich, non è così? È questo che devo capire? Che è venuta la mia ora? È già la resa dei conti?"

Goodrich sembrava imbarazzato. Dava l'impressione che avrebbe preferito evitare quel discorso ma che sapesse che costituiva un passaggio obbligato.

"Non è proprio quello che ho detto."

Ma Nathan non tenne conto dell'osservazione. Si stava innervosendo e parlava in fretta, a voce alta.

"È così che procede, allora? Una volta che ha avuto la sua 'anticipazione', piomba a casa delle persone per dire loro: 'Attenti, ci sono delle priorità, vi resta solamente una settimana, allora sbrigatevi a sistemare le vostre faccende'."

Garrett cercò di calmarlo.

"Non ho mai detto niente a chi sta per morire. Lo so, e basta."

"Ebbene, vada al diavolo, Messaggero!"

Stavolta Nathan lasciò il bar per davvero.

Rimasto solo al tavolo, Goodrich terminò il suo caffè e si sfregò gli occhi in silenzio.

Attraverso il vetro, scorse la sagoma dell'avvocato che si allontanava nella neve e nel freddo.

I fiocchi ghiacciati si fermavano sui capelli e sul volto di Nathan che sembrava però non accorgersene.

Nella sala, vicino al bancone, gli accordi jazz del piano di Bill Evans si levavano da un apparecchio radio.

Era un motivo triste.

6

Non si è fatto più freddo?
Non seguita a venire notte, sempre più notte?
Non dobbiamo accendere le lanterne la mattina?
FRIEDRICH NIETZSCHE

"Quanti giorni di ferie ho preso negli ultimi tre anni?"

Erano le sei del pomeriggio. Seduto nell'ufficio di Ashley Jordan, Nathan cercava di convincere il socio principale a concedergli due settimane di vacanza. I loro rapporti erano piuttosto complessi. All'inizio, Nathan era stato il protetto di Jordan ma, con il buon andamento degli affari, quest'ultimo aveva finito per infastidirsi un po' per l'ambizione del giovane collega a cui rimproverava di tirare troppo spesso l'acqua al proprio mulino. Dal canto suo, Nathan si era presto reso conto che Jordan non era tipo da mescolare amicizia e affari. Sapeva per certo che se un giorno avesse avuto dei problemi seri non sarebbe dovuto andare a bussare alla sua porta.

Nathan sospirò. Inutile far finta di niente: il suo alterco con Garrett e il suicidio di Kevin lo avevano scosso profondamente. Per non parlare di quel dolore che continuava a martellargli il petto.

A dire il vero, non sapeva più che cosa pensare dei vaneggiamenti di Goodrich a proposito dei Messaggeri. Ma una cosa era certa: aveva bisogno di una pausa, di prendersela comoda e di approfittare delle prossime vacanze per stare un po' con sua figlia.

Rifece la domanda.

"Quanti giorni di ferie ho preso negli ultimi tre anni?"

"Quasi nessuno", ammise Jordan.

"Non arriviamo spesso al processo, ma le volte in cui è capitato, quante cause ho perso?"

Jordan sospirò e non riuscì a trattenere un leggero sorriso. Conosceva quel ritornello a memoria. Nathan era un avvocato dotato ma non proprio modesto.

"Non hai perso nessuna causa in questi ultimi anni."

"Non ho perso nessuna causa in *tutta* la mia carriera", lo corresse Nathan.

Jordan approvò e poi chiese:

"È per via di Mallory? È così?"

Nathan eluse la domanda.

"Senti, avrò con me il cellulare e il cercapersone per essere sempre raggiungibile se c'è un problema."

"Va bene, prenditi le ferie se è questo che vuoi. Non hai bisogno del mio permesso. Supervisionerò io stesso la pratica Rightby's."

Considerando chiusa la discussione, Jordan si immerse di nuovo nelle cifre che sfilavano sullo schermo del suo computer.

Ma Nathan non aveva ancora finito. Alzò anche la voce.

"Esigo un po' di tempo da dedicare a mia figlia, non vedo il problema."

"Nessun problema", disse Jordan alzando gli occhi. "Il solo guaio è che non era *previsto* e tu sai bene che nel nostro mestiere dobbiamo prevedere *tutto*."

11 DICEMBRE

La sveglia suonò alle cinque e mezzo.

Nonostante alcune ore di sonno, il dolore non era passato. Anzi, continuava a tormentargli il torace, come se avesse avuto un fuoco dietro lo sterno. Aveva persino l'impressione che adesso gli si irradiasse nella spalla sinistra e cominciasse a diffondersi lungo il braccio.

Non ebbe il coraggio di alzarsi subito. Rimase sdraiato e respirò profondamente cercando di calmarsi. Dopo qualche istante, il dolore svanì, ma Nathan rimase disteso altri dieci minuti, chiedendosi come avrebbe impiegato la giornata.

Alla fine prese una decisione.

Che diamine! Non starò ad aspettare senza fare niente. Devo sapere!

Scese dal letto e fece una rapida doccia. Aveva davvero voglia di un caffè, ma seppe resistere alla tentazione: se voleva fare gli esami del sangue doveva rimanere a digiuno.

Indossò abiti pesanti, scese con l'ascensore e attraversò in fretta l'atrio art déco. Si fermò un istante a salutare il portiere, di cui apprezzava la gentilezza.

"Buon giorno, signore."

"Buon giorno, Peter, che cosa hanno fatto i Knicks ieri sera?"

"Hanno vinto di venti punti contro Seattle. Ward ha realizzato dei bei canestri..."

"Ottimo, spero che faranno altrettanto a Miami!"

"Niente jogging stamattina, signore?"

"No, la macchina è un po' arrugginita in questo momento."

"Si ristabilisca in fretta, allora..."

"Grazie, Peter, buona giornata."

Fuori faceva ancora buio e l'alba era glaciale.

Nathan attraversò la strada, poi alzò gli occhi verso le due torri del San Remo. Individuò la finestra del suo appartamento, al ventitreesimo piano della torre nord. Come sempre, fece la stessa riflessione: *Niente male, però!*

Niente male essere arrivato lì per un ragazzino cresciuto in un quartiere sudicio a sud del Queens.

Aveva avuto un'infanzia difficile, è vero. Un'infanzia segnata dalle ristrettezze. Una vita povera ma non miserabile, anche se lui e sua madre talvolta erano riusciti a mangiare solo grazie ai *food stamps*, i buoni alimentari distribuiti ai più indigenti.

Sì, niente male!

Perché il 145 di Central Park West era senza dubbio uno degli indirizzi più prestigiosi del Village. Proprio di fronte al parco e a due isolati dalla metropolitana che gli abitanti della zona non dovevano prendere spesso, a quanto pareva. Nei centotrentasei appartamenti dell'immobile, vivevano uomini d'affari, star della finanza, vecchie famiglie newyorkesi, divi del cinema o della canzone. Rita Hayworth aveva abitato lì fino alla morte. Dicevano che Dustin Hoffman e Paul Simon vi possedessero ancora un appartamento.

Continuava a guardare lo stabile diviso in due torri gemelle, sormontate ciascuna da un tempietto romano che lo facevano somigliare vagamente a una cattedrale medievale.

Niente male davvero!

Eppure doveva riconoscere che, nonostante fosse un grande avvocato, non si sarebbe mai potuto permettere quell'appartamento se non ci fosse stata quella storia con suo suocero. Be', il suo ex suocero, Jeffrey Wexler.

L'appartamento del San Remo era stato a lungo il pied-à-terre di Wexler quando veniva a New York per affari. Era un uomo severo e intransigente, un autentico prodotto dell'élite bostoniana. L'alloggio apparteneva alla famiglia Wexler da sempre. Ovvero dalla crisi economica del 1930, data della costruzione dell'immobile progettato da Emery Roth, l'architetto prodigio che aveva al suo attivo parecchi altri prestigiosi edifici della zona attorno a Central Park.

Per tenere in ordine l'appartamento, Wexler aveva assunto una donna di origine italiana, Eleanor Del Amico, che viveva nel Queens con il figlio. Wexler l'aveva assunta contro il parere della moglie che trovava sconveniente dare lavoro a una ragazza madre. Ma siccome Eleanor era una perla di domestica, le chiesero di occuparsi anche della loro casa delle vacanze a Nantucket.

Così, per parecchie estati di seguito, Nathan aveva accompagnato la madre sull'isola. Ed era là che si era verificato l'evento che aveva cambiato la sua vita: l'incontro con Mallory.

Il lavoro di sua madre gli aveva offerto un posto di prima fila da cui contemplare con desiderio quell'America dei WASP, su cui il tempo sembrava non lasciare traccia. Anche lui avrebbe voluto un'infanzia fatta di lezioni di piano, gite in barca a vela nel porto di Boston e portiere di Mercedes che sbattevano. Naturalmente, non aveva mai avuto niente di tutto questo: non aveva padre, fratelli, denaro. Sul risvolto della giacca non aveva appuntato il distintivo di una scuola privata e non indossava maglioni alla marinara fatti a mano e griffati.

Ma, grazie a Mallory, aveva potuto assaporare con avidità alcune briciole di quell'arte di vivere fuori dal tempo. Talvolta veniva invitato a picnic opulenti e raffinati negli angoli ombrosi di Nantucket. Aveva accompagnato parecchie volte Wexler a partite di pesca che terminavano immancabilmente con la degustazione di un caffè gelato e di un *brownie* fresco. E persino la distintissima Elizabeth Wexler gli lasciava prendere in prestito alcuni libri dalla biblioteca di quella grande casa in cui tutto era perfetto.

Eppure, malgrado l'apparente benevolenza, i Wexler avevano sempre trovato imbarazzante che un giorno di settembre del 1972, il figlio della domestica avesse salvato la loro figlia dall'annegamento.

E la sensazione di imbarazzo non si era mai attenuata. Anzi, non aveva fatto che crescere nel tempo per trasformarsi in aperta ostilità quando lui e Mallory avevano comunicato la loro intenzione di andare a vivere insieme e in seguito di sposarsi.

Allora i Wexler avevano usato ogni mezzo per allontanare la figlia dall'uomo che diceva di amare. Ma non c'era stato niente da fare: Mallory aveva tenuto duro. Aveva saputo essere più forte dei cosiddetti appelli alla ragione. Più forte delle minacce e del silenzio che regnava ormai a tavola.

Il braccio di ferro era durato fino a quel famoso Natale del 1986 che aveva visto riunita nella grande casa di famiglia una parte del fior fiore dell'aristocrazia bostoniana. Mallory era arrivata al braccio di Nathan e lo aveva presentato a tutti come il suo "futuro marito". Jeffrey e Lisa Wexler, a quel punto, avevano capito che non si sarebbero potuti opporre in eterno alla decisione della figlia, che sarebbe stato così e non come volevano loro e che, in un modo o nell'altro, avrebbero dovuto accettare Del Amico per non perdere Mallory.

Nathan era rimasto sinceramente sorpreso dalla determinazione della fidanzata nell'imporre la propria scelta e, se è possibile, l'aveva amata di più. Ancora oggi, quando ripensava a quella serata memorabile, non poteva fare a meno di avere i brividi. Per lui, quella sarebbe rimasta per sempre la sera in cui Mallory gli aveva detto di sì. Di sì agli occhi degli altri. Di sì davanti al mondo intero.

Ma i Wexler avevano continuato a non accettarlo come uno di loro anche dopo che il matrimonio era stato celebrato. Anche dopo che lui aveva conseguito la laurea alla Columbia University; anche dopo che era stato assunto in un prestigioso studio legale. Non era più una questione di denaro ma di estrazione sociale. Un po' come se, in quell'ambiente, la nascita assegnasse fin dall'inizio una certa posizione di cui non ci si poteva disfare in alcun modo, neppure raggiungendo il successo e la ricchezza.

Per loro sarebbe sempre stato il figlio della domestica, qualcuno che erano stati costretti ad accettare per non perdere la figlia, ma che non apparteneva alla cerchia familiare. E che non vi sarebbe mai appartenuto.

Poi c'era stato il processo. Nel 1995.

A dire il vero, quel caso non rientrava direttamente nel suo campo. Ma quando aveva visto passare l'incartamento da Marble&March, Nathan aveva insistito per occuparsene personalmente.

Il caso non era difficile: dopo che la sua azienda era stata acquistata da una grande società d'informatica, uno dei membri fondatori della SoftOnline riteneva di essere stato licenziato ingiustamente dai nuovi azionisti e reclamava un'indennità di venti milioni di dollari. Il rifiuto della società di pagare una simile somma aveva fatto profilare la minaccia di un processo. Era stato a quel punto che il cliente aveva contattato Marble&March.

Nel frattempo, gli azionisti, la cui società aveva sede a Boston, si erano rivolti ai loro avvocati: quelli dello studio Branagh&Mitchell che fra i soci principali annoverava... Jeffrey Wexler.

Mallory aveva quasi supplicato il marito di rinunciare al caso. Non avrebbe portato niente di buono. Avrebbe solo complicato le cose, tanto più che era Wexler in persona a supervisionare la causa per il suo studio.

Nathan non l'aveva ascoltata. Voleva dimostrare loro di che cosa fosse capace uno venuto dal niente. Aveva contattato Jeffrey per avvertirlo: non solo si sarebbe occupato del caso ma aveva tutte le intenzioni di vincere.

Wexler l'aveva mandato a quel paese.

In questo genere di cause, non si arriva quasi mai al processo. Di solito, si risolve tutto con un patteggiamento fra le due parti e il lavoro degli avvocati si riduce a cercare di ottenere l'accordo più favorevole.

Su consiglio di Wexler, la società aveva fatto un'offerta di sei milioni e mezzo di dollari. Era una proposta onesta. La maggior parte degli avvocati l'avrebbe accettata. Eppure, contro qualsiasi regola di prudenza, Nathan aveva convinto il suo cliente a non cedere.

A pochi giorni dal processo, Branagh&Mitchell avevano fatto un'ultima offerta: otto milioni di dollari. Stavolta Nathan aveva pensato bene di accettare. Poi Wexler aveva pronunciato quella frase. Quelle parole che non avrebbe mai dimenticato:

"Ha già avuto mia figlia, Del Amico. Non le basta come trofeo?"

"Non ho 'avuto' sua figlia. Ho sempre amato Mallory, ma questo lei si rifiuta di capirlo."

"La schiaccerò come uno scarafaggio!"

"Vedo che il suo disprezzo rimane, ma in questo caso non le servirà a molto."

"Ci pensi su due volte. Se fa perdere otto milioni a quel tipo, la sua fama subirà un duro colpo. E lei sa quanto sia fragile la reputazione di un avvocato."

"Si preoccupi della *sua* di reputazione, vecchio mio."

"Ha solo una probabilità su dieci di vincere questo processo. E lo sa."

"Che cosa è disposto a scommettere?"

"Che mi venga un accidente se mi sbaglio."

"Non chiedo tanto."

"Che cosa vuole?"

Nathan rifletté un istante.

"L'appartamento del San Remo."

"Lei è pazzo!"

"Credevo che lei fosse un giocatore, Jeffrey."

"A ogni modo, non ha *nessuna* probabilità..."

"Un attimo fa diceva una su dieci..."

Wexler era talmente sicuro di sé che aveva finito per cadere in trappola:

"Bene. Se vince, le lascio l'appartamento. Faremo passare la cosa come un regalo per festeggiare la nascita di Bonnie. Noti che io non le chiedo niente in caso di sconfitta: farà abbastanza fatica a rimettersi in sesto e non desidero che il marito di mia figlia finisca in miseria".

Così era proseguita la loro battaglia tra uomini. Una simile scommessa non era molto professionale, Nathan era pienamente consapevole che non acquistava certo statura morale servendosi di un cliente per risolvere un problema personale, ma l'occasione era troppo bella.

Era un caso relativamente semplice ma dall'esito incerto, soggetto alla sensibilità e alla valutazione del giudice. Avendo rifiutato l'accordo proposto da Wexler, il cliente di Nathan rischiava di perdere tutto.

Jeffrey era un avvocato esperto e rigoroso. Oggettivamente, non aveva torto dicendo che le probabilità di vittoria del suo avversario erano scarse.

Ma Nathan aveva finito per vincere.

Così aveva deciso il giudice Frederick J. Livingston di New York, dando torto alla SoftOnline e ordinandole di versare i venti milioni che doveva al suo ex dipendente.

Bisognava riconoscerglielo: Wexler aveva incassato la sconfitta senza battere ciglio e, un mese più tardi, l'appartamento del San Remo era stato svuotato di tutte le sue cose.

Mallory però non si era sbagliata: il processo non aveva sistemato i rapporti tra Nathan e i suoceri. Fra Jeffrey e lui la rottura era stata definitiva perché ormai non si rivolgevano più la parola da sette anni. Nathan sospettava persino che i Wexler si fossero segretamente rallegrati per il divorzio della figlia. Non poteva essere altrimenti.

Nathan chinò il capo e pensò a sua madre, che non era mai venuta a trovarlo in quell'appartamento. Era morta di cancro tre anni prima del famoso processo.

Comunque era proprio suo figlio che dormiva al ventitreesimo piano del 145 di Central Park West.

Là dove lei aveva fatto le pulizie per quasi dieci anni.

La vita non era mai stata facile per Eleanor.

I suoi genitori, originari di Gaeta, erano emigrati negli Stati Uniti quando lei aveva nove anni. Questo sradicamento aveva influito negativamente sui suoi studi perché la ragazzina non era mai riuscita a parlare l'inglese in modo corretto, sicché aveva dovuto lasciare la scuola molto presto.

A vent'anni, aveva incontrato Vittorio Del Amico, un muratore che lavorava nei cantieri del Lincoln Center. Aveva una parlantina sciolta e un sorriso accattivante. Dopo qualche mese, era rimasta incinta e avevano deciso di sposarsi. Ma, con il passare del tempo, Vittorio si era rivelato un uomo violento, infedele e poco responsabile che aveva finito per abbandonare il focolare domestico, senza lasciare nessun recapito.

Dopo la scomparsa del marito, Eleanor era riuscita ad allevare il figlio da sola, facendo talvolta due o tre lavori contemporaneamente per sbarcare il lunario. Domestica a ore, cameriera, impiegata alla reception in squallidi alberghi: non si tirava mai indietro e sopportava le frequenti umiliazioni legate a quel tipo di impieghi. Senza veri amici, senza parenti prossimi, non aveva avuto nessuno su cui poter contare.

A casa non possedevano né lavatrice né videoregistratore, ma erano sempre riusciti a sfamarsi. Vivevano in ristrettezze ma dignitosamente. Nathan aveva vestiti puliti e tutto quello che gli serviva per la scuola.

Nonostante la stanchezza che sua madre accumulava, Nathan non l'aveva mai vista prendersi cura di sé o concedersi qualche piccolo piacere. Mai una vacanza breve, mai un libro, un cinema o un ristorante.

Perché l'unica preoccupazione di Eleanor Del Amico era far crescere correttamente suo figlio. Malgrado la mancanza di educazione e di cultura, aveva fatto di tutto per seguirlo negli studi e aiutarlo come meglio poteva. Non aveva un diploma, ma aveva tanto amore. Un amore incondizionato e indefettibile. Ripeteva spesso al figlio che era contenta di aver avuto un maschio invece che una femmina: "Te la caverai più facilmente in questo mondo ancora dominato dagli uomini", gli assicurava.

Durante i suoi primi dieci anni di vita, Eleanor era stata il sole che gli illuminava le giornate, la fata che gli accarezzava la fronte con una pezza bagnata per scacciargli gli incubi, la persona che, prima di andare a lavorare al mattino, gli lasciava accanto alla tazza di cioccolata un biglietto gentile e a volte qualche moneta.

Sì, sua madre era stata il suo idolo finché una sorta di divario sociale non aveva cominciato a separarli poco a poco.

Nathan aveva scoperto l'universo così affascinante della famiglia Wexler, poi, a dodici anni, aveva avuto la fortuna di essere ammesso alla Wallace School, una scuola privata di Manhattan che accoglieva ogni anno un decina di borsisti scelti fra i migliori elementi delle scuole dei quartieri difficili. Era stato invitato parecchie volte a casa dei compagni che abitavano nelle eleganti dimore dell'East Side o di Gramercy Park. Allora aveva cominciato a vergognarsi un po' di sua madre. Per gli errori di grammatica, la scarsa padronanza dell'inglese, e quei suoi modi che tradivano l'origine sociale.

Per la prima volta, l'amore di Eleanor gli era sembrato invadente e a poco a poco se n'era liberato.

Durante gli anni dell'università, i loro rapporti si erano ulteriormente allentati e il suo matrimonio non aveva migliorato le cose. Ma non era stata colpa di Mallory, che anzi aveva sempre insistito perché lui si occupasse della madre. No, la colpa era stata soltanto sua. Era stato troppo occupato a dare la scalata al successo per rendersi conto che Eleanor aveva più bisogno del suo amore che del suo denaro.

E poi, un cupo mattino di novembre del 1991, l'ospedale lo aveva chiamato per avvisarlo che Eleanor Del Amico era morta e quell'amore gli si era ripresentato in tutta la sua intensità. Come molti figli prima di lui, adesso era tormentato dai rimorsi, ossessionato da tutti i momenti in cui si era mostrato ingrato e indifferente.

Ormai, non passava giorno senza che Nathan pensasse a lei. Ogni volta che incrociava per la strada una donna vestita modestamente, logorata dal lavoro, stanca prima ancora di avere cominciato la giornata, rivedeva sua madre e rimpiangeva di non essere stato un figlio migliore. Ma era troppo tardi. Per quanto si fosse rimproverato, non sarebbe servito a niente. I suoi atti di espiazione, come portare fiori sulla sua tomba tutte le settimane, non avrebbero mai rimpiazzato il tempo che non aveva trascorso con lei quando era ancora viva.

Nel cassetto del suo comodino d'ospedale aveva trovato due fotografie.

La prima risaliva al 1967. Era stata scattata una domenica pomeriggio, vicino al mare, al lunapark di Coney Island. Nathan ha tre anni. Tiene tra le manine un gelato e guarda meravigliato le montagne russe. Sua madre lo porta in braccio con orgoglio. È una delle rare foto in cui sorride.

L'altra foto gli è più familiare: è la consegna del diploma di laurea in legge alla Columbia University. Con la toga e il suo bel vestito, sembra sfidare il mondo. Sente che il futuro gli appartiene.

Prima di essere ricoverata, Eleanor aveva tolto la foto dalla cornice dorata che troneggiava nel suo salotto. Al momento di morire, ci aveva tenuto a portare con sé l'immagine del successo del figlio, che era anche il segno del suo allontanamento.

Nathan cercò di scacciare quei pensieri che lo rendevano troppo vulnerabile.

Erano passate da poco le sei.

Entrò nel parcheggio sotterraneo di un palazzo vicino dove aveva affittato due posti auto. In uno c'era una Jaguar coupé e nell'altro una lussuosa 4x4 blu scuro.

L'avevano acquistata quando avevano deciso di avere un secondo figlio. Era una scelta di Mallory. Amava l'impressione di sicurezza che le dava quel genere di auto. Il suo primo pensiero era che la sua famiglia fosse protetta. Quella era la priorità in ogni decisione che prendeva.

Che bisogno c'è di avere due macchine, ora? si chiese Nathan aprendo la portiera del coupé. Era più di un anno che pensava di vendere la 4x4, ma non aveva mai trovato il tempo. Stava per mettere in moto quando pensò che forse sarebbe stato meglio prendere la jeep perché probabilmente le strade erano scivolose. Il profumo di Mallory aleggiava ancora all'interno dell'auto. Girando la chiavetta di accensione, decise che avrebbe venduto la Jaguar e tenuto la 4x4.

Risalì i due piani del parcheggio, inserì la carta magnetica per far alzare la sbarra e uscì nella città ancora avvolta dalle tenebre.

Non nevicava più. Persino il tempo era davvero bizzarro, oscillando costantemente tra il freddo e la temperatura mite.

Frugò nel vano portaoggetti e trovò un vecchio CD di

Leonard Cohen. Uno dei preferiti della sua ex moglie. Lo mise su. Mallory amava i cantanti folk, in particolare, e la contestazione, in generale. Alcuni anni prima, si era recata in Europa, a Genova, per manifestare contro i danni della globalizzazione e l'onnipotenza delle multinazionali. All'epoca delle ultime elezioni presidenziali, aveva partecipato attivamente alla campagna di Ralph Nader, e quando viveva sulla costa orientale non si era lasciata sfuggire neanche una manifestazione a Washington contro il Fondo Monetario Internazionale e la Banca Mondiale. Mallory era contro tutto: contro il debito e la miseria dei Paesi poveri, contro il degrado dell'ambiente, contro il lavoro minorile... Negli ultimi anni, si era battuta con forza contro il pericolo costituito dagli organismi geneticamente modificati. Aveva dedicato molto tempo a un'associazione che si impegnava a favore di un'agricoltura senza concimi né pesticidi. Due anni prima della loro separazione, l'aveva accompagnata alcuni giorni in India, dove l'associazione aveva organizzato un programma ambizioso di distribuzione di sementi sane ai contadini per spronarli a proseguire nella loro agricoltura tradizionale.

Nathan era sempre stato molto critico nei confronti della generosità dei ricchi ma, con il passare del tempo, aveva finito per riconoscere che, rispetto al suo disinteresse, era comunque un passo avanti.

Perciò, anche se ogni tanto prendeva in giro la moglie per il suo impegno, la ammirava in segreto perché sapeva bene che, se il mondo avesse dovuto contare soltanto su tipi come lui per migliorare, avrebbe aspettato un bel pezzo.

A quell'ora il traffico era ancora scorrevole. Di lì a una mezz'ora, non sarebbe più stato così. Prese la direzione di

Lower Manhattan e poi non pensò più a niente, lasciandosi cullare dalla voce rauca di Cohen.

Un po' prima di Foley Square, lanciò un'occhiata nello specchietto retrovisore. Su uno dei sedili posteriori c'era un plaid con un motivo di Norman Rockwell che avevano acquistato da Bloomingdale's all'inizio del loro matrimonio e in cui Bonnie amava avvolgersi quando viaggiavano insieme tutti e tre.

No, non sognava: la macchina era ancora impregnata del profumo di Mallory. Un aroma di vaniglia e di fiori appena colti. In quei momenti, lei gli mancava terribilmente. La sentiva talmente presente che a più riprese ebbe l'impressione di essere seduto accanto a un'ombra. Lei era lì, sul sedile a fianco, come un fantasma.

Le cose sarebbero potute andare diversamente se non ci fossero stati il denaro, la differenza di estrazione sociale, il bisogno di superare se stesso per dimostrare di meritarla. Troppo presto si era dovuto forgiare una personalità basata sul cinismo e sull'individualismo e seppellire quanto di fragile c'era in lui. Per essere uno dei migliori, per non doversi scusare delle proprie debolezze.

Ripensando a tutte queste cose, fu colto dalla paura di non rivedere più Mallory. Non aveva parenti prossimi né un vero amico. Gli restava solo sua figlia. Se fosse morto, a chi sarebbe importato? A Jordan? Ad Abby?

Arrivato in fondo a Lafayette Street, si sentì oppresso da un'immensa tristezza.

Quando imboccò il Brooklyn Bridge, ebbe l'impressione di essere ghermito dalla ragnatela di cavi d'acciaio che sorreggono il ponte. I due archi gli facevano sempre pensare all'entrata misteriosa di un edificio gotico e contrastavano con le forme moderne dello skyline, sfigurato per sempre dal crollo delle torri gemelle. Era stupido ma, ogni volta che passava di lì, nei giorni di nebbia, si aspettava quasi di vederle ricomparire dopo una curva, con le loro facciate scintillanti e le loro sommità che davano del tu al cielo.

A un tratto, venne sorpassato da un corteo di ambulanze che, a sirene spiegate, correvano verso Brooklyn. Doveva essere successo un incidente grave da qualche parte nella notte gelida.

Dio santo, questa era New York! La amava e la detestava al tempo stesso. Era difficile da spiegare.

Distrattosi nella guida, mancò un incrocio all'uscita del ponte ritrovandosi così nelle strette vie di Brooklyn Heights. Proseguì alcuni istanti in quel quartiere tranquillo prima di trovare una deviazione verso Fulton Street. Una volta lì, tirò fuori di tasca il cellulare e compose un numero che aveva memorizzato qualche tempo prima. Fu una voce già ben sveglia a rispondergli:

"Dottor Bowly, dica".

La clinica del dottor Bowly era un istituto rinomato per la qualità delle sue cure. Era lì che lo studio legale mandava le nuove reclute per la visita medica prima di ufficializzarne l'assunzione. Da qualche tempo, la clinica aveva ampliato le proprie attività e fungeva anche da centro di disintossicazione per una clientela sceltissima della costa orientale.

"Nathan Del Amico, studio legale Marble&March. Vorrei fare un check-up completo."

"Le passo il centralino", rispose l'interlocutore, seccato di essere stato disturbato personalmente così presto per un semplice appuntamento.

"No, dottore, è con lei che voglio parlare."

"Benissimo... la ascolto", rispose cortesemente il medico dopo un attimo di sorpresa.

"Vorrei un controllo in piena regola: analisi del sangue, radiografie, elettrocardiogramma..."

"Stia tranquillo: è tutto compreso nel nostro forfait."

Nathan sentì che all'altro capo del filo il medico batteva sulla tastiera di un computer.

"Possiamo fissare una data per... fra dieci giorni", propose Bowly.

"Fra dieci minuti piuttosto", ribatté Nathan.

"Sta scherzando?"

Nathan stava arrivando nel distretto di Park Slope. Prese una curva a gran velocità in direzione di un elegante quartiere residenziale situato a ovest di Prospect Park. Assunse un tono molto professionale.

"Lei è stato difeso dallo studio in una faccenda fiscale. Tre anni fa, se ben ricordo..."

"Esatto", riconobbe Bowly, sempre più sorpreso. "E avete fatto bene il vostro lavoro visto che sono stato scagionato."

Si capiva che era sulla difensiva.

"Lo so", riprese Nathan, "è stato uno dei miei collaboratori a occuparsi della sua pratica e credo di sapere che lei ha nascosto alcuni documenti al fisco."

"Ma dove... dove vuole arrivare?"

"Diciamo che ho alcuni amici al Tesoro che forse sarebbero interessati a queste informazioni."

"Questo va contro la prassi della sua professione!" protestò il medico.

"È vero", ammise Nathan, "ma lei non mi lascia altra scelta."

Imboccando Penitent Street, l'avvocato venne abbagliato dai fari di una macchina che giungeva in senso inverso.

Pezzo di cretino!

Lasciò cadere il cellulare, attento solo a sterzare violentemente a destra. Evitò l'altro veicolo per un pelo.

"Pronto?" riprese dopo aver raccolto il telefono.

Per un attimo credette che Bowly avesse riappeso ma, dopo un lungo silenzio, il medico dichiarò con una voce che cercava di sembrare sicura:

"Non cederò mai a un simile ricatto. Se crede che mi lasci impressionare da..."

"Non le chiedo gran che", sospirò Nathan. "Un checkup completo oggi stesso. Pagherò il prezzo di listino, ben inteso."

Trovò un parcheggio non lontano dalla clinica. La notte stava impallidendo e il giorno cominciava a spuntare.

Sbatté la portiera, azionò la chiusura automatica e risalì la strada fiancheggiata da lampioni in ferro battuto.

Il dottor Bowly rimase in silenzio un'altra volta prima di cedere:

"Senta, non mi piacciono i suoi metodi ma vedo se riesco a trovarle un buco. A che ora vorrebbe venire?"

"Sono già qui", disse Nathan spingendo la porta della clinica.

7

I morti non sono assenti, sono invisibili.

SANT'AGOSTINO

Lo fecero entrare in una stanza fredda e buia, rischiarata solo da una tenue luce. Sul letto, ben in evidenza, c'era una scheda plastificata che riassumeva le varie tappe del check-up. Nathan seguì le istruzioni alla lettera: si svestì, infilò un camice di cotone, si lavò le mani e urinò in un contenitore, poi chiamò un medico, che gli fece un prelievo di sangue.

Il check-up prevedeva una serie di spostamenti attraverso quasi tutta la clinica. Munito di una carta magnetica, il paziente doveva passare in stanze successive dove veniva ricevuto da differenti specialisti.

La festa cominciò con un'anamnesi completa raccolta da un cinquantenne secco e brizzolato che rispondeva al nome di dottor Blackthrow.

Dopo averlo visitato da capo a piedi, lo interrogò sui suoi precedenti clinici personali e familiari.

No, non aveva mai avuto particolari problemi di salute, salvo reumatismi articolari all'età di dieci anni e una mononucleosi a diciannove.

No, nemmeno malattie sessualmente trasmissibili.

No, non sapeva di che cosa fosse morto suo padre. Né se fosse morto, del resto.

No, sua madre non era morta di una malattia cardiovascolare.

E non aveva nemmeno il diabete.

I suoi nonni? Non li aveva conosciuti.

Poi fu il turno delle domande sul suo stile di vita.

No, non beveva e non fumava più dalla nascita della figlia. Sì, era proprio un pacchetto di sigarette quello che sporgeva dalla tasca della sua giacca (*hanno frugato nel mio vestito!*) ma lui non ne accendeva mai una: gli servivano solo per tenere occupate le mani.

Sì, qualche volta prendeva degli antidepressivi. E anche degli ansiolitici. Come la metà delle persone che hanno una vita frenetica.

Passò poi da uno specialista degli stati di stress che lo sottopose a complicati test per misurare la sua angoscia professionale e familiare.

Sì, aveva vissuto una separazione coniugale.

No, non era stato licenziato.

Sì, aveva subito di recente la perdita di una persona cara.

No, non aveva ipoteche.

Sì, la sua situazione finanziaria era cambiata di recente... ma in meglio.

Un mutamento nelle abitudini del sonno? Non aveva vere abitudini, ed era forse quello il problema. *Non mi abbandono al sonno, cedo al sonno, come si suol dire.*

Al termine della valutazione, il medico gli prodigò una serie di consigli da quattro soldi, che avrebbero dovuto aiutarlo a gestire meglio quelle che definiva "situazioni psicoemozionalmente angoscianti".

Nathan ascoltò tutte quelle raccomandazioni ma dentro si sentiva ribollire.

Cazzo! Non voglio trasformarmi in un maestro zen, voglio soltanto sapere se sto per morire.

Con l'esame cardiologico ebbe inizio la parte seria.

Si sentì sollevato nel vedere che il cardiologo aveva un'aria umana e comprensiva. Nathan gli parlò del dolore al petto che lo faceva soffrire da parecchi giorni. Il medico lo ascoltò attentamente, facendogli alcune domande sulle circostanze e sull'intensità precisa del dolore.

Gli misurò la pressione, quindi gli chiese di correre su un tapis roulant per controllare il ritmo cardiaco sotto sforzo.

In seguito lo sottopose a un elettrocardiogramma, a un'ecografia cardiaca e a un ecodoppler: se c'era qualcosa al cuore, sarebbe risultato di certo.

Il check-up proseguì con una visita ORL. Un otorinolaringoiatra gli esaminò la gola, il naso, i seni paranasali, le orecchie.

Rifiutò di sottoporsi a un audiogramma: no, non aveva disturbi dell'udito.

In compenso, fu obbligato a subire una fibroscopia laringea e una radiografia polmonare: la sua spiegazione sulle sigarette non era stata convincente.

"Sì, d'accordo, mi capita ancora di fumarne una ogni tanto, sa com'è..."

Non era nemmeno molto entusiasta di un esame endoscopico del retto. Ma lo rassicurarono: era indolore.

Quando aprì la porta dell'urologo, intuì che avrebbero parlato della prostata. E fu così.

No, non si alzava ancora tre volte a notte per andare in bagno. No, non aveva difficoltà a urinare. D'altra parte era un po' giovane per un adenoma prostatico, no?

La visita terminò con un esame ecografico completo e Nathan poté vedere su un piccolo schermo delle belle fotografie del suo fegato, del pancreas, della milza e della cistifellea.

Guardò l'orologio: le due del pomeriggio. Uffa! Era finita. Gli girava la testa e aveva voglia di vomitare. Era stato sottoposto a più esami in quelle ultime ore che in tutta la sua vita.

"Riceverà i risultati fra una quindicina di giorni", lo avvertì una voce alle sue spalle.

Si voltò e vide il dottor Bowly che lo guardava con severità.

"Ma come 'fra una quindicina di giorni'!" brontolò. "Non ho tempo di aspettare 'una quindicina di giorni'. Sono sfinito, sono malato! Ho bisogno di sapere di che cosa soffro!"

"Si calmi", fece il medico, "stavo scherzando: potremo fare un primo bilancio fra poco più di un'ora."

Guardò l'avvocato più attentamente e si preoccupò:

"È vero che ha un'aria molto stanca. Se si vuole riposare un po' in attesa dei risultati, c'è una camera libera al secondo piano. Vuole che chieda a un'infermiera di portarle da mangiare?"

Nathan accettò. Recuperò i suoi indumenti, salì al secondo piano e si rivestì nella stanza indicata, prima di lasciarsi cadere sul letto.

La prima cosa che vide fu il sorriso di Mallory.

Mallory era luce. Mallory era solare. Sempre piena di energia e di allegria. Così socievole, mentre Nathan da quel punto di vista aveva dei problemi. Una volta, avevano fatto ridipingere il loro appartamento e lui era rimasto parecchi giorni senza rivolgere la parola all'imbianchino, mentre Mallory in meno di un'ora aveva conosciuto tutti i particolari della sua vita: dalla città in cui era nato fino al nome dei suoi figli. Nathan non disprezzava le persone, anzi, ma di solito non sapeva parlare con loro. Non era un tipo estroverso. Mallory, per natura, era sempre positiva, si fidava degli altri. Lui no. A differenza della moglie, non si faceva illusioni sulla natura umana.

Malgrado avessero caratteri opposti, il loro matrimonio aveva conosciuto anni di grande felicità. Avevano saputo entrambi fare dei compromessi. Certo, Nathan dedicava molto tempo al lavoro, ma Mallory lo accettava. Comprendeva il suo bisogno di ascesa sociale. In cambio, Nathan non criticava mai l'attivismo della moglie, anche se talvolta lo giudicava molto ingenuo o folcloristico. La nascita di Bonnie aveva ulteriormente accresciuto la loro intesa.

Nel suo intimo Nathan aveva sempre pensato che non si sarebbero mai separati. Eppure avevano finito per allontanarsi l'uno dall'altra.

Il lavoro, sempre più impegnativo a causa delle nuove responsabilità, c'entrava molto. Sapeva bene che la profonda incrinatura che si era creata fra loro era la conseguenza della sua mancanza di disponibilità.

Ma soprattutto c'era stata la morte di Sean, il loro secondo figlio, all'età di tre mesi.

Era successo tre anni prima, durante l'inverno, all'inizio di febbraio.

Per ragioni oscure, Mallory si era rifiutata di assumere una persona che si occupasse dei figli. Eppure sarebbe stato così facile affidare Bonnie e Sean alle cure di una di quelle governanti filippine tanto numerose in America. Tutti i colleghi di Nathan lo facevano. Ma Mallory avrebbe spiegato che, per venire ad allevare i bambini dei ricchi americani, quelle donne erano costrette a lasciare il proprio Paese e i propri figli. Se la liberazione della donna del Nord passava per l'asservimento di quella del Sud, allora lei, Mallory Wexler, preferiva farne a meno. Spettava ai genitori occuparsi dei figli e a nessun altro. I padri dovevano soltanto partecipare di più alla loro educazione, ecco tutto. Se, per disgrazia, qualcuno protestava, facendo notare che la governante filippina riceveva per i suoi servizi una somma non trascurabile che avrebbe potuto inviare in patria per finanziare gli studi dei figli, passava subito per un orribile neocolonialista e doveva sorbirsi altri discorsi impegnati che gli facevano rimpiangere di essersi avventurato su quel terreno.

Quel pomeriggio, Nathan aveva lasciato l'ufficio in anticipo. Mallory aveva in programma la sua visita mensile ai genitori. Di solito, portava Bonnie con sé, ma siccome la piccola aveva mal di gola, avevano deciso che sarebbe rimasta a New York con il padre.

Mallory prendeva l'aereo delle sei. Nathan l'aveva incrociata sulla soglia. Lei gli aveva dato un bacio di sfuggita dopo avergli detto qualcosa come: "Ti ho preparato tutto, non dovrai far altro che riscaldare i biberon nel microonde. E non dimenticarti di fargli fare il ruttino..."

Così si era ritrovato da solo con i due figli. Per Bonnie, aveva la sua arma segreta: il video di *Lilli e il vagabondo*. In uno dei suoi sghiribizzi, Mallory aveva deciso di boicottare la Disney con il pretesto che Topolino faceva fabbricare i suoi gadget in Cina o ad Haiti da subappaltatori che non esitavano a sfruttare i bambini. Ma Bonnie, privata così di molti cartoni animati, non era stata d'accordo.

Così suo padre le aveva concesso di vedere la cassetta dopo averle fatto giurare che non avrebbe detto niente alla madre e la bimba se n'era andata tutta contenta a guardare il film in salotto.

Nathan aveva messo Sean nella culla e l'aveva sistemata accanto alla sua scrivania. Era un neonato tranquillo e in buona salute. Aveva bevuto un biberon verso le sette e poi si era riaddormentato. Di solito, Nathan adorava occuparsi dei figli. Il guaio era che quella sera non ne aveva davvero il tempo. Lavorava a un caso importante e difficile. Del resto ormai gli affidavano solo casi importanti e difficili, il che lo costringeva a portarsi a casa sempre più incartamenti. Se la cavava, ma con difficoltà.

Finito il cartone animato, Bonnie aveva chiesto di cenare (spaghetti naturalmente: dopo *Lilli e il vagabondo*, che altro si poteva mangiare?). Lui glieli aveva preparati, ma non aveva potuto tenerle compagnia. Poi la piccola era andata a letto senza fare storie.

Nathan aveva lavorato a ritmo sostenuto per quattro ore e poi, a mezzanotte in punto, aveva dato l'ultimo biberon a Sean, prima di andare a letto anche lui. Era sfinito e il giorno dopo voleva alzarsi presto. Sean era un vero orologio. Alla sua età, faceva già le sue notti di sonno, sicché Nathan era sicuro che avrebbe potuto dormire almeno fino alle sei.

Sì, ma la mattina seguente aveva ritrovato nella culla il corpo senza vita del figlio, a pancia in giù. Nel sollevare quell'esserino ancora così leggero, aveva notato una macchia di schiuma rosa sul lenzuolo. Una sensazione di orrore lo aveva pervaso e aveva capito immediatamente.

Era stata una morte silenziosa, ne era persuaso. Nathan aveva il sonno leggero e non aveva udito nessun pianto, nessun grido.

Oggi, la morte improvvisa di un neonato è ben nota. Come tutti i genitori, anche loro erano stati avvertiti dei danni della posizione ventrale dei bambini nella culla e avevano sempre seguito le raccomandazioni del pediatra di coricare Sean sulla schiena...

Avevano anche fatto attenzione che il viso del neonato restasse sempre scoperto, che la temperatura della camera non fosse mai troppo alta (Mallory aveva fatto installare un termostato sofisticato che manteneva la temperatura a 20° C), che il materasso fosse duro (avevano acquistato il più caro, con tutte le norme di sicurezza). Come sarebbero potuti essere dei genitori migliori?

Gli avevano fatto quella domanda parecchie volte: era sicuro di avere coricato il bambino sulla schiena? Ma sì! Sì! Come sempre. Era quanto aveva affermato. Però in realtà non si ricordava con precisione del momento in cui aveva messo a dormire il piccolo Sean. Non riusciva a rivedere mentalmente la scena. Tutto ciò che sapeva con certezza era che, quella maledetta sera, era stato assorbito dal lavoro. Da quella cazzo di pratica per la fusione di due compagnie aeree.

In tutta la sua vita di padre, non aveva mai coricato uno dei suoi figli sul ventre o sul fianco. Perché avrebbe dovuto farlo quella sera? Era impossibile. Sapeva di non averlo fatto, ma non aveva il ricordo preciso del momento in cui aveva messo il piccolo nella culla. E l'incertezza lo tormentava, accrescendo il suo senso di colpa.

Mallory a sua volta si era inventata un suo senso di colpa, per non avere allattato il figlio secondogenito. Come se questo avesse cambiato qualcosa!

Perché la loro coppia era scoppiata dopo quella prova, invece di rafforzarsi? Nathan era incapace di dare una risposta chiara a quella domanda che lo assillava giorno dopo giorno. Di spiegare quel bisogno di allontanarsi che li aveva presi entrambi.

Era successo così. Relativamente in fretta. Stare con Mallory era diventato all'improvviso insopportabile. Come poter vivere sotto il suo sguardo che, inconsciamente, forse lo accusava della morte di Sean? Rincasare per parlare di che cosa? Ritornare di nuovo sul passato? "Ti ricordi com'era bello? Ti ricordi come l'abbiamo aspettato? Come ne eravamo fieri? Ti ricordi del posto in cui lo abbiamo concepito? Nello chalet di quella stazione sciistica delle White Mountains... Ti ricordi... Ti ricordi..."

Lui non sapeva più che cosa rispondere alle sue domande: "Credi che sia da qualche parte in cielo, Nathan? Credi che ci sia qualcos'altro dopo?"

Non ne sapeva niente. Non credeva in niente.

Non gli restava altro che quella ferita aperta, quel dolore infinito, quella sensazione terrificante di aver abbandonato suo figlio.

Si era sentito smarrito, a pezzi. A lungo la sua disperazione era stata così intensa che non aveva più provato gusto per niente, perché niente avrebbe potuto risuscitare il suo bambino.

Per continuare a vivere, allora, si era rifugiato nel lavoro. Ma in ufficio, dovunque mettesse piede, gli facevano sempre la stessa domanda: come sta *tua moglie*?

Sempre sua moglie.

E lui? Chi si preoccupava del suo dolore? Non gli avevano mai chiesto come stesse *lui.* Come vivesse quella situazione. Lo credevano forte. *A tough man.* Non era così nella sua professione? Un duro, uno spietato che non aveva diritto alle lacrime e alla disperazione.

Nathan aprì gli occhi e si alzò di scatto.

Sapeva che quella ferita non sarebbe mai guarita.

Certi giorni, naturalmente, gli capitava di trascorrere momenti preziosi con sua figlia, di divertirsi a fare sport, di sorridere alla battuta di un collaboratore. Ma, persino allora, il dolore del ricordo di Sean non lo abbandonava.

Un'ora dopo

Seduto in poltrona di fronte al dottor Bowly, Nathan osservava una cornice dorata che racchiudeva una sorta di pergamena con la traduzione latina di una frase di Ippocrate:

Vita brevis, ars longa, experimentum periculosum, judicium difficile.

"La vita è breve, l'arte è lunga, l'esperimento pericoloso, il giudizio difficile", tradusse il medico. "Vuol dire..."

"Capisco benissimo che cosa vuol dire", lo interruppe Nathan. "Sono laureato in legge, non una popstar che viene qui per farsi disintossicare."

"Va bene, va bene, perfetto", fece Bowly deluso porgendogli un documento di una trentina di pagine che portava la scritta REFERTO MEDICO.

Nathan sfogliò alcune pagine senza leggerle veramente, poi alzò la testa verso Bowly e chiese con apprensione: "Allora?"

Il medico respirò parecchie volte per far durare la suspense.

Questo tipo è un vero sadico.

Si raschiò la gola e deglutì.

Su, dai, dimmelo che sto per crepare!

"Non morirà domattina. Non c'è niente di allarmante nei suoi esami."

"Ne è sicuro? Ma il mio cuore..."

"Lei non soffre di ipertensione arteriosa."

"Il tasso di colesterolo?"

Bowly scosse la testa.

"Nulla di grave: il livello di LDL, ovvero del colesterolo cattivo, non è preoccupante."

"E il dolore al petto?"

"Cosa da poco: il cardiologo propenderebbe, nel peggiore dei casi, per un'angina pectoris latente dovuta a uno stress intenso."

"Non c'è rischio d'infarto?"

"È molto improbabile. Le lascio comunque uno spray a base di trinitrina, per ogni evenienza. Ma il disturbo dovrebbe cessare con un po' di riposo."

Nathan prese il farmaco che Bowly gli porgeva. Aveva voglia di abbracciare il medico. Si sentiva alleggerito di un peso di tre tonnellate.

Bowly gli espose minutamente e a lungo tutti i risultati dei diversi esami, ma lui non lo ascoltava più. Sapeva l'essenziale: non sarebbe morto di lì a poco.

Una volta in macchina, rilesse con attenzione i risultati degli esami clinici. Nessun dubbio: era in perfetta salute. Anzi, raramente si era sentito così bene. In pochi minuti, il morale gli era salito alle stelle.

Guardò l'orologio. Aveva davvero bisogno di quei giorni di ferie? Adesso che era rassicurato, non avrebbe fatto meglio a ritornare al lavoro? *Nathan Del Amico ritorna ai comandi. Abby, mi porti la pratica Rightby's e ripristini tut-*

ti i miei appuntamenti. Potrebbe restare un po' più a lungo, stasera? Ci daremo dentro!

No. Andava meglio, ma non doveva bruciare le tappe. Era abbastanza lucido per capire che qualcosa non funzionava. E voleva davvero andare a prendere Bonnie.

Mise in moto la 4x4 e prese la direzione di Cental Park West.

Aveva voglia di bere e di fumare. Si frugò nella tasca del vestito e mise la mano sul pacchetto da cui prese due sigarette. "Non ne accendo mai, mi servono solo a tenere occupate le mani", si fece il verso goffamente. Allora accese entrambe le sigarette contemporaneamente e scoppiò a ridere. La morte non era vicina.

8

Siamo completamente soli nell'oscurità
di questa vita?
DAL FILM *THE ABYSS* DI JAMES CAMERON

Giunto a casa, si preparò un piatto di penne rigate al basilico e parmigiano che accompagnò con una bottiglia di vino della California. Dopo aver mangiato, fece una doccia, si infilò un pullover di cachemire a collo alto e indossò un abito elegante.

Tornò al garage, lasciò la 4x4 al suo posto e saltò a bordo del coupé.

Ah, tornava a vivere! L'indomani avrebbe ricominciato a correre nel parco, avrebbe chiesto a Peter di trovargli un biglietto per l'incontro di basket al Madison Square Garden.

Frugò nel vano portaoggetti fra una decina di CD che amava ascoltare mentre guidava. Mise su un album di Eric Clapton e apprezzò da conoscitore il riff indimenticabile di *Layla*.

Quella sì che era musica!

Ecco che cosa avrebbe fatto durante quei pochi giorni di vacanza: avrebbe dedicato tempo a cose che apprezzava davvero. Aveva denaro, viveva in una delle più belle città del mondo, la vita sarebbe potuta essere peggiore.

Nathan si sentiva sollevato. Veramente. Stavolta doveva proprio ammettere che aveva avuto paura. Ma adesso non sentiva più il minimo dolore. Ecco. Era soltanto un po' di stress. Il tributo che aveva dovuto pagare alla vita moderna, e basta.

Dopo aver alzato il volume della radio, aprì il finestrino e lanciò un piccolo grido verso il cielo mentre il motore rombava. Ben consapevole di aver abusato un po' dello chardonnay californiano, si costrinse a rallentare. Non era il momento di avere un incidente.

Salì con l'auto sul traghetto e raggiunse il Surgery Center dov'era stato il giorno prima. Il dottor Goodrich non c'era.

"A quest'ora lo troverà nell'unità di cure palliative", lo informò l'impiegata dell'ingresso scarabocchiandogli un indirizzo su un Post-it.

Nathan si precipitò fuori. Ci teneva moltissimo che Garrett fosse al corrente dei risultati del suo check-up.

Cinque minuti dopo era davanti all'edificio dell'unità di cure palliative, un bel palazzo di granito rosa in mezzo al verde.

Spingendo la porta del pianterreno, provò una strana sensazione. Infatti, quel posto non somigliava per niente a una struttura medica. Non c'erano né apparecchiature complicate né l'agitazione che regna di solito negli ospedali. Un grande albero di Natale troneggiava nell'ingresso. Ai suoi piedi, dei pacchetti regalo.

Nathan avanzò verso un'ampia portafinestra che dava su un piccolo parco tutto illuminato e ricoperto di neve. La notte era già scesa e nell'aria sfarfallavano alcuni fiocchi bianchi. Si allontanò dalla finestra per imboccare un corridoio che conduceva a una grande sala comune con le pareti tappezzate di stoffe porpora e oro. Piccole candele erano posate un po' ovunque nella stanza, come dei segnali luminosi, e in sottofondo si sentivano canti sacri di una bellezza straordinaria. Tutti elementi che contribuivano a creare un ambiente sereno e rassicurante.

Quanto al personale, ognuno era impegnato in un compito, sicché nessuno fece attenzione a lui.

Nathan si immerse per un po' nella contemplazione di una donna ancora giovane, su una sedia a rotelle. Il suo corpo era scarno e la testa pendeva da un lato in una posizione terribilmente statica. Un membro del personale medico la imboccava con pazienza commentando il programma in onda alla televisione. Era un cartone animato.

Nathan si sentì posare una mano sulla spalla.

"Salve, Del Amico", disse semplicemente Goodrich, senza mostrarsi affatto sorpreso di vederlo. "Allora, viene a farci una visita?"

"È impressionante, Garrett. Non ero mai entrato in un posto del genere."

Il medico gli fece fare un giro. L'istituto contava un centinaio di letti che accoglievano pazienti affetti da malattie incurabili, di solito cancro in fase terminale, AIDS o malattie neurologiche. Molti pazienti erano in condizioni fisiche paurose e all'inizio Nathan fece fatica a sostenere il loro sguardo.

Svoltato l'angolo di un corridoio, osò chiedere a Goodrich:

"I malati sanno che...?"

"Che stanno per morire? Naturalmente. Qui non mentiamo: l'ora estrema non deve essere quella della menzogna."

Con Nathan alle calcagna, Garrett terminò il giro serale. Era allegro e rassicurante, sempre disposto a scambiare quattro chiacchiere con ogni malato. Il più delle volte, la conversazione non concerneva la malattia: a chi aveva ricevuto una visita chiedeva notizie della famiglia o degli amici. Con gli altri, era pronto a commentare, talvolta a lungo, gli ultimi risultati sportivi, il tempo o gli avvenimenti internazionali. Era un oratore impareggiabile che usava l'umorismo con molta disinvoltura. Persino i malati meno facili finivano generalmente per dimenticare la loro tristezza ed era raro che lasciasse una stanza senza ricevere un sorriso.

Questo tipo sarebbe stato un temibile avvocato, pensò Nathan.

La visita nell'unità di cure palliative fu sconcertante, ma l'atmosfera sembrò a Nathan meno morbosa di quanto avesse immaginato, come se fosse stato possibile congedare temporaneamente la morte, pur sapendo che di lì a poco sarebbe tornata ad aggirarsi nei corridoi.

Goodrich gli presentò alcuni dei numerosi volontari che lavoravano nel reparto. Nathan era pieno di sincera ammirazione per quelle persone che consacravano una parte del loro tempo agli altri e non poté fare a meno di pensare a sua moglie. La conosceva bene, sapeva che lì si sarebbe sentita a suo agio, che sarebbe stata capace di infondere luce e ottimismo ai malati. Avrebbe voluto anche lui riuscire a entrare in empatia con la gente, ma era incapace di aprirsi al prossimo.

Ciononostante, per non essere l'unico a non fare niente lì dentro, entrò in diverse camere proponendo timidamente il suo aiuto: chiacchierò di una trasmissione televisiva con un giovane fotografo malato di AIDS e aiutò un vecchio che aveva subito una tracheotomia a mangiare.

All'ultima cucchiaiata di composta di frutta, Nathan si rese conto che la sua mano era percorsa da un leggero tremito. Gli accessi di tosse e i raschi di gola del paziente lo spaventavano e lo mettevano a disagio. Era incapace di dominare la propria emozione davanti a tanta sofferenza. Fu sul punto di scusarsi con il vecchio, ma questi finse di non notare il suo imbarazzo. Lo ringraziò con un sorriso e chiuse gli occhi.

In quel momento Goodrich entrò nella stanza. Notò il turbamento di Nathan.

"Se la cava, Del Amico?"

Nathan ignorò la domanda. Il suo sguardo restò fisso sul volto straordinariamente sereno del moribondo.

"Perché quell'uomo sembra non aver paura?" chiese sommessamente allontanandosi.

Garrett si tolse gli occhiali e si massaggiò le palpebre riflettendo sulla risposta.

"Gil è uno dei nostri ospiti più vecchi. È già piuttosto anziano e ha accettato lucidamente la sua malattia. Questo gli ha lasciato il tempo di accomiatarsi e mettersi in pace."

"Io non sarò mai così", mormorò Nathan.

"Conosce il detto: 'Smetterai di aver paura se avrai smesso di sperare'? Ebbene, è quello che si applica qui: la paura della morte diminuisce quando non si fanno più progetti."

"Come si può non aspettarsi più niente?"

"Diciamo che Gil aspetta solo un'ultima cosa", rispose il medico in tono fatalistico. "Ma non si lasci trarre in inganno: non tutti se ne vanno sereni come lui. Sono numerosi coloro che muoiono in collera, in rivolta contro la loro malattia."

"Quelli li capisco meglio", dichiarò Nathan senza sorpresa.

All'improvviso, un velo di tristezza gli calò sul volto. Garrett lo apostrofò:

"Via quell'espressione, Del Amico! Queste persone hanno bisogno di amore incondizionato e di comprensione, non di pietà. Non dimentichi che è un periodo un po' speciale: quasi tutti i malati che sono qui sanno che sarà il loro ultimo Natale".

"Conta anche me fra loro?" chiese Nathan, provocatorio.

"Chi può dirlo?" fece Goodrich stringendosi nelle spalle.

Nathan preferì non dilungarsi. Una domanda gli ronzava in testa:

"Non è frustrante per un medico?"

"Vuol dire... non essere in grado di guarire queste persone?"

Nathan annuì.

"No", rispose Goodrich. "Anzi: è stimolante perché è difficile. Non è certo perché non si può più guarire che non si può più curare. La chirurgia richiede molta tecnica ma non si appella al cuore. Qui è diverso. Noi accompagniamo i malati nei loro ultimi istanti. Può sembrare insignificante, ma è già molto, sa. E a dire il vero è più facile operare una persona che camminare con lei verso luoghi oscuri."

"In che cosa consiste questo accompagnamento?"

Goodrich allargò le braccia.

"È al tempo stesso molto complicato e molto semplice:

si può leggere qualcosa al malato, aiutarlo a pettinarsi, tirargli su il cuscino, accompagnarlo a passeggio nel parco... Ma il più delle volte non si fa niente. Si resta lì con lui a condividere la sua sofferenza e la sua paura. Si è semplicemente disposti ad ascoltare."

"Continuo a non capire come ci si possa decidere ad accettare la fine."

"Negare la morte non è una soluzione! Sopprimendo la maggior parte dei riti di passaggio verso l'altro mondo, la nostra società ha fatto della morte un argomento tabù. È per questo che le persone si sentono smarrite quando si ritrovano a dovercisi confrontare!"

Il medico lasciò passare alcuni secondi prima di aggiungere:

"Eppure, la morte non è un'anomalia".

Aveva pronunciato queste ultime parole con forza, come se cercasse di convincersene lui stesso.

I due uomini erano adesso di ritorno nell'atrio. Nathan cominciò ad abbottonarsi il cappotto. Ma prima di andarsene aveva un'ultima cosa da dire.

"Sia ben chiaro, Garrett: non le credo assolutamente."

"Eh?"

"Tutto quello che mi ha detto, tutte le sue chiacchiere a proposito della morte e dei Messaggeri. Non credo a una sola parola."

Goodrich non parve sorpreso.

"Oh, la capisco! Chi crede di controllare la propria esistenza non ha certo voglia di veder vacillare le proprie certezze."

"Tra l'altro, ci tenevo a farle sapere che godo di eccellente salute. Spiacente per lei, ma penso che si sia sbagliato: non sto affatto per morire."

"Lietissimo di apprenderlo."

"Mi sono persino preso qualche giorno di vacanza."

"Ne approfitti."

"Lei mi irrita, Garrett."

Nathan chiamò l'ascensore. Goodrich era sempre accanto a lui e lo guardava come se cercasse di giudicarlo. Infine si decise:

"Penso che dovrebbe far visita a Candice".

Nathan sospirò.

"Chi è Candice?"

"Una giovane donna di Staten Island. Lavora come cameriera al Dolce vita, un *coffee shop* del centro di St George dove mi fermo qualche volta la mattina a prendere un caffè."

L'avvocato alzò le spalle.

"E allora?"

"Mi ha capito benissimo, Nathan."

Tutto a un tratto fu come se il ricordo di Kevin lo assalisse con violenza.

"Intende dire che quella cameriera sta per..."

Garrett annuì.

"Non le credo. È passato davanti a quella donna e improvvisamente, così, ha avuto una rivelazione?"

Garrett non rispose. Del Amico continuò con foga:

"E come avviene, concretamente? La sua testa si mette a lampeggiare in mezzo alla folla sull'aria di una marcia funebre?"

"Ci ha azzeccato", confermò Goodrich con un'espressione triste. "A volte c'è come un'aureola di luce bianca che si è i soli a percepire. Ma non è la cosa più importante."

"E qual è la cosa più importante?"

"Quello che si sente dentro. Di colpo si *sa*; si è sicuri che a quella persona ormai restano solo poche settimane di vita."

"Penso che lei sia pericoloso."

"E io penso che dovrebbe far visita a Candice", ripeté semplicemente Garrett.

9

Come arrivano lontano i raggi
di una piccola candela, così splende
una buona azione in un mondo malvagio.

WILLIAM SHAKESPEARE

12 DICEMBRE

Il Dolce vita si trovava in una delle strade più commerciali di St George.

Alle otto del mattino, il locale era molto animato. Davanti al bancone c'erano due lunghe file, ma, dato che il servizio era rapido, l'attesa era piuttosto breve. A quell'ora, il posto era frequentato soprattutto da clienti abituali, di solito lavoratori del quartiere che venivano in tutta fretta a ordinare un cappuccino o un *doughnut.*

Nathan scelse di accomodarsi a un tavolo accanto alla finestra e attese che venissero a prendere la sua ordinazione. Individuò con un'occhiata i membri del personale: due cameriere si occupavano delle ordinazioni da portare via e altre due servivano i clienti in sala. Qual era Candice? Goodrich aveva parlato di una giovane donna, ma senza fornire maggiori precisazioni.

"Che cosa le porto, signore?"

La cameriera che aveva parlato era una rossa dal volto stanco. Aveva superato da un bel po' la quarantina e la targhetta appuntata sul petto indicava che si chiamava Ellen.

Nathan optò per una colazione completa che la donna gli servì quasi subito.

Mentre sorseggiava il caffè, l'avvocato osservò attentamente le cameriere dietro al bancone. La prima, una bruna dalle labbra siliconate e dal trucco pesante, doveva avere una ventina d'anni. Con quel seno opulento, che si sforzava di mettere in evidenza, attirava molti sguardi maschili. Si percepiva chiaramente che giocava con la sua immagine, conferendo a ogni gesto una sorta di provocante sensualità. L'altra era più discreta, senza dubbio un po' più vecchia, minuta, con i capelli biondi corti. Rapida ed efficiente, era in grado di servire due clienti nel tempo in cui la sua vicina ne accontentava uno. Nel suo contegno non c'era niente di provocante. Era una ragazza simpatica, dall'aspetto ordinario ma non volgare.

Istintivamente Nathan capì che era lei. Per averne conferma, andò a prendere dei tovaglioli di carta da un contenitore di metallo accanto alle casse. Si avvicinò più che poté, abbastanza da avere il tempo di leggere furtivamente la targhetta della cameriera bionda.

Si chiamava Candice Cook.

Rimase nel *coffee shop* una mezz'ora, poi cominciò a chiedersi che cosa stesse facendo lì. Il giorno prima aveva deciso di dimenticare le elucubrazioni di Goodrich. Eppure, quel mattino, non aveva esitato molto a ritornare verso Staten Island. Era stato spinto da qualcosa di ignoto. Curiosità? Euforia di sapersi in buona salute? O timore che Goodrich fosse più forte dei medici? Un misto di tutto questo, probabilmente. Garrett aveva il dono di cacciarlo in belle situazioni! Bisogna dire che dal suicidio di Kevin una certa cupezza si era impadronita di lui. Sentiva incombere dappertutto pericoli imminenti per sé e per gli altri. Per questo voleva tenere d'occhio Candice. Ma non poteva rimanere lì tutta la mattina. Aveva terminato la colazione da un pezzo e avrebbe finito per attirare l'attenzione. A ogni modo, che cosa poteva capitare alla giovane donna in quel quartiere tranquillo?

Uscì per strada. Comprò meccanicamente il *Wall Street Journal*, poi si attardò in qualche negozio del centro. Ne approfittò per fare gli acquisti di Natale, lontano dal caos di Manhattan. Poche cose, in realtà: alcuni spartiti e un software musicale per Bonnie, una bottiglia di buon vino francese per Abby e un tagliasigari per quello stronzo di Jordan. Inutile prendere qualcosa per Mallory: non avrebbe accettato regali e questo sarebbe stato un'ulteriore causa di disagio fra loro.

Ritornò alla 4x4, meno vistosa della Jaguar, parcheggiata di fronte al Dolce vita. Passando, lanciò un'occhiata attraverso le vetrate: nessun problema, il flusso di clienti era diminuito, ma Candice era sempre al suo posto.

Be', non avrebbe certo aspettato lì tutta la mattina! Inserì la chiavetta di accensione per partire, ma cambiò idea. Non riusciva a decidersi, come se qualcosa di irrazionale gli consigliasse di non allontanarsi. Quindi ascoltò il suo istinto e aprì il giornale. Sembrava un investigatore al lavoro.

Alle undici e mezzo, il cellulare squillò.

"Ciao, papi."

"Bonnie? Non sei a scuola?"

"Non c'è lezione oggi. Usano la scuola per un'esercitazione di sicurezza."

"Che cosa fai?"

"Sto facendo colazione", rispose la bambina sbadigliando. "Non dimenticare che qui sono solo le otto."

"Dov'è la mamma?"

"Ancora sotto la doccia."

Bonnie aveva il permesso di chiamare suo padre quando ne aveva voglia. Era una regola in vigore fra lui e Mallory. La sentì sbadigliare di nuovo all'altro capo del filo.

"Sei andata a letto tardi?"

"Sì, Vince ci ha portato al cinema, ieri sera."

Fu come una scossa elettrica. Da qualche mese, la sua ex moglie aveva ricominciato a frequentare un vecchio amico, Vince Tyler, con cui era uscita ogni tanto durante il primo anno di università. Vince era il figlio di una ricca famiglia californiana amica dei Wexler da un pezzo. Da quanto aveva capito Nathan, viveva dei dividendi azionari di una ditta di cosmetici ereditata dai genitori. Divorziato da alcuni anni, aveva ricominciato a credere di avere delle probabilità di successo con Mallory quando lei si era trasferita a San Diego.

Nathan detestava tutto ciò che rappresentava Tyler. E quel sentimento era reciproco.

Tuttavia, ogni volta che sua figlia gliene parlava, faceva il possibile per non lasciare trasparire il suo disprezzo, nel caso in cui Mallory avesse veramente avuto l'intenzione di rifarsi un futuro con lui. Bonnie, che aveva vissuto male la separazione dei genitori, tendeva a diventare molto aggressiva non appena un uomo avvicinava sua madre. Era inutile peggiorare la situazione con liti da adulti.

"Hai passato una bella serata?" chiese.

"Sai bene che Vince non mi piace."

Come hai ragione, tesoro!

"Ascolta, Bonnie, se un giorno la mamma volesse risposarsi non dovresti essere triste."

"Perché?"

“Mamma ha bisogno di sicurezza e forse qualcuno come Vince potrebbe occuparsi di voi.”

“Ci siete già tu e la mamma a occuparvi di me.”

“Certo, piccola, ma nella vita non si sa mai cosa può succedere.”

Ripensò alle parole di Goodrich. E se quello che gli aveva lasciato intendere fosse stato vero? E se la morte stesse già bussando alla sua porta?

“Che cosa vuoi che succeda?”

“Non lo so.”

“Vince non è mio padre.”

“Certo che no, tesoro.”

Nathan fece un terribile sforzo e proseguì:

“Forse Vince non è così male. Mamma potrebbe benissimo essere felice con lui”.

“Prima lo trovavi uno stronzo!”

“Non essere volgare, Bonnie! È una parola che non devi mai pronunciare.”

“Eri tu a dirla quando ne parlavi con mamma!”

“Non mi piace molto, è vero”, fu costretto a riconoscere. “Ma forse è perché non siamo dello stesso ambiente. Sai, le persone come Vince sono nate con la camicia.”

“Con la camicia?” ripeté Bonnie, stupita.

“È un modo di dire, tesoro. Significa che la sua famiglia è sempre stata ricca. Vince non ha dovuto lavorare per pagarsi gli studi.”

Mentre io ho dovuto fare il lavamacchine e sgobbare nei magazzini schifosi di Brooklyn.

“Mamma e Vince uscivano insieme quando erano giovani?”

“Fai più piano, tesoro, la mamma non sarebbe contenta se ti sentisse parlare di queste cose.”

Come per rassicurarlo, la bambina mormorò: "Va tutto bene, sono salita in camera mia. Mi riscaldo vicino al termosifone".

Immaginava senza difficoltà sua figlia, con indosso il pigiama di cotone di Jack O'Lantern e i piedini infilati nelle pantofole di Harry Potter. Adorava condividere con lei i segreti.

"Sono usciti insieme solo qualche volta", ammise Nathan, "ma non era una cosa seria."

Bonnie tacque un istante, segno che stava riflettendo, poi, piena di buonsenso, fece osservare: "Ma anche mamma è nata con la camicia!"

"Be', sì. Ma lei è diversa: non disprezza le persone che non appartengono al suo ambiente. È onesta."

"Lo so."

"E devi esserlo anche tu, capito? Non devi disprezzare quelli che puliscono la tua scuola o che ti servono alla mensa. Si può essere persone rispettabili anche se non si guadagnano molti soldi, sai?"

Dato che era una bambina intelligente, Bonnie lo mise di fronte alle sue contraddizioni:

"Però... però hai sempre detto che in America quelli che vogliono guadagnare del denaro finiscono sempre per riuscirci".

"Sai, qualche volta dico delle sciocchezze anch'io, come tutti."

"Devo disprezzare i ricchi?"

"No! Non devi giudicare le persone in base al denaro ma in base al loro comportamento. Capito?"

"Capito, papà."

Poi aggiunse in tono confidenziale:

"Non credo che mamma ami Vince".

Sorpreso da quell'osservazione, Nathan esitò prima di ribattere: "A volte non c'è bisogno di amore per vivere con qualcuno".

Perché le dici una cosa del genere? È solo una bambina. Non può capire.

"Ma io credo che mamma abbia bisogno di amore nella sua vita."

Sentì la voce di Mallory che chiamava la figlia dalla cucina.

"Devo andare", disse Bonnie socchiudendo la porta della sua camera.

"Va bene, piccola mia."

Ma prima di riagganciare, bisbigliò: "Sono *certa* che mamma non ami Vince".

"E come fai a saperlo?"

"Le donne sanno certe cose."

Era così commovente. Per nascondere l'emozione, Nathan si sforzò di assumere un tono quasi severo: "Non sei una donna, sei solo una bambina che deve andare a finire in fretta i suoi cereali. Ma ti voglio tanto bene, scoiattolo. Più di ogni altra cosa al mondo".

"Anch'io, papà."

Nathan alzò il riscaldamento della 4x4 pensando a quello che gli aveva appena detto sua figlia.

Per la verità, non capiva proprio che cosa potesse trovarci Mallory in quello stronzo di Tyler: era pieno di sufficienza e di arroganza, il genere d'uomo ancora convinto che la sua nascita gli avesse conferito una superiorità sul mondo che lo circondava.

Ma, in fondo, forse Vince aveva ragione di credere nelle

sue possibilità. Era sul posto, poteva vedere Mallory tutti i giorni e, soprattutto, era disponibile. Per la prima volta in vita sua, Nathan pensò che forse aveva perduto Mallory per sempre.

Era strano perché, persino al momento del divorzio, aveva sempre ritenuto che lei un giorno o l'altro sarebbe tornata, che in realtà si trattasse soltanto di una separazione temporanea. Sicché, da parte sua, non aveva mai pensato davvero a cominciare una storia con un'altra donna. Dopo il divorzio, era uscito con due o tre donne, ma erano state soltanto brevi avventure senza domani. A ogni modo, nessuna sarebbe stata all'altezza di Mallory.

Come un cacciatore di relitti, era andato a prenderla in fondo alle acque fangose del lago di Sankaty Head.

E questo rendeva il suo amore inalterabile.

Candice terminò il suo turno alle due del pomeriggio.

Con indosso un paio di jeans scoloriti e una giacca di pelle, salì su un vecchio pick-up pieno di ammaccature parcheggiato non lontano dal *coffee shop.* Nathan mise in moto la 4x4 e la tallonò. A quell'ora, il traffico era ancora piuttosto intenso. Come nei film, approfittò del primo semaforo rosso per lasciare che due auto si inserissero fra lui e Candice. Non aveva mai seguito nessuno in vita sua e temeva di farsi scoprire.

Il pick-up lasciò il centro prendendo la direzione sud. Candice viaggiò per una ventina di minuti prima di arrivare in un quartiere residenziale, popolare ma tranquillo, dove parcheggiò davanti a una piccola casa.

Abita lì?

Dopo che ebbe suonato, un donnone dal volto gioviale

venne ad aprirle la porta. Candice entrò nella casa per uscirne cinque minuti dopo tenendo in braccio un bimbo di circa un anno, che scompariva in un giubbotto da aviatore troppo grande per lui.

"Grazie ancora, Tania", gridò allegramente allontanandosi.

Teneva in braccio il bambino, ben stretto a sé. Gli aveva coperto la testa con un berretto rosso fiammante.

Candice sistemò il bimbo con precauzione nel seggiolino sul sedile posteriore della macchina e prese la direzione del grande supermercato vicino. Una volta nel parcheggio, mise il figlioletto in un carrello e filò all'interno del negozio. Nathan la seguì.

Faceva la spesa lentamente, attenta di sicuro a non superare il suo budget. Scegliendo in modo quasi sistematico i prodotti meno cari, dava comunque l'impressione di divertirsi. Si fermava spesso per mormorare qualcosa all'orecchio del figlioletto, per baciarlo indicandogli dei prodotti fuori del comune. "Guarda che grosso quel pesce, Josh! E hai visto che ananas?"

Il bimbo era tutto un sorriso e sgranava gli occhi, incuriosito da ciò che lo circondava. Candice gli ripeté parecchie volte che era bellissimo e buonissimo e poi, per ricompensarlo, gli comprò una confezione di *marshmallows*.

Nathan si rese subito conto che la donna si sentiva a proprio agio e che la sua felicità non era finta.

Si chiese se vivesse con qualcuno o se si trattasse di una ragazza madre. Avrebbe scommesso sulla seconda ipotesi, ma non ne fu più molto sicuro dopo che Candice si fermò al reparto alcolici per acquistare una confezione di Budweiser.

Strano, non se la immaginava a bere birra.

Nel parcheggio, Nathan le passò vicinissimo. Il suo viso era sereno. Guardò il bambino e si ritrovò a pensare a suo figlio.

La donna risalì sul pick-up e lui la seguì di nuovo attraverso l'isoletta disseminata di minuscole colline. A Staten Island, più vicina al New Jersey che a New York, si era lontani dallo stress che regnava nel Village. C'erano molte più villette e l'atmosfera era meno violenta e più familiare che a Manhattan.

La popolazione di quella periferia era in forte aumento da quando una parte degli abitanti dei quartieri fatiscenti di Brooklyn era venuta lì a cercare più calma e sicurezza. Ma gli abitanti di Manhattan continuavano a trovare quel posto campagnolo. Quanto ai residenti di Staten Island, avevano manifestato il desiderio di separare la loro amministrazione da quella di Manhattan, stanchi di pagare tasse elevate da cui traggono profitto soltanto i loro vicini spendaccioni.

Candice continuò a guidare fino al villino dove aveva recuperato il figlio, senza però fermarsi. Svoltò a destra e prese un sentiero asfaltato che la condusse a una delle ultime case del complesso.

L'avvocato fermò la macchina a una cinquantina di metri dall'abitazione. Si ricordò che l'anno precedente, durante un weekend a Stowe Mountain con Bonnie, aveva comprato un binocolo. Dove diavolo poteva essere? Lo ritrovò sotto uno dei sedili posteriori. Lo afferrò con un gesto rapido e lo puntò verso la casa di Candice Cook.

La giovane donna stava ridendo insieme a un uomo. Era un tipo alto, dritto e asciutto, sulla sessantina, con un berretto da baseball in testa e una sigaretta infilata dietro l'orecchio. Nathan trovò che somigliasse vagamente a Clint Eastwood.

Potrebbe essere suo padre.

L'uomo aveva interrotto il suo lavoro, stava ridipingendo la veranda, per aiutare Candice a prendere i sacchetti di carta scura dal bagagliaio. Sembrava che fra loro ci fosse una buona intesa.

"Clint" tirò fuori il bimbo dall'auto. Il piccolo frugò nella sua busta di caramelle e infilò un *marshmallow* in bocca al nonno, mentre Candice posteggiava il pick-up in un piccolo garage.

A quanto pare, abita lì.

Candice portò Josh dentro casa mentre l'uomo con la sigaretta finiva di pulire i pennelli. Poi tornò fuori a portargli una bottiglia di Budweiser. "Clint" la ringraziò, le mise una mano sulla spalla e rientrarono.

Era una giornata grigia e cominciava già a scendere la notte.

Una luce si accese in salotto e le tre sagome si stagliarono come ombre cinesi. Si udirono delle risate mescolate al rumore della televisione. Nathan si chiese perché quella ragazza vivesse ancora assieme al padre.

Immobile nella sua auto, rimase per un po' spettatore passivo della felicità altrui.

La gente aveva delle cose da fare quando tornava a casa: raccontare la giornata ai familiari, dividere un quotidiano, parlare del prossimo weekend...

Lui non aveva più niente di tutto questo.

Si sentì un povero diavolo e alzò ancora il riscaldamento della 4x4. Poi si decise a mettere via il cannocchiale, conscio all'improvviso del suo voyeurismo.

Stava per ripartire quando il cellulare squillò di nuovo. Pensò a una chiamata dello studio, ma era un semplice messaggio:

Guardi le sue e-mail,
Garrett Goodrich.

Che cosa voleva ancora? Dopo alcuni secondi di riflessione, Nathan accese la luce interna della 4x4, prese il computer portatile dalla valigetta e lo accese. Poi collegò il cellulare al computer per controllare la sua posta elettronica, in cui, in effetti, c'erano tre e-mail.

La prima era di Abby: "Trascorra buone vacanze. Buon Natale a lei e a sua figlia". Come al solito, la sua assistente aveva aggiunto una citazione al messaggio: "Un uomo che non trascorre del tempo con la sua famiglia non sarà mai un vero uomo". Nathan abbozzò un sorriso. Era un gioco fra loro che consisteva nello scoprire in quale film si trovassero le battute che si scambiavano regolarmente. Stavolta era facile. Scrisse semplicemente "Vito Corleone, *Il Padrino*" e cliccò sull'icona "Invia".

La seconda e-mail era una foto di Bonnie, che teneva Bugs, il suo coniglio nano, incollato alla guancia.

Da quando Mallory le aveva comprato una webcam perfezionata, sua figlia gli inviava regolarmente immagini del genere. Da un foglio di cartone aveva ritagliato una forma ovale simile a una nuvoletta dei fumetti che si teneva sopra la testa. Con un pennarello aveva scritto:

BUGS E IO
TI ASPETTIAMO SABATO PROSSIMO.

Guardò a lungo la foto e, come sempre, fu colpito dal bel viso della figlia: i capelli lunghi arruffati, gli occhi maliziosi, che erano anche quelli di Mallory, e i dentini, leggermente separati, che rendevano il suo sorriso così commovente.

Senza capire veramente il perché, si sentì insieme molto felice e molto triste.

Ci mise un sacco di tempo ad aprire l'ultima mail che aveva in allegato un file con una piccola sequenza MPEG. Conosceva bene quella tecnologia: con l'aiuto di una videocamera digitale, era possibile filmare una sequenza e registrarla su una memory card prima di inviarla per e-mail con il computer.

Nathan verificò l'indirizzo del mittente. Era quello di Goodrich. Attese che il film venisse caricato completamente, poi lo fece partire sullo schermo. La qualità dell'immagine era piuttosto buona.

Guardò la data in basso: la registrazione risaliva a poco più di tre mesi prima.

La prima sequenza era stata filmata dal finestrino di una macchina. Dai cartelli stradali, era chiaro che ci si trovava in Texas. A Houston, più esattamente. Si vedeva l'auto lasciare il centro storico per prendere la tangenziale fino alla prima circonvallazione periferica. Nathan era stato una sola volta nella capitale texana e gli era rimasto un ricordo piuttosto sgradevole. Gli tornava in mente una vasta distesa urbana, avvelenata dagli ingorghi, dal caldo e dall'inquinamento. Del resto aveva sentito dire che certi studi legali stentavano a reclutare avvocati a causa dell'immagine poco lusinghiera della città che sembrava aver trascurato l'ambiente e la qualità della vita.

Il veicolo si infilò in una zona periferica dove il prezzo

degli affitti non doveva essere molto alto. La videocamera inquadrò rapidamente alcuni depositi industriali e l'auto si fermò nel parcheggio di un misero edificio di mattoni sudici.

Era stato Goodrich a girare quelle immagini? Chiunque fosse, aveva filmato con tanta cura i cartelli stradali che si sarebbe potuto ritrovare facilmente il posto.

Nell'inquadratura seguente si vedeva l'interno di un minuscolo appartamento.

Era un piccolo monolocale dalle pareti giallastre, spoglio ma pulito, con una televisione vecchiotta appoggiata su un tavolo di formica e un piccolo frigorifero vicino a un lavello sbrecciato. Come rumore di fondo, si sentivano gli scoppi di voci e grida di incoraggiamento che provenivano dalla finestra: probabilmente dei ragazzini che giocavano a basket sull'asfalto.

Adesso l'immagine era un po' tremolante, ma si poteva vedere chiaramente un muro coperto di fotografie, sopra una piccola scrivania.

La videocamera zoomò sulla più grande: una vecchia foto dai colori sbiaditi che raffigurava una bambina bionda, con i capelli al vento, in piedi su un'altalena. Rideva felice mentre, dietro di lei, un uomo in maniche di camicia la spingeva.

Aveva una sigaretta infilata dietro l'orecchio.

10

Non adoperarti perché gli avvenimenti vadano come vuoi,
ma desidera piuttosto che essi si svolgano come viene.

EPITTETO

Nathan accese i fari prima di far partire la 4x4.

Mentre guidava, prese il cellulare e chiamò il servizio informazioni. Chiese di essere messo in comunicazione con lo Staten Island Public Hospital, perché aveva la ferma intenzione di parlare con Goodrich.

"Il dottore ha lasciato l'ospedale a fine pomeriggio", spiegò la centralinista. "Domani non lavora, quindi penso che sia andato a riposarsi nella sua casa del Connecticut."

"Può darmi l'indirizzo?"

"Spiacente, signore, non siamo autorizzati a fornire questo genere di informazioni", ribatté la donna in tono diffidente.

"Sono un suo amico ed è piuttosto urgente."

"Se lei è un suo amico, avrà di sicuro l'indirizzo..."

"Senta", la interruppe lui brutalmente, "sono venuto ieri e anche tre giorni fa. Forse si ricorda di me. Sono avvocato e..."

"Mi dispiace."

"Mi dia quel cazzo di indirizzo!" urlò Nathan con i nervi a fior di pelle.

All'altro capo del filo, la centralinista fece un profondo sospiro. Sally Graham avrebbe terminato il turno di lì a una trentina di minuti. L'ospedale la pagava sette dollari l'ora. Né i medici né le infermiere le dimostravano la minima considerazione. Non aveva intenzione di lasciarsi strapazzare da un pazzo furioso e per sbarazzarsene gli avrebbe dato quella dannata informazione. Consultò dunque i suoi schedari informatici e gli fornì l'indirizzo preciso.

"Mmm... grazie", farfugliò Nathan, "mi dispiace di essermi arrabbiato."

Ma lei aveva già riappeso.

Sterzò bruscamente e imboccò la direzione del Verrazzano Bridge per raggiungere Brooklyn senza prendere il traghetto.

In lontananza, le luci del Financial District si riflettevano nelle acque nere della baia dell'Hudson.

I 285 cavalli della 4x4 mordevano l'asfalto. Nathan lasciò Manhattan per la route 95 e poi prese la direzione del Connecticut. Le immagini che aveva visto gli si accavallavano nella mente. Andava veloce, troppo veloce: dando un'occhiata al contachilometri, si accorse di aver ampiamente superato il limite consentito e si costrinse a rallentare.

Gli piaceva il New England con i suoi paesini fuori dal tempo che sembravano usciti dalle illustrazioni di Norman Rockwell. Per lui era l'America autentica, quella dei pionieri e delle tradizioni, quella di Mark Twain e di Stephen King.

Viaggiò più di un'ora prima di arrivare a Mystic, un vecchio centro di caccia alla balena che ospitava la copia fedele di un porto dell'Ottocento.

Era già passato di lì l'estate di quell'anno, o del precedente, per andare a Philadelphia. Si ricordava benissimo delle dimore signorili dei capitani di baleniere. Nella bella stagione, era una località molto frequentata, ma in inverno il turismo era ridotto. Quella sera, tutto sembrava calmo e morto, un po' come se il vento freddo e salato dell'oceano avesse cristallizzato Mystic per renderla una cittadina fantasma.

Proseguì per qualche miglio a est e poco prima di Stonington si fermò davanti a una casa piuttosto isolata sulla costa. Se le informazioni della centralinista erano esatte, era lì che avrebbe dovuto trovare Goodrich.

Scese dall'auto e attraversò la striscia di sabbia che separava la strada dalla casa. A più riprese, dovette proteggersi gli occhi dalle nuvole di sabbia sollevate dal vento. L'oceano era vicinissimo e il frangersi delle onde, mescolato alle grida stridenti dei gabbiani, produceva un rumore sorprendente, quasi irreale.

La casa aveva un aspetto vagamente misterioso. Con i suoi tre livelli, era molto alta ma piuttosto stretta. A ogni piano c'era un piccolo balcone poco profondo ma di dimensioni diverse, cosa che contribuiva a dare all'insieme una forma bizzarra e irregolare.

La porta non aveva campanello. Batté con violenza parecchi colpi per coprire il rumore del vento.

Be', calmati, Nathan, non è mica il motel di Psycho*!*

Garrett venne ad aprirgli quasi subito. Gli occhi gli brillavano. Guardò l'avvocato con un sorriso insolito e poi disse semplicemente:

"La aspettavo, Nathan".

Aveva le maniche della camicia arrotolate e un grembiule macchiato.

Senza dire nulla, Nathan lo seguì in cucina, una stanza

accogliente con le pareti rivestite di piastrelle blu tutte spaiate. Un piano di lavoro in legno lucido, sovrastato da un'impressionante batteria di tegami di rame puliti di recente, occupava tutta la lunghezza della cucina.

"Si metta comodo", gli disse Goodrich porgendogli una bottiglia. "Assaggi questo vino bianco cileno: è una delizia."

Poi lo lasciò qualche istante per affaccendarsi ai fornelli di una vecchia cucina a gas all'antica. Nella stanza c'era un forte odore di frutti di mare. Per parecchi minuti, il medico rimase zitto, assorbito nella preparazione di un piatto sofisticato.

Nathan lo osservava perplesso. Quel tipo lo intrigava proprio. Chi era veramente? Che cosa voleva? Garrett sembrava animato da una strana allegria che, probabilmente, aveva qualcosa a che a fare con la bottiglia di vino già mezza vuota che l'avvocato aveva appena appoggiato su un tavolino da bar.

L'ho già visto. So di aver già visto quest'uomo. Molto tempo fa, ma...

Cercò per un attimo di immaginarlo senza la barba. Inutile. Aveva solo l'impressione di aver cercato di dimenticare quel volto, a un dato momento della sua vita.

Goodrich prese due scodelle di maiolica da una credenza di legno dipinto.

"Cena con me, spero. Ho preparato una zuppa di pesce squisita."

"Senta, Garrett, non sono qui per fare da cavia ai suoi esperimenti culinari. Credo che dovremmo parlare di..."

"Non mi piace mangiare da solo", lo interruppe Garrett riempiendo le scodelle con una zuppa cremosa a base di vongole e cipolle.

"Non è sposato, Goodrich?" chiese Nathan prendendone una prima cucchiaiata.

"Li sente i dadini di bacon rosolato? Sono croccanti, vero?"

Nathan fece una risatina.

"Le ho fatto una domanda, Garrett: vive solo?"

"Sì, ispettore: la mia prima moglie è morta più di vent'anni fa. In seguito ho avuto un'esperienza infelice che si è risolta con un divorzio. Ho ritenuto meglio non insistere."

Nathan spiegò un grande tovagliolo di lino.

"È stato molto tempo fa, non è vero?"

"Cosa?"

"Noi due. Ci siamo già incontrati ma è stato molto tempo fa, eh?"

Ancora una volta Goodrich eluse la domanda.

"Che ne dice della mia garçonnière? Incantevole, vero? Sa che da queste parti ci sono alcuni posti eccellenti per gli amanti della pesca? Domattina non lavoro e ho proprio intenzione di farci un giro. Se le va, può accompagnarmi..."

Poi con evidente piacere, Garrett servì delle capesante stufate accompagnate da riso integrale e burro all'aglio. Aprirono un'altra bottiglia di vino cileno e poi un'altra ancora.

Per la prima volta da un pezzo, Nathan ebbe l'impressione che qualcosa in lui si lasciasse andare. Si sentì pervaso da un senso di benessere e all'improvviso si trovò in perfetta armonia con il medico.

Garrett gli parlò della realtà terribile che doveva affrontare nel lavoro: i malati incurabili che vedeva ogni giorno, la morte che colpiva a tradimento individui impreparati al passaggio nell'ignoto e la necessità, mai appagata, di curare i suoi simili e di alleviare i loro dolori.

Parlò anche della passione per la cucina e per la pesca che lo aiutava a ricaricarsi durante il fine settimana.

"È molto difficile reggere allo stress, sa. Non bisogna lasciarsi fagocitare dal paziente pur restandogli abbastanza vicino da sostenerlo e compatirne la sofferenza. Non è sempre facile trovare la giusta misura."

Nathan ripensò ai tormenti fisici e morali dei pazienti dell'unità di cure palliative che aveva visitato il giorno prima. Come continuare a curare quando la partita è già persa in anticipo? Come infondere speranza e dare senso alla vita sino alla fine?

"No, non è facile trovare la giusta misura", ripeté Goodrich come se parlasse a se stesso.

Poi ci fu un lungo silenzio.

Allora Nathan chiese:

"E se mi parlasse di Candice Cook?"

La cucina comunicava con il salotto attraverso un grande arco. Le piastrelle di terracotta del pavimento, comuni a tutte le stanze, unificavano lo spazio e rendevano imprecisa la separazione fra i due ambienti.

Il salotto era probabilmente una delle stanze più gradevoli della casa e Nathan lo apprezzò immediatamente. Era il genere di posto in cui gli sarebbe piaciuto trascorrere una serata con Bonnie e Mallory.

Lì tutto sembrava destinato a creare un'atmosfera calda, dalle travi a vista del soffitto alle pareti rivestite in legno. Sul caminetto, il modellino di un trealberi affiancava un vecchio sestante e per terra in un angolo c'erano parecchi cesti di corda intrecciata contenenti un'intera collezione di ricordi di pesca.

Nathan si accomodò su una poltrona di giunco color miele mentre Garrett maneggiava con precauzione una caffettiera antica, finemente scanalata.

"Dunque l'ha incontrata?"

Nathan sospirò:

"Lei non mi ha davvero lasciato scelta".

"È una brava ragazza, sa."

Lo sguardo di Goodrich si velò di tristezza. Del Amico se ne accorse.

"Che cosa le succederà?"

Si pentì immediatamente della domanda perché così sembrava proprio che accettasse di credere al potere del medico.

"L'ineluttabile", rispose Goodrich porgendogli una tazza di caffè.

"Nulla è ineluttabile", affermò l'avvocato con forza.

"Sa bene che è così."

Nathan prese una sigaretta e la accese alla fiamma oscillante di una candela. Aspirò una lunga boccata sentendosi al tempo stesso più tranquillo e più debole.

"È una casa di non fumatori", precisò Goodrich.

"Scherza, si è appena scolato due litri di vino! Mi risparmi le lezioni di igiene e mi parli piuttosto di Candice."

Garrett si sedette pesantemente su un divano foderato di tessuto per vele e incrociò le braccia robuste sul petto.

"Candice è nata in un quartiere popolare di Houston da una famiglia di origini modeste. I suoi genitori si sono separati quando aveva tre anni. Ha seguito la madre a New York pur continuando a vedere il padre regolarmente, fino all'età di undici anni."

“Una storia come tante”, osservò Nathan.

Goodrich scosse la testa.

“Non credo che lei sarebbe stato un buon medico: ogni vita è unica.”

La tensione stava salendo bruscamente. Nathan reagì a tono.

“Sono un buon avvocato. Questo mi basta.”

“Lei è un efficiente difensore degli interessi di certe grandi aziende. Questo non fa obbligatoriamente di lei un buon avvocato.”

“Me ne frego del suo giudizio.”

“Lei manca di umanità...”

“Benissimo!”

“... e di umiltà.”

“Non desidero discuterne con lei, ma prosegua, Garrett. Candice ha continuato a vedere suo padre fino all’età di undici anni e poi...?”

“... e poi, all’improviso, lui non ha più dato segni di vita.”

“Perché?”

“Per la semplice ragione che si trovava... in prigione.”

“È l’uomo che ho visto poche ore fa e che abita attualmente con lei?”

“Esatto, è un ex galeotto. È stato condannato nel 1985 per un furto finito male.”

“Lo hanno liberato?”

Goodrich posò la tazza su un baule di legno incerato che serviva da tavolino.

“Sì. È uscito di prigione due anni fa. Ha trovato un posto come operaio della manutenzione in un aeroporto di Houston e ha abitato nel piccolo appartamento che ha visto ncl film.”

"È stato lei a ritrovarlo?"

Goodrich annuì.

"Non aveva il coraggio di rimettersi in contatto con la figlia. Le aveva scritto delle lettere in prigione ma non aveva mai osato spedirgliele."

"E lei ha fatto l'angelo custode?"

"Mi risparmi questo termine. Ho semplicemente forzato la porta di casa sua mentre lui non c'era per rubare le lettere, che poi ho spedito a sua figlia assieme al mio piccolo film, perché Candice potesse risalire fino a lui."

Nathan gli lanciò uno sguardo indignato.

"Ma in nome di che cosa si permette di intervenire in questo modo nella vita della gente?"

"Candice aveva bisogno di ritrovare suo padre. Era sempre stata convinta che lui l'avesse abbandonata. È stata contenta di sapere che non aveva mai smesso di amarla."

"Era così importante?"

"L'assenza del padre spesso non consente di costruire una personalità equilibrata, sa."

"Dipende", replicò Nathan, "il mio ha picchiato mia madre fino a quando non se n'è andato all'altro capo del Paese. Da questo punto di vista, la sua assenza non mi ha disturbato molto..."

Ci fu un silenzio imbarazzato.

"Quell'uomo ha avuto la vita spezzata. Se l'è rifatta a poco a poco. Aveva tutto il diritto di ritrovare sua figlia e di conoscere finalmente il nipotino."

"Ma, cazzo, se sa che Candice sta per morire, la protegga! Faccia in modo che non accada!"

Goodrich chiuse gli occhi e rispose con fatalismo:

"Mi sono limitato a riavvicinare i membri di quella famiglia, Nathan, a procurare loro un po' di conforto, ma gliel'ho già detto: nessuno può cambiare il corso delle cose. Bisogna che lei lo accetti".

L'avvocato si alzò di scatto.

"Se, nella mia vita, avessi accettato tutto quello che volevano impormi, starei ancora a impilare casse in una fabbrica!"

Goodrich si alzò a sua volta soffocando uno sbadiglio.

"Lei ha una spiacevole tendenza a ricondurre tutto alla sua persona."

"È quella che conosco meglio."

Il medico posò la mano sulla ringhiera di una piccola scala che partiva dal centro del salotto.

"Può dormire qui, se vuole. Ho una camera degli ospiti al primo piano, con lenzuola pulite."

Fuori si sentiva il boato del vento e il rumore delle onde che investivano la spiaggia. L'oceano era vicinissimo.

Depresso dalla prospettiva di ritrovare il suo appartamento vuoto e freddo e consapevole di aver bevuto un po' troppo, Nathan accettò l'invito senza farsi pregare.

II

She's like a rainbow...
THE ROLLING STONES

13 DICEMBRE

Quando la mattina dopo, di buon'ora, Nathan scese in salotto, Goodrich era già andato a pesca. Gli aveva lasciato un messaggio sul tavolo:

"Andandosene, chiuda la porta e infili le chiavi nella cassetta delle lettere".

Nathan riprese la macchina e puntò verso Staten Island. Mentre guidava, non smise di pensare al misto di rifiuto e attrazione che provava nei confronti di Garrett. Certo, quell'uomo lo metteva spesso a disagio ma, ogni tanto, si sentiva anche in comunione perfetta con lui, come con un parente, e faceva fatica a spiegarsi quei sentimenti contraddittori.

Nathan trascorse la giornata a sorvegliare Candice e la sua famiglia, in un andirivieni fra il *coffee shop* e la loro piccola casa.

Stavolta, il bimbo rimase con il nonno. Dall'esterno, Nathan poteva solo intravedere quello che succedeva nell'abitazione. In compenso, notò che "Clint" si premurava di uscire sulla terrazza ogni volta che fumava. Il sessantenne eseguì una serie di piccoli lavori durante tutta la mattinata e poi, nel pomeriggio, portò il nipotino a fare una passeggiata. Era a suo agio con il bambino, lo copriva perché non prendesse freddo e spingeva la carrozzina con gesto sicuro.

Nathan li guardò da lontano mentre passeggiavano fra le aiuole all'inglese e le piante tropicali della serra dell'orto botanico. Se si fosse avvicinato, avrebbe potuto sentire "Clint" canticchiare vecchie canzoni sudiste per cullare il bimbo.

Durante tutte quelle ore passate da solo in macchina, Nathan pensò spesso a Mallory: ai momenti felici che non sarebbero ritornati, al suo sorriso, al modo che aveva di prenderlo in giro e di rimetterlo al suo posto.

A più riprese cercò di telefonare a San Diego, ma ogni volta trovò la segreteria.

Era giù di morale. In quei momenti di depressione, la sua mente era sempre assalita dalle immagini del figlio.

Si ricordava di tutto e tutto gli mancava: il contatto fisico, la morbidezza delle sue guance, il calore della sua fontanella e quelle manine che agitava in tutte le direzioni prima di addormentarsi.

Allora, si torturò passando in rassegna quello che aveva perso per sempre: il suo primo vero Natale, i suoi primi passi, il suo primo dentino, le sue prime parole.

Verso sera, Candice passò da casa in gran fretta prima di andare di nuovo al lavoro. Il venerdì, aveva un secondo impiego in un bar popolare della città. Naturalmente avrebbe preferito restare in compagnia del padre e del piccolo Josh. Avrebbero potuto approfittare tutti e tre tranquillamente della serata: preparare un buon pasto, accendere il camino, mettere della musica... Ma non poteva perdere l'occasione di guadagnare altro denaro. Natale si avvicinava. Quella festa era per lei una fonte di gioia, ma anche di spese.

Candice uscì dalla doccia e socchiuse piano la porta della camera di suo figlio. Le era sembrato di sentirlo piangere. Si avvicinò al lettino. A quanto pareva, Josh dormiva il sonno dei giusti. Falso allarme, ma era meglio essere vigili: la sua vicina, Tania Vacero, le aveva parlato di un'epidemia di influenza che imperversava nella regione.

Rassicurata, uscì dalla stanza dopo aver dato un leggero bacio sulla guancia al piccolo. Lanciò un'occhiata di sfuggita all'orologio della camera. Il suo turno cominciava di lì a venti minuti. Doveva sbrigarsi se non voleva arrivare in ritardo. Si preparò davanti a uno specchio sbrecciato, infilandosi in fretta la gonna e la camicetta dell'uniforme. Joe, il padrone del bar, voleva solo cameriere sexy, come amava ripeteva spesso.

Diede un bacio al padre, ascoltò le sue raccomandazioni di prudenza, protestò un po' per la forma ("papà, non ho più quattordici anni!") e uscì. Era felice di vivere di nuovo con lui. Si sentiva rassicurata con un uomo in casa e poi era così pieno di attenzioni per Josh...

Faticò a far partire il vecchio pick-up Chevy, il solo e unico veicolo che avesse mai posseduto e il cui acquisto risaliva a tempi preistorici (per la precisione all'inizio del mandato di George Bush senior...).

Certo, era un po' scassato ma, una volta messo in moto, per brevi percorsi andava benissimo.

Quella sera, Candice era di buonumore. Accese la radio e accompagnò Shania Twain nel suo ritornello:

Man! I feel like a woman!

La canzone fu interrotta da un lungo sbadiglio. Oh, Dio, com'era stanca! Per fortuna, l'indomani era il suo giorno libero. Sarebbe potuta rimanere a letto fino a tardi, prendere un po' Josh con sé sotto le coperte. Poi sarebbe andata a comprare i regali di Natale. Aveva visto due bei peluche al centro commerciale: un orso sorridente e una tartaruga con il collo lungo che le era sembrata buffa. Josh era ancora piccolo. A quell'età i bambini amano i giocattoli che possono tenere vicini all'ora di dormire. Di lì a qualche anno, quando sarebbe stato più grande, gli avrebbe comprato una bici, dei libri e un computer.

Candice sbadigliò di nuovo. Nonostante quello che alcuni dicevano, la vita non era facile in quel Paese. Ogni mese, cercava di risparmiare qualche dollaro in previsione degli studi del piccolo, ma faceva molta fatica a sbarcare il lunario e un po' di denaro in più non avrebbe guastato. Sì, Josh sarebbe andato all'università. E Candice sperava che in seguito avrebbe fatto un lavoro utile: il medico, il professore o magari l'avvocato.

19.58

Candice posteggiò in contemporanea a una grossa 4x4 blu ed entrò al Sally's Bar dove regnava già un'atmosfera animata. Nel locale piuttosto affollato, la birra scorreva a fiumi e la musica di Springsteen era diffusa a tutto volume. Si respirava un'atmosfera popolare, più "New Jersey" che New York.

"Ecco la più bella di tutte", le gridò Joe Conolly da dietro il bancone.

"Salve, Joe."

Conolly era un ex poliziotto di Dublino, trasferitosi a Staten Island da una quindicina d'anni. Secondo il parere di tutti, il suo bar era un posto *pulito*, frequentato essenzialmente dai poliziotti e dai pompieri della città. Da quando lavorava lì, Candice non aveva avuto nessun problema serio: le discussioni non degeneravano mai in risse e le cameriere venivano rispettate.

La giovane donna si annodò il grembiule e cominciò il turno.

"Salve, Ted, che cosa ti porto?"

20.46

"Hai fatto conquiste, bella mia."

"Ma che cosa dici, Tammy?" chiese Candice.

"Ti dico che hai fatto conquiste. Quel tipo ben vestito in fondo al bancone non smette di guardarti da quando sei arrivata."

"Tu vaneggi, tesoro", rispose Candice alzando le spalle.

Afferrò un altro vassoio carico di pinte di birra e si allontanò lanciando comunque un'occhiata. L'uomo in questione aveva gli occhi fissi su di lei. Non lo aveva mai visto prima. Non sembrava né un poliziotto, né un pompiere.

I loro sguardi si incrociarono di sfuggita e accadde "qualcosa".

Purché non si immagini che io ci stia provando con lui, pensò Candice.

Purché non si immagini che io ci stia provando con lei, pensò Nathan.

Da quando era arrivato nel bar, Nathan si chiedeva come fare a entrare in contatto con la giovane donna. Anche se davanti a Garrett aveva sostenuto il contrario, non poteva fare a meno di essere in ansia per lei. Doveva sapere a ogni costo se c'era qualcosa nella vita di Candice che potesse far temere una morte imminente.

Ma come abbordare una ragazza, di venerdì sera e in un bar, se non in tono scherzoso?

21.04

"È nuovo del posto?" chiese Candice.

"In effetti, sì. Sono un avvocato di Manhattan."

"Le porto qualcos'altro?"

"No, grazie, fra poco devo rimettermi in macchina."

Candice si avvicinò a Nathan e gli confidò sorridendo:

"Se non ordina una seconda birra, c'è il rischio che il vecchio Joe si arrabbi e le chieda di lasciare il bar visto che tiene occupato un posto al bancone".

"Benissimo, allora vada per una seconda birra."

21.06

"Non è niente male", commentò Tammy stappando varie bottiglie di Budweiser a una velocità straordinaria.

"Smettila con queste sciocchezze, per favore."

"Di' quello che vuoi, ma non è normale che una bella ragazza della tua età sia single!"

"In questo momento non ho bisogno di uomini nella mia vita", dichiarò Candice.

Mentre lo diceva, le tornarono in mente con tristezza le

sue ultime avventure amorose. Era costretta a constatare che non c'era stato gran che di serio. Passioncelle sporadiche, ma mai nulla di sufficientemente stabile da farle considerare l'idea di crearsi una vera famiglia. Ripensò brevemente al padre di Josh, un rappresentante di commercio incontrato una sera a casa di un'ex compagna di liceo. Perché si era lasciata sedurre da quell'uomo? Che cosa aveva creduto? Era piuttosto simpatico e con la parlantina sciolta, ma Candice non era mai stata una sprovveduta. Si ricordava di quella sera, soprattutto, come di un momento in cui aveva provato un bisogno disperato di esistere nello sguardo di qualcun altro. Quel desiderio illusorio era durato solo il tempo di una notte e, con suo grande stupore, si era ritrovata incinta poco dopo, sperimentando così di persona che nessun metodo contraccettivo è efficace al cento per cento. Ma non ne era amareggiata poiché quell'episodio le aveva fatto il più bel regalo del mondo: Josh. Aveva avvertito il padre del bambino della gravidanza, ma non gli aveva chiesto né aiuto né soldi. Le dispiaceva soltanto che lui non avesse mai chiesto di vedere il figlio. Naturalmente avrebbe preferito avere qualcuno accanto per allevare il bambino, ma era così e basta. *"Forgive and forget"*, come diceva suo padre.

21.08

"Ecco la sua birra."

"Grazie."

"Allora, che cosa viene a fare da queste parti, signor avvocato di Manhattan?"

"Mi chiami Nathan."

"Che cos'è venuto a fare nel nostro bar... Nathan?"
"In realtà sono venuto a parlarle, Candice."
Lei indietreggiò.
"Come fa a conoscere il mio nome?" chiese diffidente.
"Tutti i clienti abituali la chiamano Candice..." constatò lui sorridendo.
"È vero", ammise la donna addolcendosi, "un punto per lei."
"Senta", riprese Nathan, "al termine del suo turno forse potremmo andare a prendere qualcosa in un altro posto, eh?"
"Con me perde tempo", lo avvertì lei.
"Non le farò il filo, promesso."
"Inutile insistere, davvero."
"La sua bocca dice di no, ma gli occhi dicono di sì."
"Questo vuol dire proprio fare il filo. E che paroloni, ho l'impressione di averli sentiti già decine di volte."
"Profuma di gelsomino", si limitò a osservare lui.

21.12

È vero che non è male, dopotutto.

22.02

"Posso avere una terza birra?"
"Ma se non ha nemmeno cominciato la seconda..."
"Non voglio perdere il mio posto al bancone."
"Che cosa c'è di così interessante?"
"La possibilità di guardarla."

Lei alzò le spalle ma non poté reprimere un sorriso.
“Se questo basta a renderla felice...”
“Ha pensato alla mia proposta?”
“La sua proposta?”
“Di venire a prendere qualcosa con me alla fine del turno.”
“Le cameriere non escono mai con i clienti, è la regola.”
“Quando il bar chiuderà, lei non sarà più una cameriera e io non sarò più un cliente.”
“Questa è una tipica osservazione da avvocato.”
Cosa che, in bocca a lei, non era un complimento.

22.18

Niente male, ma troppo sicuro di sé.

22.30

“A ogni modo, non esco mai con uomini sposati”, disse lei indicando la fede che Nathan continuava a portare al dito.
“Ha torto, gli uomini sposati sono i più interessanti, è per questo che sono già occupati.”
“È un’osservazione stupida”, commentò lei.
“Era una battuta.”
“Be’, una brutta battuta, allora.”
Nathan stava per rispondere quando Joe Conolly si avvicinò a loro.
“Va tutto bene, Joe”, lo rassicurò Candice.

"Tanto meglio", borbottò l'uomo.

Nathan aspettò che il proprietario del bar si fosse completamente allontanato per rinnovare la sua proposta.

"E se non fossi sposato, accetterebbe di venire a prendere qualcosa con me?"

"Forse."

23.02

"In realtà, sono separato da mia moglie."

"Che cosa mi assicura che è vero?"

"Potrei portarle le carte del divorzio, ma non pensavo che fossero necessarie per invitare una ragazza a bere qualcosa."

"Lasci perdere, mi basta la sua parola."

"Allora è un sì?"

"Ho detto forse..."

23.13

Perché mi ispira fiducia?

Se me lo chiede un'altra volta, gli dico di sì...

23.24

Il locale cominciava poco a poco a svuotarsi. Il rock energico del Boss aveva lasciato il posto alle ballate di Tracy Chapman.

Candice si era presa la sua pausa di cinque minuti e ora

chiacchierava con Nathan a un tavolo in fondo al bar. Una corrente di simpatia cominciava a passare fra di loro quando la conversazione venne improvvisamente interrotta:

"Candice, al telefono!" urlò Joe da dietro il bancone.

Lei si alzò di scatto. Chi poteva chiamarla al lavoro?

Inquieta, afferrò il telefono e alcuni secondi dopo il suo viso cambiò espressione. Pallida come un cencio, riagganciò, fece qualche passo barcollando per raggiungere il bancone, poi si sentì cedere le gambe. Nathan, che aveva seguito la scena, si precipitò a sorreggerla prima che cadesse sul pavimento. Candice scoppiò in lacrime fra le sue braccia.

"Che cosa succede?" chiese lui.

"Si tratta di mio padre. Ha avuto un infarto."

"Come?"

"Un'ambulanza lo ha appena portato all'ospedale."

"Venga, l'accompagno!" propose Nathan afferrando il cappotto.

STATEN ISLAND PUBLIC HOSPITAL, UNITÀ DI TERAPIA INTENSIVA CARDIOLOGICA

Con ancora indosso l'uniforme, Candice si precipitò verso il medico che si era occupato di suo padre, pregando dentro di sé che ci fossero notizie rassicuranti.

Adesso gli stava davanti. Poteva persino decifrare il suo nome sul badge attaccato al camice: dottor Henry T. Jenkils. Lo sguardo di Candice era implorante: *Mi conforti, dottore, mi dica che non è niente di grave, mi dica che potrò riportarlo a casa, mi dica che trascorreremo il Natale tutti insieme. Veglierò su di lui, gli preparerò tisane e brodini, come faceva lui quando ero piccola, mi dica che...*

Ma il dottor Jenkils aveva imparato a non cercare più di leggere nello sguardo dei suoi pazienti o dei loro familiari. Con gli anni, si era costruito una corazza per non farsi più "coinvolgere personalmente". Per lui era una necessità: troppa compassione lo destabilizzava e gli impediva di svolgere correttamente il suo lavoro. Indietreggiò leggermente quando Candice gli si avvicinò un po' troppo. Pronunciò allora un discorso calibrato:

"Signorina, suo padre ha fatto appena in tempo a chiamare il pronto soccorso prima di accasciarsi sul pavimento della cucina. Quando i paramedici lo hanno trovato, manifestava tutti i segni di un grave infarto. All'arrivo in ospedale, era già in arresto cardiaco. Abbiamo fatto tutto il possibile per rianimarlo ma non è sopravvissuto. Sono spiacente. Se vuole vederlo, un'infermiera le mostrerà la sua camera".

"No, no, no!" gridò lei con il viso bagnato di lacrime. "Lo avevo appena ritrovato. Non è giusto! Non è giusto!"

Tremante, con le gambe che non la reggevano, sentì un abisso vertiginoso aprirsi sotto di lei e, di nuovo, trovò conforto fra le braccia di Nathan.

L'avvocato prese la situazione in mano. Dapprima si informò di cosa ne fosse stato di Josh. Gli comunicarono che il bambino era stato portato all'ospedale assieme al nonno e che aspettava la madre nel reparto di pediatria. Poi Nathan accompagnò Candice nella stanza in cui giaceva il corpo ormai senza vita del padre. Dopo averlo ringraziato per il suo aiuto, lei gli chiese di lasciarla sola per qualche minuto.

Tornato nell'atrio, Nathan chiese allo sportello se il dottor Goodrich fosse di guardia quella sera. Gli risposero di no. Consultò allora un elenco telefonico e riuscì a raggiungerlo all'unità di cure palliative.

"Si è assolutamente sbagliato, Garrett", gli annunciò con voce rotta dall'angoscia.

Era talmente commosso che la cornetta gli tremava tra le mani.

"A che proposito?" chiese il medico.

"Non era Candice che doveva morire!"

"Cosa?"

"Era suo padre."

"Senta, Nathan, non capisco cosa stia dicendo."

L'avvocato respirò profondamente per tentare di dominare la propria emozione.

"Sono all'ospedale", spiegò con più calma. "Il padre di Candice è appena deceduto per arresto cardiaco."

"Cazzo!" esclamò il medico, sorpreso.

Adesso la voce di Nathan vibrava di collera:

"Allora, questa morte non l'aveva prevista, non è vero? Non aveva percepito l'aureola di luce bianca?"

"No", ammise Goodrich, "non avevo previsto niente, ma non ho mai avvicinato abbastanza quell'uomo da potermi pronunicare su..."

"Senta, credo davvero che sia ora di dare un taglio alle sue teorie fumose! La morte ha bussato alla porta accanto, farebbe meglio a riconoscerlo."

"Lei si scalda in fretta. Quell'uomo cominciava a essere anziano, forse soffriva già di cuore... La sua morte non prova niente."

"In ogni caso, Candice è salva, Garrett, questo è tutto quello che so."

"Spero che lei abbia ragione, Nathan, lo spero dal più profondo del cuore."

Casa di Candice Cook
Le tre del mattino

La stanza era immersa nell'oscurità. Solo alcune candele di Natale posate vicino alla finestra permettevano di distinguere il contorno di volti e oggetti. Candice aveva finito per addormentarsi sul divano del salotto ma tremava e il suo viso sembrava febbricitante. Seduto su una poltrona, Nathan la guardava come ipnotizzato. Sapeva che il sonno della ragazza sarebbe stato agitato, popolato da forze malvagie. Dopo aver recuperato Josh, li aveva riaccompagnati entrambi a casa, quando era ormai l'una del mattino. Candice era talmente abbattuta che si era lasciata guidare come un automa. Avevano parlato un po', quindi Nathan le aveva fatto prendere il sonnifero prescritto da un medico dell'ospedale.

Un piccolo verso lamentoso lo attirò nella stanza vicina. Josh si era appena svegliato e si dimenava nel lettino con gli occhi spalancati.

"Ciao, ometto, non aver paura", lo rassicurò prendendolo in braccio.

"... sete..." balbettò il bimbo.

Nathan gli diede un po' d'acqua e lo portò con sé in salotto.

"Come stai, piccolino?"

"Pic...co...ino", cercò di ripetere Josh.

Nathan lo baciò sulla fronte.

"Guarda la mamma che dorme", mormorò.

"Ma...mma."

Si sedette con lui in poltrona e lo cullò lentamente. Si mise persino a canticchiare il motivo della ninnananna di *Brahms*. Non l'aveva più cantato dalla morte del figlio e l'emozione che lo sommerse lo costrinse quasi subito a fermarsi.

Dopo alcuni minuti, Josh si riaddormentò. Nathan lo rimise a letto e tornò in salotto dove Candice continuava a riposare. Scrisse un messaggio sul retro di una lista della spesa e lo posò in mezzo al tavolo prima di lasciare la casa.

Fuori nevicava.

14 DICEMBRE

Candice tirò il chiavistello e infilò la testa nello spiraglio della porta.

"Oh! Ma è lei, si accomodi."

Nathan entrò in cucina. Erano le nove del mattino. Nel seggiolone, Josh finiva di impiastricciarsi con la colazione.

"... giorno", disse il bambino.

"Ciao, piccolo Josh", rispose Nathan rivolgendogli un sorriso.

Candice passò una mano fra i capelli del figlio continuando a guardare l'avvocato.

"Volevo ringraziarla per essere rimasto fino a tardi."

"Non è niente, e lei se la cava?"

"Abbastanza", assicurò la giovane donna, anche se i suoi occhi affermavano il contrario.

Nathan agitò un mazzo di chiavi che aveva preso dalla tasca.

“Le ho riportato il pick-up.”

“Grazie. Lei è stato davvero... perfetto”, disse Candice allargando le braccia. “Ha lasciato la sua 4x4 nel parcheggio di Joe?”

Nathan annuì.

“La riaccompagno, allora”, propose la donna, “ma prima prenda una tazza di caffé con noi.”

“Volentieri”, rispose lui sedendosi.

Dopo alcuni secondi, decise di buttarsi:

“In realtà, avrei qualcosa da chiederle”, annunciò posando sul tavolo una valigetta di cuoio.

“Sì?” chiese Candice improvvisamente inquieta, come se tanta gentilezza da parte di un uomo potesse sfociare soltanto in una brutta sorpresa.

“Vorrei che accettasse...”

“Che cosa?”

“Del denaro”, disse Nathan. “Vorrei che accettasse un po’ di denaro da parte mia per crescere suo figlio.”

“È... è uno scherzo?” mormorò Candice appoggiando la tazza sul tavolo per non lasciarla cadere.

“No, voglio davvero aiutarla.”

“Per chi mi ha preso?” si rivoltò lei. Furente, si alzò dalla sedia.

Nathan tentò di rassicurarla.

“Si calmi, Candice, non le chiedo nulla in cambio.”

“Lei è pazzo”, ribatté la donna, “non ho bisogno del suo denaro.”

“Sì, lei ne ha bisogno! Ne ha bisogno per gli studi di suo figlio. Ne ha bisogno perché il suo pick-up ha trecentomila chilometri e rischia di lasciarla a piedi a ogni istante. Ne ha bisogno perché non ha più nessuno che le dia una mano.”

“E quanto vorrebbe darmi esattamente?” non poté fare a meno di chiedere la giovane.

“Diciamo centomila dollari”, propose Nathan.

“Centomila dollari! Ma... è... è impossibile. Non esistono persone che ti danno tanto denaro in cambio di niente!”

“Talvolta la ruota gira... Immagini di aver vinto la lotteria.”

Lei rimase sconcertata per qualche secondo.

“Non sarà un riciclaggio di denaro sporco o qualcosa del genere?”

“No, Candice, non è denaro sporco. Non c’è niente di illegale in tutto questo.”

“Ma non la conosco nemmeno!”

“Tutto quello che le ho detto di me ieri sera è vero”, dichiarò Nathan aprendo la valigetta di cuoio. “Mi chiamo Nathan Del Amico, sono un noto avvocato di Park Avenue, ho fama di uomo integro e i miei affari sono più che onesti. Le ho portato un mucchio di documenti che comprovano le mie affermazioni: il mio passaporto, i miei estratti conto, articoli di giornali giuridici che parlano di me...”

“Non insista”, lo interruppe Candice, “non mi lascio coinvolgere in questo imbroglio.”

“Ci rifletta con calma”, suggerì Nathan scendendo dal vecchio pick-up.

Si trovavano entrambi nel parcheggio vuoto, di fronte al Sally’s Bar. Candice aveva riaccompagnato l’avvocato alla sua 4x4.

“Ho già riflettuto, non voglio dover rendere conto a nessuno del modo in cui vivo la mia vita.”

"Non dovrà renderne conto né a me né a nessun altro", promise l'avvocato appoggiandosi al finestrino. "Potrà usare questa somma come meglio crede."

"Ma che cosa ne viene in tasca, a *lei*?"

"Solo una settimana fa, non le avrei mai fatto una simile proposta", riconobbe Nathan, "ma, poi, sono cambiate alcune cose nella mia vita... Senta, non sono sempre stato ricco. Sono stato allevato da mia madre, che aveva ancora meno denaro di lei. Per fortuna, ho potuto studiare. Non rifiuti questa possibilità a suo figlio."

"Mio figlio studierà, che lei mi aiuti o no!" si difese Candice.

"Onnò!" ripeté Josh dal suo sedile posteriore come per sostenere la madre.

"Rifletta ancora. Nella valigetta troverà il mio numero di telefono. Mi chiami dopo aver consultato i documenti che le ho lasciato."

"Ho già riflettuto bene. Come lei ha detto, non ho quasi niente, ma mi resta qualcosa che molte persone più ricche di me hanno perduto: l'onore e l'onestà..."

"Non le chiedo di rinunciare né all'uno né all'altra."

"La smetta con queste chiacchiere. La sua proposta è troppo bella per essere vera. Ci deve essere per forza un inghippo, sotto. Che cosa pretenderà da me, una volta che avrò incassato il denaro?"

"Mi guardi negli occhi", intimò Nathan avvicinandosi a lei.

"Non ricevo ordini da lei!"

Malgrado tutto, Candice alzò la testa verso di lui.

Nathan la fissò ripetendole:

"Sono onesto, non ha niente da temere da me, glielo giuro. Pensi a suo figlio e accetti questi soldi".

“La mia risposta è no!” ribadì Candice sbattendo la portiera. “Mi ha capito bene? No, no e no!”

Nathan e Candice ritornarono ciascuno a casa propria.

Candice dedicò il resto della mattinata a spulciare i documenti contenuti nella valigetta.

Nathan invece rimase con gli occhi fissi sul telefono.

Che finalmente, a mezzogiorno, squillò.

12

...e che uccelli e fiere lacerino il suo corpo defunto...
LUCREZIO

Dopo aver girato nel quartiere per dieci minuti, finalmente Nathan trovò un buco libero fra due macchine. Seduta al suo fianco, Candice aspettò che l'auto fosse completamente ferma per liberare il piccolo Josh dal seggiolino fissato sul sedile posteriore. Poi lo sistemò in una voluminosa carrozzina pieghevole che Nathan aveva preso dal bagagliaio della 4x4. Josh era di buonumore e cantava a gran voce dei buffi motivetti improvvisati sempre continuando a succhiare un biberon mezzo vuoto.

I tre si diressero verso un edificio di mattoni grigi e rosa che ospitava una delle filiali della First Bank of New Jersey.

Era l'ora di punta. A causa della folla e della porta girevole troppo stretta, lottarono qualche istante per far entrare la carrozzina. L'agente di sicurezza, un giovane di colore dall'aria gentile, venne ad aiutarli scambiando con loro delle battute sul fatto che le installazioni moderne non fossero decisamente pensate per i bambini.

Entrarono in una grande sala luminosa circondata da ampie vetrate. Era arredata bene, con sportelli accoglienti ed eleganti box di legno scuro che proteggevano la riservatezza delle conversazioni fra clienti e impiegati.

Candice frugò nella borsetta e tirò fuori il famoso assegno.

"Crede davvero che sia una buona idea?"

"Ne abbiamo già discusso", rispose gentilmente Nathan.

Candice guardò Josh, pensò di nuovo al suo futuro e si decise a mettersi in coda a uno sportello.

"La accompagno?" propose Nathan.

"Inutile", rispose la donna, "non ci metterò molto. Si sieda laggiù", aggiunse indicando una fila di sedie in fondo alla sala.

"Lasci che prenda Josh."

"Non ce n'è bisogno, lo terrò in braccio. Mi liberi solo di questa dannata carrozzina."

Mentre si allontanava con la carrozzina vuota, Candice rivolse a Nathan un sorriso accompagnato da un piccolo cenno della mano.

In quell'istante gli ricordò Mallory. Decisamente si affezionava sempre più a quella donna, alla sua semplicità, alla tranquilla sicurezza che emanava da tutto il suo essere. Era davvero commosso dalla complicità che esisteva fra madre e il figlio, dal suo modo di baciarlo e mormorargli parole tenere all'orecchio ogni volta che minacciava di mettersi a piangere. Era una madre serena e calma. Poco importavano la giacca lisa o la tinta da quattro soldi. Magari non possedeva la classe delle ragazze di *Cosmopolitan,* ma era più accattivante e socievole.

Mentre seguiva con lo sguardo la giovane donna, Nathan non poté fare a meno di pensare al corso che aveva preso la sua vita. Forse aveva avuto torto nel volere sfuggire a ogni costo al suo ambiente d'origine. Forse sarebbe stato più felice assieme a una donna come Candice, in una villetta con un cane e un pick-up con la bandiera a stelle e strisce. Solo le classi abbienti si immaginano che la gente comune abbia una vita monotona. Lui che proveniva da un ambiente popolare sapeva che non era così.

Comunque non era il genere d'uomo da approvare tutto quel blablà sull'importanza delle piccole cose della vita che si dice procurino la felicità. Aveva patito troppo la mancanza di soldi per sputarci sopra adesso che lo aveva. Ma, contrariamente a quanto aveva creduto a lungo, ormai sapeva che il denaro non gli bastava. Aveva bisogno di qualcuno con cui condividerlo. Senza una mano che lo accompagnasse, non voleva più andare da nessuna parte; senza una voce che gli rispondesse, restava solo il silenzio; senza un volto di fronte al suo, lui non esisteva più.

Nathan scambiò alcune parole con l'agente di sicurezza di guardia davanti alla porta d'ingresso. Il giorno prima, gli Yankees avevano annunciato l'ingaggio di un buon giocatore per la stagione successiva e l'agente si infervorava immaginando le prodezze che avrebbe realizzato la sua squadra preferita di baseball.

A un tratto, l'agente smise di parlare insospettito da un colosso con due spalle massicce che aveva appena varcato la porta d'ingresso. Alto come un cestista, l'uomo portava una sciarpa attorno al collo e una borsa da ginnastica a tracolla.

Che idea portare con sé una borsa così grande, pensò Nathan.

Il tipo sembrava agitato. Visibilmente a disagio, si voltò parecchie volte per spiare i due uomini con uno sguardo sfuggente. La guardia fece alcuni passi nella sua direzione. L'uomo finse allora di dirigersi verso una delle file, ma si fermò di colpo in mezzo alla sala. In una frazione di secondo, estrasse un'arma dalla borsa e si infilò in testa un passamontagna nero.

"Ehi, tu!"

Prima che l'agente di sicurezza potesse sfoderare la pistola, spuntò all'improvviso un complice che gli assestò due violente manganellate. Completamente stordito, l'agente si accasciò al suolo e l'altro ne approfittò per disarmarlo.

"Fermi tutti! Fermi tutti, cazzo! Mettete le mani sopra la testa."

Era il secondo individuo a condurre le operazioni. Non portava il passamontagna e indossava vecchi indumenti dell'esercito americano. Aveva i capelli a spazzola ossigenati e gli occhi iniettati di sangue.

E, soprattutto, era armato fino ai denti, con una pistola di grosso calibro nella mano destra e una mitraglietta sulla spalla: ricordava un personaggio dei videogiochi.

Ma quello non era un gioco. Un'arma simile permetteva di sparare a raffica e, quindi, poteva fare numerose vittime.

"In ginocchio! Tutti in ginocchio, svelti!"

Ci furono delle urla. Tutti i clienti e gli impiegati si inginocchiarono o si sdraiarono per terra.

Immediatamente Nathan si voltò a cercare Candice con lo sguardo. La giovane donna aveva trovato rifugio sotto la scrivania di uno dei box. Stringeva al petto Josh e tentava di cullarlo. A bassa voce, gli ripeteva instancabilmente: "È un gioco, è un gioco, tesoro mio", sforzandosi di sorridere. Come al solito, il piccolo aveva gli occhi spalancati e guardava con interesse lo strano spettacolo che si svolgeva attorno a lui.

L'angoscia segnava già i volti. Nathan si era inginocchiato come gli altri.

Come sono riusciti a entrare con quelle armi? Avrebbero dovuto controllare le loro borse all'ingresso. E perché diavolo non è scattato il sistema di allarme?

Accanto a lui, una donna atterrita era rannicchiata in posizione fetale contro il pannello di legno di uno sportello. Nathan cercò di mormorarle qualche parola di conforto, ma quando aprì bocca avvertì come una scarica per tutto il corpo e il dolore al petto si risvegliò. Poteva sentire il rumore sordo del suo cuore che batteva a scatti. Frugò nella tasca del cappotto alla ricerca dello spray di trinitrina per fare un'inalazione.

"Tieni le mani sopra la testa!" gli urlò il tipo vestito da militare, prima di dirigersi senza esitazione verso quello che doveva essere il direttore della filiale.

I rapinatori erano due. Probabilmente un complice li attendeva in un'auto parcheggiata nelle vicinanze.

"Tu, vieni con me, ho bisogno del codice per aprire la porta."

Il bandito spinse il direttore in fondo alla sala. Si udì lo sblocco di una porta metallica e poi, poco dopo, un rumore più indistinto indicò che una seconda porta era stata aperta.

L'uomo con il passamontagna era rimasto nella sala principale per sorvegliare gli ostaggi. In piedi su una delle scrivanie, voleva far vedere che teneva la situazione sotto controllo.

"Fermi! Non vi muovete!" urlava di continuo.

Dei due malviventi era di sicuro lui l'anello debole. Continuava a guardare l'orologio e a tormentare la parte inferiore del passamontagna che gli stringeva il collo. Stava perdendo la pazienza:

"Ma che cazzo fai, Todd? Sbrigati, per la miseria!"

Ma l'altro, sempre occupato nella stanza vicina, non rispose.

Dopo un attimo, non resistendo più, si tolse il passamontagna con un gesto brusco. Il sudore gli bagnava la fronte e gli disegnava aloni scuri sotto le ascelle. Forse aveva già conosciuto le delizie della prigione per un breve periodo e temeva di tornare a soggiornarvi più a lungo.

Perché questa volta giocava forte: rapina a mano armata. Giocava forte e il tempo volava.

Finalmente il "militare" fece irruzione nella sala principale con una sacca piena. Gridò al complice:

"Tocca a te, Ari, finisci la raccolta".

"Ascolta, Todd, filiamocela adesso, abbiamo abbastanza soldi per..."

Ma l'uomo in tenuta militare non era d'accordo.

"Va' a prendere il resto, razza di verme!"

Nathan ne approfittò per avvicinarsi a Candice. Il cuore gli batteva a una velocità folle. Si sentiva responsabile per la vita della giovane donna.

L'aveva quasi raggiunta, quando l'uomo chiamato Ari gli si avventò contro sferrandogli un violento calcio che gli fece sbattere la testa contro una scrivania.

"Tu resti dove sei, capito?"

Ma il "militare" gli fu addosso in un secondo mettendosi a urlare:

"Ti ho detto di andare a prendere i soldi! Li tengo d'occhio io."

Nathan era intontito. Si riprese a fatica dal colpo e si portò la mano all'arcata sopraccigliare. Un filo di sangue gli scorreva lungo la tempia e gli macchiava la camicia. Se fosse uscito vivo di lì, avrebbe avuto il volto tumefatto per parecchi giorni.

In quel momento, Candice fece un movimento verso di lui. Nathan rialzò la testa. Lei lo interrogò con uno sguardo preoccupato che sembrava dire "come va?". Per rassicurarla, lui annuì.

La ragazza si sforzò di sorridere, ma Nathan si accorse che era pallidissima, quasi livida.

Continuava a guardarla negli occhi quando, all'improvviso, nella sua mente tutto divenne confuso. Per una frazione di secondo, i volti di Candice e di Mallory si sovrapposero.

Avrebbe voluto proteggerle da quegli atti di violenza con tutte le sue forze.

Poi, quando nessuno ormai ci sperava più, un allarme stridente risuonò nella banca.

Il panico si impadronì dei rapinatori. Ari comparve nella sala centrale con le mani piene di banconote.

"Che cosa succede, Todd?"

"Bisogna scappare prima che arrivino gli sbirri!" gridò il "militare".

"Mi avevi detto che il sistema d'allarme era stato disinserito! Cazzo, mi avevi detto che non c'erano rischi, Todd!"

Il sudore gli grondava dalla fronte. Era talmente stordito dalla paura che lasciò cadere le mazzette di dollari.

Todd, si avvicinò alle vetrate e vide un'auto che passava a tutto gas davanti alla banca.

"Cazzo, quello stronzo di Geraldo scappa senza di noi!"

"Come faremo senza macchina?" chiese Ari, completamente stravolto.

Ma l'altro non lo ascoltava già più. In un batter d'occhio, si era messo a tracolla la grossa borsa, aveva impugnato la mitraglietta con una mano e la pistola con l'altra. Spinse furiosamente la porta della banca e uscì nel momento stesso in cui parecchie auto della polizia sopraggiungevano a sirene spiegate.

Si udirono alcuni spari, frammisti a grida.

Ari, che aveva esitato a seguire il complice, rientrò precipitosamente chiudendo la porta.

"Nessuno si muova!" urlò puntando la canna della sua 9 millimetri sugli impiegati e sui clienti ancora tutti a terra.

Si aggrappava all'arma come a un'ancora di salvezza.

Nathan non riusciva a staccare gli occhi dalla pistola.

Quante vittime farà questo pazzo furioso?

Si udì una nuova serie di spari, poi più niente finché una voce potente gridò in un megafono:

SIETE CIRCONDATI.
IL VOSTRO COMPLICE È STATO ARRESTATO.
DEPONETE LE ARMI E USCITE DALL'EDIFICIO
SENZA GESTI BRUSCHI.

Ma non era quello che il forsennato aveva in mente di fare.

"Tu, vieni qui!"

Accadde ciò che Nathan aveva temuto: il bandito prese in ostaggio Candice tirandola con forza per un braccio.

Ma lei non apparteneva alla categoria dei vinti. Pronta a tutto per salvare suo figlio, si dibatté selvaggiamente e riuscì a fuggire in fondo alla sala con Josh che le urlava fra le braccia. Subito Nathan si alzò interponendosi fra Ari e loro due.

Folle di rabbia per quella resistenza, Ari puntò la sua 9 millimetri su Nathan il cui cervello funzionava a cento all'ora.

Forse mi ucciderà, ma a Candice non accadrà niente. Anche se mi spara, i poliziotti faranno immediatamente irruzione. Lei non rischia più nulla.

Ogni secondo sembrava dilatarsi all'infinito.

Garrett ha torto. So che ha torto. Non c'è un ordine predefinito. La vita non può funzionare così. Candice è salva. Ho vinto, Garrett. Ho vinto.

L'avvocato era frastornato dall'arma di Ari, una Glock 17 Lüger parabellum che era possibile acquistare per meno di 50 dollari a qualsiasi fiera delle armi del Paese, dove il tiro al bersaglio con barbecue di contorno era diventato una sorta di sport nazionale.

Con la faccia completamente stravolta, Ari continuava a tenere le mani incollate al calcio della sua arma. Mise il dito sul grilletto. Non si controllava più. Stava per sparare.

Nathan alzò gli occhi verso la porta d'ingresso. Fu solo un decimo di secondo. Ma gli bastò per vedere l'agente di sicurezza, finalmente rinvenuto, che estraeva una pistola nascosta in un piccolo fodero legato al polpaccio destro.

Il movimento fu talmente rapido che Ari non si rese conto di nulla. La guardia si raddrizzò in parte e con il braccio teso sparò due colpi. Il primo passò a un millimetro dal bersaglio, ma il secondo raggiunse il criminale in mezzo alla schiena e lo fece crollare sul pavimento.

Gli spari seminarono il panico. I clienti si misero a correre verso l'uscita mentre i poliziotti e i soccorsi facevano irruzione nell'edificio.

"Tutti fuori! Presto!" ordinò un poliziotto. Ma Nathan

si precipitò in fondo alla sala, dove si era formato un gruppo attorno a un corpo accasciato sul pavimento.

L'avvocato si avvicinò.

Candice era a terra e Josh, singhiozzando di terrore, si aggrappava disperatamente a lei.

"Avvertite i soccorsi!" gridò Nathan con tutte le sue forze. "Chiamate un'ambulanza!"

Il primo proiettile era rimbalzato sul battente di una delle porte di metallo per terminare la sua corsa nel fianco, già tutto arrossato di sangue della giovane.

Nathan si chinò su di lei e le prese la mano.

"Non morire!" implorò cadendo in ginocchio accanto a lei.

Il viso di Candice era diventato diafano. Lei aprì la bocca per pronunciare qualcosa ma ne uscì solo un filo di sangue che le colò lungo le labbra.

"Non morire!" urlò di nuovo Nathan chiamando in aiuto tutti gli dei del creato.

Ma lei non c'era già più. Restava soltanto un corpo inanimato che non aveva nulla in comune con la giovane donna che, un'ora prima, sorrideva alla vita e raccontava favole a suo figlio.

Con gli occhi pieni di lacrime, Nathan non poté fare altro che posarle la mano sulle palpebre.

Fra i presenti, una voce chiese: "Era sua moglie?"

L'ambulanza dell'Emergency Medical System arrivò alcuni minuti dopo.

Nathan stringeva forte Josh fra le braccia. Per miracolo, il bambino non era rimasto ferito, ma era sotto choc. Nathan seguì fuori dalla banca la barella che portava via il corpo di Candice. Nel momento in cui fu tirata la chiusura lampo del sacco di alluminio, che nascose il volto della giovane donna, Nathan si chiese se per lei fosse davvero tutto finito. Che cosa succede al momento della morte? C'è qualcosa dopo? Un seguito?

Sempre gli stessi interrogativi che si era posto tante volte all'epoca della morte di sua madre e di quella di suo figlio.

Per la prima volta dopo una settimana, il cielo era illuminato dal sole brillante che New York regala ogni tanto d'inverno. L'aria era pura e soffiava un vento freddo e secco.

Sui marciapiedi, c'erano persone traumatizzate che si confortavano dopo quella mattinata d'orrore e Josh, in braccio a Nathan, singhiozzava tanto da non riuscire quasi a respirare.

Completamente stordito, l'avvocato si sentì preso in un turbine. Scoppi di voci gli giungevano da ogni parte e i suoi occhi arrossati erano abbagliati dai lampeggiatori delle auto della polizia. I giornalisti televisivi stavano già intervistando gli ostaggi.

Schiacciato dal peso del rimorso e del senso di colpa, Nathan fece del suo meglio per proteggere Josh da quel tumulto.

Mentre portavano via il cadavere del bandito, un poliziotto del NYPD, stretto in un'uniforme blu notte, lo raggiunse per fargli qualche domanda. Era un ispanico, piccolo e tarchiato, con un viso da adolescente.

Il poliziotto cominciò a parlare, ma Nathan non lo ascoltava. Con la manica della camicia asciugava delicatamente il viso di Josh su cui alcuni schizzi di sangue si erano mescolati alle lacrime. Era il sangue di Candice. Di nuovo Nathan si sentì travolgere da un'ondata di dolore e scoppiò a piangere.

"Sono stato io a ucciderla! Si trovava qui a causa mia!"

Il poliziotto cercò di mostrarsi comprensivo:

"Lei non poteva prevederlo, signore. Mi dispiace".

Nathan si sedette sull'asfalto e si prese la testa fra le mani. Il suo corpo era scosso dagli spasmi. Era tutta colpa sua. Aveva precipitato personalmente Candice nella morte. Se non le avesse proposto quei dannati soldi, lei non avrebbe mai messo piede in quella banca e non sarebbe successo niente! Era l'unico responsabile di quell'ingranaggio infernale. Era una pedina, messa lì in quel preciso istante per partecipare a un evento che andava al di là della sua comprensione. Ma come decidersi ad accettare un mondo in cui la vita e la morte erano iscritte a tal punto nel destino?

Credette allora di sentire la voce di Goodrich che gli ripeteva:

Nessuno può influire sull'ora della morte. E non si può rimettere in causa la decisione finale.

Alzò il volto inondato di lacrime verso il poliziotto.

Come per consolarlo, questi ripeté di nuovo:

"Lei non poteva prevederlo".

13

Medita, ti prego, giorno e notte su questi argomenti.

CICERONE

In principio, il passato e il futuro non esistevano.

Era prima della grande esplosione. Quella che generò la materia, lo spazio e il tempo.

Nelle enciclopedie, si può leggere che la storia del nostro universo è iniziata quindici miliardi di anni fa. Che è anche l'età delle stelle più vecchie.

Quanto alla Terra, si è formata meno di cinque miliardi di anni fa. Molto presto, solo un miliardo di anni dopo, ospitò degli esseri viventi rudimentali: i batteri.

Poi fu la volta dell'uomo.

Tutti lo sanno ma tutti se ne scordano: il tempo dell'umanità resta una quantità trascurabile rispetto al tempo dell'universo.

E, all'interno stesso di questa particella infinitesimale, è solo nel neolitico che gli uomini hanno cominciato a diventare sedentari e a inventare l'agricoltura, le città e il commercio.

Un altro salto si è verificato un po' dopo, alla fine del XVIII secolo. Progressivamente, l'economia ha assunto sempre più importanza, il che ha permesso di accrescere le ricchezze prodotte.

Si parlò in seguito di rivoluzione industriale e di modernità.

Però, alla vigilia di questo periodo, l'aspettativa di vita era ancora di soli trentacinque anni.

La morte era dovunque. Era normale. La si accettava.

Dall'origine, più di ottanta miliardi di esseri umani prima di noi hanno vissuto, edificato città, scritto libri e composto musica.

Vivi, oggi siamo solo sei miliardi.

I nostri morti, dunque, sono quasi quattordici volte più numerosi.

Marciscono e si decompongono sotto i nostri piedi e nelle nostre teste. Rendono ricca la nostra terra e i nostri alimenti.

Alcuni ci mancano.

Presto, fra qualche miliardo di anni, il Sole avrà esaurito le sue riserve di idrogeno e il suo volume si sarà centuplicato.

La temperatura della Terra supererà allora i 2000 gradi, ma è probabile che la specie umana ormai sarà sparita da un pezzo.

Quanto all'universo, forse continuerà a espandersi e a svuotarsi di tutte le sue galassie. Con il tempo, anche le stelle finiranno per spegnersi, formando un immenso cimitero cosmico.

Stasera, il cielo è basso e la notte calma.

Nel suo appartamento, Nathan Del Amico si lascia invadere dalle mille luci della città che salgono verso il San Remo.

Ascolta i rumori di New York, quel brusio continuo così particolare dei clacson e delle sirene di ambulanze e polizia.

È solo.

Ha paura.

Gli manca sua moglie.

E sa che presto morirà.

14

I morti sanno una cosa sola: è meglio essere vivi.

DAL FILM *FULL METAL JACKET* DI STANLEY KUBRICK

15 DICEMBRE

Le grandi vetrate lasciavano entrare fiotti di luce nel soggiorno spazioso del loft.

Le pareti di un bianco abbagliante erano inondate di sole, come in piena estate. Faceva caldo. Un sistema automatico entrò in funzione silenziosamente per abbassare le tapparelle.

Nathan era accasciato su un divano basso rivestito di tweed chiaro.

Posò una bottiglia vuota di Corona sul parquet di legno biondo. Era la quarta e, visto che non era abituato a bere, aveva una leggera nausea.

Dal mattino, vagava senza meta per l'appartamento.

Candice era morta. Dunque Garrett possedeva davvero quel dannato potere di prevedere la morte.

Per lui voleva dire che la fine del viaggio era vicina. Adesso non aveva più dubbi. Era difficile da ammettere, ma doveva accettarlo.

Come agire ora che sapeva di essere promesso alla morte? Come reagire a un tale choc?

Viveva in un mondo in cui regnava lo spirito di competizione. Un mondo che lasciava poco spazio ai deboli. A forza di giocare al superuomo, aveva quasi finito per dimenticare di essere mortale.

Sì, c'era stato un tempo quell'incidente a Nantucket, ma bisogna credere che non ne avesse tratto alcun insegnamento.

Si mise in piedi davanti alle vetrate che offrivano una vista favolosa sul parco. L'alcool gli aveva fatto venire mal di testa. Spaventose immagini di separazione, di lutto e di sofferenza gli si affollavano di nuovo nella mente. Pensò a Josh. Aveva provato un dolore straziante quando un'assistente sociale era venuta a portargli via il bambino alcuni minuti dopo la fine della rapina. Orfano ad appena un anno, che genere di infanzia avrebbe avuto? Rischiava di conoscere il susseguirsi degli affidi, le famiglie in cui sarebbe stato sempre di troppo, la mancanza d'amore e di protezione.

Nathan era molto abbattuto. No, non era potente. Nessuno lo era davvero. Era tutto appeso a un filo: la sua vita come quella di Sean.

E dire che gli era sempre piaciuto prevedere tutto!

Anche se sapeva di esasperare Mallory, aveva sottoscritto assicurazioni per proteggersi dalla maggior parte dei rischi più comuni: furto, incendio, inondazioni, fulmini, terrorismo... ma non aveva mai fatto il minimo sforzo per prepararsi a questa dannata scadenza.

Quando glielo chiedevano, diceva di credere in Dio, naturalmente. Che altro avrebbe potuto rispondere? Erano in America, per la miseria! Un Paese in cui persino il presidente giurava sulla Bibbia!

Però, nel suo intimo, non aveva mai sperato nell'aldilà o nella sopravvivenza dell'anima.

Si guardò attorno. Non c'era ostentazione nel suo appartamento, ma una sorta di raffinata semplicità. Tutto era solo volume, luce, trasparenza. Gli piaceva quel posto. Lo aveva risistemato da solo dopo la separazione da Mallory, che, del resto, non aveva mai accettato di abitare nell'ex appartamento del padre. Di solito si sentiva al sicuro lì, protetto da quelle materie naturali come il legno e il marmo che sembravano attraversare indenni il tempo.

Su una delle pareti rivestite di legno aveva appeso alcuni disegni a matita di Mallory. Schizzi testimoni di giorni felici.

Era paralizzato dalla paura e, nello stesso tempo, si sentiva in preda a una rabbia violenta.

Perché lui? E perché in quel modo?

Non voleva morire così presto. Aveva ancora un mucchio di cose da fare: una figlia da veder crescere e una moglie da riconquistare.

Ce ne sono altri da prendere prima di me!

Forse non ho fatto nulla di trascendentale in vita mia, ma non ho fatto nemmeno niente di veramente cattivo.

Se quei Messaggeri esistevano davvero, non doveva esserci anche un ordine o una coerenza nella morte?

Certo che no! Ci sono bambini e innocenti che muoiono ogni istante. La morte non ama i buoni sentimenti. Gli uomini si accontentano di mandar giù la pillola dicendo che Dio richiama a Sé coloro che ama!

Lui non voleva essere richiamato da nessuna parte. Voleva vivere. Lì e in quel momento. Circondato dalle persone che amava.

Che fare?

Il suo carattere non lo portava ad aspettare che le cose accadessero.

Di fronte a una situazione eccezionale, doveva aggrapparsi a qualcosa, ma doveva farlo presto, adesso che il conto alla rovescia si era accelerato.

Si avvicinò a un ripiano su cui era posato un calco di gesso della mano di Bonnie.

Mise la mano su quella della figlia e ancora una volta ripensò alla propria infanzia.

Nella sua mente, quel periodo rimaneva qualcosa di caotico di cui non aveva conservato né giocattoli né album di fotografie. Del resto, a casa sua non si scattavano molte foto...

Nathan si guardò ancora attorno. Vicino alla scala, un angelo toscano di terracotta montava la guardia sotto l'occhio impassibile di una pantera di pietra che Jordan gli aveva portato dal Rajasthan.

Anche se era diventato ricco, sapeva che niente avrebbe mai potuto compensare il malessere della sua infanzia.

Nathan non ce l'aveva con nessuno. Anzi, sapeva bene che proprio in quegli anni di privazioni aveva trovato la forza di costruirsi.

Perché più tardi, all'università, tutto era cambiato. Aveva saputo cogliere al volo le occasioni. Voleva riuscire e aveva lavorato con accanimento, senza esitare a rimanere giornate intere nelle immense sale delle biblioteche universitarie, immerso nei manuali di diritto e nella casistica giuridica.

Aveva anche frequentato i campi sportivi. Non era un atleta straordinario ma, contro ogni aspettativa, era uno dei preferiti delle *cheerleaders*, che, con i capelli al vento, non perdevano l'occasione di incoraggiarlo.

A partire da allora non l'avevano più guardato come il figlio di una domestica del Queens ma come un futuro grande avvocato.

Di quel periodo, invece, aveva conservato numerosi ricordi.

Attraversò la stanza, afferrò la ringhiera in ferro battuto e salì quasi di corsa i gradini di tufo della scala che portava alla camera da letto e allo studio.

Giunto di sopra, passò dietro la parete di metallo e vetro opaco della piccola zona relax, che aveva arredato lui stesso. Una sorta di salotto-biblioteca a mansarda in cui teneva i dischi in vinile e i CD.

Appesa alle pareti, c'era una collezione di berretti e di maglie degli Yankees. Su una mensola una palla da baseball era posata accanto ad alcuni trofei sportivi vinti all'università e a una sua foto davanti alla prima macchina che avesse posseduto, una Mustang d'occasione che, all'epoca dell'acquisto, aveva già percorso parecchie centinaia di migliaia di chilometri.

Per la prima volta da un pezzo, diede un'occhiata nostalgica ai vecchi dischi in vinile dell'inizio degli anni Ottanta. Era stato un buon periodo per la musica: Pink Floyd, Dire Straits, Bee Gees, Madonna prima che diventasse un'icona...

C'era anche un disco più vecchio.

Guarda, non me lo ricordavo. Doveva essere di Mallory.

Prese il 33 giri dalla mensola.

Era *Imagine*, l'album feticcio di John Lennon.

Sulla copertina, il volto dell'ex Beatles, con gli occhi vuoti che si aprivano come una finestra su un cielo pieno di nuvole. Con quegli occhialetti rotondi, Lennon somigliava già a un fantasma che fluttua nel firmamento.

Non si ricordava davvero più di quel disco. Conosceva la canzone naturalmente, quell'inno alla pace universale che trovava un po' sdolcinato, ma le utopie pacifiste del cantante appartenevano piuttosto alla generazione che aveva preceduto la sua. Nathan girò la copertina. L'album era uscito nel settembre del 1971. Si poteva leggere una dedica scritta a penna:

Per Nathan.
Sei stato molto coraggioso, campione.
Non aver paura di niente e abbi molta cura di te.

"Campione"? Non si ricordava che qualcuno lo avesse mai chiamato campione.

La dedica terminava con una firma illeggibile.

Estrasse il disco dalla copertina e lo mise sul piatto.

Istintivamente mise la puntina sulla traccia del terzo brano che si intitolava *Jealous Guy.*

Risuonarono i primi accordi di piano e improvvisamente tutto tornò a galla.

Era il 1972.

D'autunno.

In una camera dell'ospedale dell'isola di Nantucket.

15

Nulla conosciamo secondo verità, perché la verità è nel profondo.

DEMOCRITO

Saltò nella Jaguar e partì in direzione di Mystic. Guidava talmente veloce che rischiò di fare un incidente all'altezza dell'uscita di New Haven. Non riusciva a concentrarsi sulla guida. L'alcool che aveva nel sangue non lo aiutava certo. Le immagini gli scorrevano davanti agli occhi.

1972.

Aveva otto anni.

Di quel periodo, la Storia ricordava l'inizio del Watergate, il viaggio mediatico di Nixon in Cina, la prima vittoria di un americano su un russo al campionato del mondo di scacchi...

Nella finale del campionato di baseball, la squadra di Oakland aveva battuto i Reds di Cincinnati, mentre i Cow Boys di Dallas avevano stravinto il Superbowl.

Quell'estate, Nathan aveva seguito la madre che lavorava a Nantucket nella residenza dei Wexler. Era il suo primo vero viaggio. La prima volta che usciva dal quartiere del Queens.

Arrivò davanti alla casa di Goodrich a fine pomeriggio.

Il tempo non aveva smesso di peggiorare. Un vento glaciale spazzava la riva dove il cielo carico di nuvole sembrava confondersi con un mare scatenato, seminascosto dalle dune.

Suonò parecchie volte ma nessuno venne ad aprire. Strano. Era domenica e, da quanto aveva capito, Garrett si recava lì tutti i fine settimana.

Se Goodrich non c'era, bisognava approfittarne. Finora era stato il medico a condurre il gioco ed era evidente che gli aveva nascosto molte cose. Nathan doveva saperne di più se voleva riuscire a smascherarlo.

Si guardò attorno. La prima casa si trovava a più di cento metri. Doveva assolutamente riuscire a entrare da Goodrich, anche con uno scasso. Forse, la soluzione più semplice sarebbe stata quella di arrampicarsi sul tetto del garage accanto alla casa, cercando poi di raggiungere uno dei balconi.

Non deve essere molto difficile.

Con un salto tentò di aggrapparsi al cornicione, ma il tetto era visibilmente troppo alto. Stava per fare il giro dell'edificio alla ricerca di qualcosa da utilizzare come punto d'appoggio quando venne raggiunto da un mastino con il pelo nero come il carbone.

Era il cane più grosso che avesse mai visto.

L'animale si fermò a due metri da lui e lo fissò ringhiando minacciosamente.

Non ci mancava altro!

Il mastino gli arrivava quasi alla vita. Se lo avesse incrociato in circostanze meno rischiose, forse Nathan avrebbe ammirato quell'esemplare di razza pura. Ma tutto ciò che vedeva per il momento era un cerbero aggressivo, con la bocca fremente, la testa e le orecchie dritte. Il pelo, raso e lucente, ricopriva una pelle tesa al massimo su ottanta chili di muscoli pronti a esplodere.

Nathan si sentì correre lungo la schiena una goccia di sudore gelato. Non aveva mai avuto un buon rapporto con i cani. Abbozzò un movimento, ma l'animale raddoppiò i suoi ringhi esibendo una maindibola impressionante.

L'avvocato fece un passo indietro. In quel momento, il mastino, animato da un incredibile ardore, cercò di saltargli alla gola. Nathan riuscì a evitarlo per un pelo e lo respinse con un calcio. Mosso dalla forza della disperazione, spiccò un salto che gli permise di aggrapparsi al cornicione del tetto del garage. Quando pensava di essersela cavata, l'animale gli affondò le zanne alla base del polpaccio.

Non devi mollare la presa. Se cadi adesso, ti sbrana.

Scosse freneticamente la gamba per liberarsi dalla morsa del cane ma non servì a niente. Ora la potente mandibola dell'animale gli stava stritolando il tendine di Achille.

Quel mostro mi staccherà un piede!

Resistette con tutte le sue forze e il cane finì per lasciare la presa. In qualche modo riuscì a issarsi sul tetto a forza di braccia.

Fucking hell!

Si sedette un attimo per riprendere fiato e fece una smorfia di dolore. Il fondo dei pantaloni era lacerato. Lo rimboccò constatando che la ferita era profonda e sanguinava abbondantemente. Pazienza. Se ne sarebbe occupato in seguito. Per il momento si accontentò di fasciarla con il fazzoletto. E poi, non poteva più fare dietrofront: piantato sulle sue cosce muscolose, il mastino lo teneva d'occhio leccandosi la bava insanguinata che gli colava dalla bocca.

Spiacente, vecchio mio, non sono commestibile. Spero solo che tu non mi abbia attaccato la rabbia.

Malgrado la ferita, l'avvocato riuscì a raggiungere senza troppe acrobazie uno dei minuscoli balconi della casa.

Come aveva sperato, Goodrich non aveva chiuso le finestre a ghigliottina. Nathan poté dunque introdursi in casa.

Benvenuto nel mondo dell'illegalità. Se ti fai prendere oggi, puoi dire addio alla tua licenza di avvocato.

Immaginava già il titolo di un trafiletto del *National Lawyer* : "Noto avvocato dello studio Marble&March condannato a cinque anni di prigione per furto con scasso".

Era al primo piano. Goodrich aveva lasciato aperte quasi tutte tende ma, a causa del brutto tempo, la casa era già immersa nella semioscurità.

Sentì il cane che continuava ad abbaiare dalla strada.

Quell'imbecille metterà in subbuglio tutto il quartiere.

Doveva essere prudente e fare in fretta.

Un corridoio, sopra all'ingresso, conduceva a due camere e allo studio, in cui Nathan entrò.

Era una stanza spaziosa, con il parquet in quercia chiara, piena di mensole metalliche che contenevano una quantità impressionante di incartamenti, cassette audio e video, dischetti e CD-ROM.

Nathan diede una rapida occhiata ad alcuni di quei documenti. Gli parve di capire che Goodrich conservasse la cartella medica di tutti i pazienti di cui si era occupato.

È una procedura normale?

Gli incartamenti erano classificati in ordine cronologico, secondo gli istituti in cui il medico aveva lavorato nel corso della sua carriera, e riguardavano casi che andavano dal 1968 a oggi.

Nathan risalì con impazienza nel tempo: Medical General Hospital di Boston, Presbyterian Hospital di New York, Children' s Medical Center di Washington...

Arrivò finalmente al 1972.

Quell'anno, il dottor Goodrich terminava l'internato in chirurgia in un ospedale della capitale federale. Allora aveva ventisette anni.

In mezzo alla pila di documenti datati 1972, l'avvocato trovò un quadernetto in brossura di colore scuro.

DIARIO
OSPEDALE DI NANTUCKET
12 SETT. - 25 SETT. 1972

I dubbi che Nathan aveva avuto quando aveva letto la dedica sul disco di John Lennon ricevevano una conferma. Nel 1972, Goodrich si trovava proprio a Nantucket. Era lì per una sostituzione di due settimane all'ospedale. Esattamente nel periodo in cui Nathan aveva avuto quell'incidente! Niente di strano che la sua faccia gli fosse familiare.

Scorse febbrilmente le pagine del diario e trovò quello che cercava.

19 settembre 1972

Oggi caso inquietante all'ospedale.
A fine pomeriggio, ci hanno portato un ragazzino di otto anni, in stato di morte clinica.
Secondo i passanti che lo hanno ripescato nel lago, il ragazzino era in arresto respiratorio già da parecchi minuti.
Sono stati messi in allarme dalle grida di una bambina.
Abbiamo tentato con il defibrillatore ma senza successo.
Malgrado ciò, ho continuato a massaggiargli il torace

con tutte le mie forze mentre un'infermiera gli dava l'ossigeno.
Contro ogni aspettativa, siamo riusciti a rianimarlo. È vivo, ma ancora in coma.
Abbiamo fatto bene a insistere? Non ne sono certo, perché anche se il bambino riprenderà conoscenza, il suo cervello è rimasto senza ossigeno molto a lungo. Numerose cellule saranno state distrutte e purtroppo bisogna aspettarsi delle lesioni.
Spero semplicemente che non siano irreversibili...

Nathan era sconvolto. I ricordi che fino a quel momento aveva più o meno rimosso, riaffioravano ora in disordine. Con le mani che gli tremavano e il cuore che batteva forte, proseguì la lettura.

20 settembre 1972

Il ragazzino ha ripreso conoscenza stamattina presto e mi hanno avvertito subito.
L'ho esaminato attentamente e confesso di essere sbalordito. È certo molto indebolito ma muove tutti gli arti e capisce tutte le nostre domande. Si chiama Nathan Del Amico.
È un bambino timido e chiuso ma sembra molto intelligente e ho potuto scambiare qualche parola con lui.
Per distrarlo, gli ho fatto portare in camera il mio giradischi e gli ho messo su il disco di Lennon. Sembra che gli piaccia...
Nella tarda mattinata, sua madre è venuta a trovarlo. È un'italiana che lavora come cameriera da Jeffrey Wexler, un uomo d'affari di Boston che possiede una seconda casa sul-

l'isola. Era molto preoccupata e ho voluto rassicurarla dicendole che suo figlio era robusto e che era stato coraggioso, ma lei parla male la nostra lingua e probabilmente ha capito solo la metà di quanto le dicevo.
La sua amichetta è passata nel pomeriggio. È la figlia dei Wexler. Era talmente angosciata che le ho permesso di vedere il ragazzino per un attimo. Sembra molto matura per la sua età e ho l'impressione che gli sia molto affezionata. Del resto deve essergli davvero riconoscente perché è stato lui a salvarla dall'annegamento.

21 settembre 1972

Forse ieri sono stato troppo ottimista.
Stamattina ho interrogato a lungo Nathan. Faceva discorsi incoerenti. Mi chiedo se in fondo l'incidente non abbia lasciato degli strascichi.
D'altra parte è un bambino simpatico che possiede un vocabolario esteso e si esprime molto bene per la sua età.
Ho registrato la conversazione su un magnetofono.
Non so proprio che cosa pensare.

Nathan doveva mettere le mani su quella registrazione. Si diresse verso un'altra mensola su cui erano impilate delle scatole di cartone, piene di cassette. Cominciò a frugare con tanta fretta che ne rovesciò la metà.

Trovò finalmente un nastro con la scritta: 21-9-72.

Sul tavolo da lavoro, scovò un apparecchio hi-fi accanto al computer. Infilò la cassetta nel lettore e alcuni secondi dopo sentì, con profonda emozione, due voci provenienti dal passato.

Fu Goodrich a parlare per primo, con un tono che cercava di essere allegro:

"Salve, campione".

"Buon giorno, signore."

Aveva completamente dimenticato il suono della sua voce di bambino. Era quasi impercettibile. Alzò il volume.

"Dormito bene?"

"Sì, signore."

Sullo sfondo si sentiva il rumore di un carrello. Goodrich lo stava probabilmente auscultando poiché fece le consuete domande sul suo stato di salute, prima di chiedere:

"Ti ricordi cosa ti è successo?"

"Si riferisce all'incidente?"

"Sì, raccontami."

Ci fu un silenzio che obbligò Goodrich a ripetere la domanda:

"Raccontami, vuoi?"

Dopo un'altra pausa, Nathan udì la propria risposta:

"Sapevo di essere morto".

"Cosa?"

"Sapevo di essere morto."

"Perché pensi una cosa simile?"

"Perché lo ha detto lei."

"Non ti capisco."

"Quando sono arrivato sulla barella, lei ha detto che ero morto."

"Ehm... Non ho proprio detto questo e comunque non potevi sentirmi."

"Sì, ero fuori dal mio corpo e la guardavo."

"Ma che cosa dici?"

"Lei ha gridato delle parole che non ho capito."

"Vedi bene che..."

Ma Nathan lo interruppe:

"L'infermiera ha spinto un carrello che conteneva due strumenti che lei ha sfregato l'uno contro l'altro prima di posarli sul mio petto. Poi ha gridato 'libera!' e tutto il mio corpo si è sollevato".

Ascoltando la propria vocina insistente, Nathan era completamente sconvolto. Avrebbe voluto fermare la registrazione perché sentiva che il seguito gli avrebbe portato solo sofferenza, ma la curiosità prevalse, malgrado tutto.

"Come fai a saperlo? Chi te lo ha raccontato?"

"Nessuno. Ondeggiavo sul soffitto e ho visto tutto. Potevo sorvolare l'ospedale."

"Credo che tu stia delirando."

Nathan non rispose e ci fu allora un altro silenzio, prima che Goodrich riprendesse la parola in tono incredulo.

"E poi che cosa hai visto?"

"Non ho più voglia di parlare con lei."

"Ascolta, mi dispiace. Non volevo dire che stavi delirando, ma quello che mi racconti è talmente strano che faccio fatica a crederci. Su, dimmi che cosa hai visto dopo, campione."

"Sono stato aspirato da una specie di tunnel, a grandissima velocità."

Ci fu una pausa e poi Garrett lo incitò a proseguire.

"Ti ascolto."

"Mentre ero nel tunnel, ho rivisto la mia vita prima dell'incidente e ho scorto anche delle persone. Credo fossero morte."

"Delle persone morte? Che cosa ci facevano?"

"Mi aiutavano a percorrere il tunnel."

"E che cosa c'era in fondo al tunnel?"

"Non sono capace di spiegarlo."

"Fa' uno sforzo, per favore."

Il bambino continuò allora con una voce sempre più tenue.

"Una specie di luce bianca, al tempo stesso dolce e intensa."

"Parlami ancora."

"Sapevo che stavo per morire. Volevo annegare nella luce, ma c'era una specie di porta che mi impediva di raggiungerla."

"Che cosa c'era davanti a quella porta?"

"Non so spiegarlo."

"Fa' uno sforzo, campione, ti prego."

La voce di Goodrich si era fatta adesso implorante e, dopo un'altra pausa, Nathan riprese:

"C'erano degli 'esseri'."

"Degli 'esseri'?"

"Uno di loro ha aperto la porta per lasciarmi entrare nella luce."

"Avevi paura?"

"No, anzi. Mi sentivo bene."

Goodrich non capiva più la logica del bambino.

"Ma mi hai detto che sapevi di essere sul punto di morire."

"Sì, ma non era inquietante. E poi..."

"Prosegui, Nathan."

"Sentivo che mi lasciavano la scelta..."

"In che senso?"

"Mi permettevano di non morire se non ero pronto."
"Ed è quello che hai scelto?"
"No. Volevo morire. Stavo così bene in quella luce."
"Come fai a dirlo?"
"Mi sarei voluto fondere nella luce."
"Perché?"
"È così che è."
"Che cosa?"
"La morte."
"E perché non sei morto?"
"Perché all'ultimo momento mi hanno mandato una visione e ho deciso di ritornare."
"Che visione era?"
Con gli occhi pieni di lacrime, Nathan udì la propria risposta pronunciata con voce quasi impercettibile.
"Spiacente."
"Cosa?"
"Non la riguarda."
"Che cos'era, Nathan?"
"Non la riguarda. Spiacente."
"Nessun problema, campione, nessun problema. Tutti hanno il diritto di avere i propri segreti."

La registrazione si fermò. E Nathan si mise a piangere. Scoppiò in lacrime senza alcun ritegno, come solo i bambini osano fare, poi riprese il controllo di sé e premette il tasto di avanzamento rapido, ma sulla cassetta non c'era nient'altro.

Allora si immerse di nuovo nella lettura del diario.

23 settembre 1972

Da due giorni non riesco a smettere di pensare ai discorsi di Nathan e continuo a non capire come abbia potuto fornirmi dettagli così precisi sulle cure mediche che gli abbiamo prestato.
È un po' come se fosse tornato dall'aldilà.
Non ho mai sentito niente di simile dalla bocca di un paziente, per di più un bambino. È davvero inquietante e mi piacerebbe discuterne con i miei colleghi, ma temo molto che sia un argomento tabù nell'ambiente medico.
Certo, c'è quella svizzera, la signorina Kübler-Ross, del Billings Hospital di Chicago. Mi ricordo di avere letto su *Life* che aveva avviato un gruppo di dialogo con alcuni moribondi. Credo che l'articolo abbia fatto scandalo e che lei sia stata licenziata. Però dicono che abbia cominciato a raccogliere decine di testimonianze di persone che hanno vissuto esperienze simili.
Mi chiedo se non dovrei contattarla.

25 settembre 1972

Il ragazzino è stato dimesso dall'ospedale oggi. Dato che le sue condizioni generali sono state giudicate soddisfacenti, non ho potuto trattenerlo di più. Ieri sera, ho cercato di avere un'altra conversazione con lui, ma si è chiuso come un'ostrica e credo che non ne caverò niente di più. Quando sua madre è venuta a prenderlo stamattina, le ho chiesto se avesse l'abitudine di parlare al figlio degli angeli o del paradiso. Mi ha assicurato di no e io non ho insistito oltre.

Quando se n'è andato, ho regalato a Nathan il giradischi con il disco di Lennon.

La notte aveva ormai invaso la stanza.

Faceva freddo, ma Nathan non la sentiva. Era completamente immerso nel suo passato, in quell'infanzia che credeva di aver dimenticato e che era riaffiorata di colpo; così non sentì l'auto che si era appena fermata davanti alla casa.

Qualcuno accese una luce nello studio.

Nathan sobbalzò e si girò verso la porta.

16

Tutti i giorni vanno verso la morte, l'ultimo ci arriva.

MICHEL DE MONTAIGNE

"Vedo che ha fatto conoscenza con Cujo."

Garrett Goodrich era sulla soglia della porta e osservava con interesse medico la gamba ferita di Nathan.

"Che ci fa qui, Garrett?" chiese l'avvocato richiudendo il diario come un bambino colto in fallo.

Con un sorriso divertito sulle labbra, Goodrich ribatté in tono beffardo:

"Non crede che spetti a me farle questa domanda?"

Tremando di collera, Nathan esplose all'improvviso.

"Perché non mi ha avvertito? Perché ha nascosto di avermi curato trent'anni fa?"

Il medico alzò le spalle.

"Non pensavo che avrebbe potuto dimenticare chi le aveva salvato la vita. A dire il vero, mi sono anche un po' offeso..."

"Vada a farsi fottere!"

"Sì, intanto però disinfetto la sua ferita."

"Non ho bisogno di lei", gridò Nathan dirigendosi verso le scale.

"Ha torto: il morso di un cane è sempre portatore di microbi."

Arrivato in fondo agli scalini, l'avvocato si voltò.

"Comunque, non ne ho più per molto, quindi..."

"Non è una ragione per precipitare le cose", gli gridò Goodrich.

Un fuoco vivace crepitava nel caminetto.

Fuori si udiva l'ululato del vento che faceva vibrare i vetri. Un turbine di neve investiva la casa. Era davvero una notte di tempesta, una notte splendida e spaventosa al tempo stesso.

Seduto in poltrona con un grog fumante fra le mani, Nathan aveva posato i piedi su uno sgabello. Si era calmato, sembrava meno ostile.

Goodrich si era infilato gli occhiali a mezzaluna per pulire la ferita con acqua e sapone.

"Ahiii!"

"Uhm... spiacente."

"È stato il destino a mandare il suo dannato cane per precipitarmi verso la morte?" ironizzò Nathan.

"Non si preoccupi", rispose il medico sciacquando la compressa di garza, "raramente si muore per le conseguenze di un morso."

"E che mi dice della rabbia e del tetano?"

"Il libretto sanitario di Cujo è a sua disposizione, ma naturalmente potrebbe approfittarne per fare un richiamo antitetanico."

Poi disinfettò la piaga con un antisettico.

"Ahi!"

"Lei è proprio delicato! Be', è vero: ammetto che è una ferita piuttosto profonda. Sono stati lesi i tendini. Credo che domani dovrà passare in ospedale."

Nathan bevve un sorso di grog e indugiò con lo sguardo perso nel vuoto prima di chiedere:

"Mi spieghi, Garrett. Come ho fatto a sopravvivere all'annegamento?"

"Il fenomeno in sé non ha nulla di eccezionale: spesso sono stati rianimati bambini caduti in laghi o fiumi."

"Com'è possibile?"

Goodrich fece un respiro profondo, come se cercasse una risposta semplice a una domanda difficile.

"Nella maggior parte dei casi, gli annegati muoiono per asfissia: vengono colti dal panico e tentano di impedire ai loro polmoni di riempirsi di acqua. Esauriscono l'ossigeno e finiscono per morire soffocati."

"E che cos'è successo allora durante il mio annegamento?"

"Probabilmente lei ha lasciato che l'acqua penetrasse nei polmoni, il che le ha provocato uno stato di ipotermia. Il cuore allora ha rallentato al punto di cessare quasi completamente di battere."

"E tutte quelle visioni, era una *Near Death Experience*, un'esperienza di pre-morte, non è vero?"

"Esatto, ma, all'inizio degli anni Settanta, nessuno parlava di NDE. Oggi, questo fenomeno è ben conosciuto: esperienze simili alla sua sono state vissute da migliaia di persone in tutto il mondo. I loro racconti sono stati raccolti e vagliati dalla comunità scientifica."

"E si ritrovano somiglianze con la mia storia?"

"Sì, molte persone evocano lo stesso tunnel, la stessa luce intensa e la sensazione di essere immerse in un amore infinito."

"Ma perché non sono morto?"

"Non era la sua ora, e basta."

"Ahi!!! Ma insomma, lo fa apposta o cosa?"

"Mi scusi, mi è scivolata la mano."

"Figuriamoci! Mi prende per un idiota?"

Il medico rinnovò le sue scuse e gli mise una benda con una pomata antibiotica. Ma la curiosità di Nathan non era appagata e proseguì con le sue domande:

"Queste NDE non possono essere interpretate come una prova della vita dopo la morte?"

"Assolutamente no", rispose il medico in tono categorico. "Del resto, se lei è ancora qui, significa che non era morto."

"Ma allora dov'ero?"

"Da qualche parte, fra la vita e la morte. Ma non era ancora all'altro mondo. Possiamo solo dire che è possibile che uno stato di coscienza sussista al di fuori del normale funzionamento del cervello."

"Ma nulla prova che questo stato sia duraturo?"

"Esatto", confermò il medico.

E, come aveva già fatto in passato, tentò di raccogliere le confidenze dell'avvocato.

"Mi dica, qual era la visione, Nathan?"

L'avvocato si rattristò.

"Non la ricordo più nemmeno io."

"Su, non faccia il bambino. Ho bisogno di sapere, non lo capisce?"

Ma Nathan era di nuovo deciso a tacere.

"Le ho detto che non me la ricordo!"

Goodrich capì che non avrebbe ottenuto niente da lui. Dopotutto, la sua reticenza a parlare era comprensibile. Era stato così vicino alla morte dopo l'annegamento, aveva vissuto un'esperienza talmente fuori del comune che era quasi normale che volesse serbare per sé una parte di quel mistero, di quella sopravvivenza miracolosa.

Come per rompere il pesante silenzio che cominciava a

instaurarsi fra loro, Goodrich con una mano sullo stomaco, propose in tono quasi gioviale:

"Bene, che ne direbbe di uno spuntino?"

Seduti al tavolo di cucina, i due uomini terminavano il loro pasto. Garrett si era servito abbondantemente a più riprese, mentre Nathan non aveva quasi toccato cibo.

Venti minuti prima, un'interruzione di corrente aveva immerso la stanza nell'oscurità. Goodrich era andato a trafficare con il contatore, ma era tornato scusandosi di non avere più fusibili. Aveva acceso due vecchie lampade a petrolio che diffondevano nella stanza una luce tremolante.

L'avvocato si girò verso la finestra. Il tempo non si voleva proprio calmare. Brusche folate di vento sembravano provenire da tutte le direzioni contemporaneamente. Le tenebre erano così fitte che attraverso i vetri non si vedeva quasi più niente. Per il momento, non era neppure pensabile uscire.

Nathan scosse il capo e mormorò come fra sé:

"I Messaggeri..."

Goodrich esitò a parlare. Era pienamente consapevole dello choc emotivo che l'avvocato aveva subito.

"Non è più scettico?" chiese con precauzione.

"Sono sconvolto. Che cosa crede? Che mi metta a saltare dalla gioia perché sono il prossimo sulla lista?"

Goodrich non disse niente. Del resto, che cosa avrebbe potuto rispondere?

"Sono troppo giovane per morire!" affermò Nathan, rendendosi conto da solo dell'inconsistenza della sua argomentazione.

"Nessuno è troppo giovane per morire", ribatté severamente Garrett. "Si muore all'ora stabilita, e basta."

"Non sono pronto, Garrett."

Il medico sospirò.

"Raramente lo si è."

"Ho bisogno di più tempo", gridò Nathan alzandosi da tavola.

Il medico cercò di trattenerlo.

"Dove va?"

"Qui si gela. Torno a scaldarmi in salotto."

Si avvolse in un plaid scozzese che si trovava sul divano e, zoppicando, andò a sedersi ai piedi del caminetto.

Il medico lo raggiunse due minuti dopo.

"Ha bisogno di tirarsi su," disse porgendogli un bicchiere di vino bianco.

Nathan lo tracannò tutto d'un fiato. Il vino sapeva di miele e mandorle tostate.

"Spero che non stia cercando di avvelenarmi."

"Lei scherza, è un Sauternes d'annata!"

Aveva tenuto la bottiglia in mano. Si servì un bicchiere e poi si sedette accanto all'avvocato.

Le fiamme alte nel caminetto illuminavano la stanza di un colore rosso vivo. Le ombre deformate dei due uomini si agitavano sulle pareti in modo bizzarro.

"Non è possibile negoziare?" chiese Nathan con un filo di speranza.

"Non ci pensi nemmeno."

"Neppure per chi si fosse comportato bene?"

"Andiamo, non sia ridicolo!"

L'avvocato accese una sigaretta e tirò una lunga boccata.

"Allora mi racconti, Garrett. Mi dica tutto quello che sa sui Messaggeri. Ho il diritto di sapere, mi sembra."

“Le ho già spiegato l’essenziale. Posso presentire chi sta per morire, ma non ho altri poteri: non sono onnisciente né particolarmente forte.”

“Lei non è l’unico, non è vero?”

“Esatto, l’esperienza mi ha insegnato che esistono altri Messaggeri.”

“È una sorta di confraternita?”

“In un certo senso. Il mondo è popolato di Messaggeri, ma pochi ne conoscono l’esistenza.”

“Faccio ancora fatica a crederci.”

“La capisco.”

“E come vi riconoscete? Voglio dire, fra di voi...”

“Non ci sono segni apparenti. Spesso basta un niente. Una parola, uno sguardo e... si capisce.”

“Non siete immortali?”

Il volto di Goodrich assunse un’espressione falsamente inorridita.

“Certo che no, i Messaggeri invecchiano e muoiono come tutti. Non mi guardi così. Non sono un semidio. Sono solo un uomo, esattamente come lei.”

Nathan si lasciò vincere dalla curiosità.

“Ma non ha sempre avuto questo potere, vero? Non lo aveva quando mi ha curato nel 1972.”

“No, ma il fatto di aver incrociato la sua strada ha suscitato il mio interesse per le NDE e per le cure palliative.”

“E com’è cominciato tutto? Uno si sveglia una mattina dicendosi: ‘Ecco fatto, sono un Messaggero’?”

Garrett rimase evasivo:

“Quando succede, lo si sa”.

“Chi ne è al corrente? Lei è stato sposato, Garrett. I membri della sua famiglia lo sapevano?”

“Nessuno deve saperlo. *Mai.* Le piacerebbe vivere con qualcuno che avesse questo genere di potere?”

“È qualcosa che si sceglie?”

“Ci sono cose difficili da rifiutare. Quanto a dire che le si sceglie...”

“Ma come vengono reclutati i Messaggeri? È una punizione o una ricompensa?”

Goodrich si incupì ed esitò a lungo.

“Non sono in grado di risponderle, Nathan.”

“Posso almeno sapere perché certe persone hanno diritto a un Messaggero?”

“A dire il vero, io stesso lo ignoro. Siamo come degli assistenti sociali, sa. Non scegliamo le persone con cui abbiamo a che fare.”

“Ed... esiste... qualcosa dopo la morte?”

Goodrich si era alzato per mettere un altro ceppo nel camino. Guardò attentamente Nathan e trovò qualcosa di commovente in lui. Per alcuni secondi ripensò al ragazzino che aveva curato trent’anni prima. Di nuovo avrebbe voluto soccorrerlo.

“Mi aiuti, Garrett.”

“Ne so quanto lei sulla vita dopo la morte. Tutto questo rientra nel campo della fede.”

“Perché non è più chiaro? Mi dica almeno se ho ragione. Il tempo stringe, non è vero?”

“Sì”, ammise Goodrich, “il tempo stringe.”

“Allora, che cosa mi consiglia?”

Goodrich allargò le braccia in segno di impotenza.

“Tutto induce a credere che lei ami ancora sua moglie. Faccia in modo che lo sappia.”

Ma Nathan scosse il capo per esprimere la propria disapprovazione.

"Penso che non sia il momento. Non siamo ancora pronti."

"Non siete ancora pronti? Ma si sbrighi, per la miseria! Come diceva lei stesso, il tempo stringe."

"Credo che sia finita, Garrett. Da qualche tempo si vede con un altro."

"Non mi sembra un ostacolo insormontabile per uno come lei."

"Non sono Superman."

"È vero", ammise il medico con un sorriso benevolo. Poi, aggrottando le sopracciglia come se facesse uno sforzo di memoria, aggiunse:

"Mi ricordo... di qualcosa".

"La ascolto", disse Nathan con aria interessata.

"Risale all'epoca del suo incidente. Era il secondo o il terzo giorno. Mallory era venuta a trovarla un pomeriggio. Lei dormiva profondamente e le avevo proibito di svegliarla. Era rimasta lo stesso un'ora a guardarla dormire. E, al momento di andarsene, le ha dato un bacio."

"Come fa a ricordarsene?"

Vide che gli occhi gli brillavano alla luce della lampada.

"Perché in lei c'era una grande intensità. Veniva a trovarla tutti i giorni", aggiunse in tono commosso.

Nathan, che si era lasciato intenerire dal racconto di Garrett, sembrò tornare indietro a una realtà più triste.

"Non si costruisce una vita su qualche ricordo d'infanzia, lo sa bene. I miei rapporti con Mallory sono sempre stati complicati."

Goodrich si alzò.

"È così per molte coppie," disse infilandosi il cappotto.

"Ehi! Ma dove va?"

"Torno a New York."

"In piena notte? E con questo tempo?"

"Non è poi così tardi e, quanto al traffico, forse le strade sono ancora sgombre, mentre domattina probabilmente non lo saranno più. Del resto le consiglio di fare altrettanto se non vuole rimanere bloccato qui tutta la settimana."

In un attimo fu sulla soglia.

"Non dimentichi di lasciare la chiave nella cassetta delle lettere."

Si voltò verso l'avvocato e aggiunse:

"Ho messo Cujo in garage, quindi eviti di andarci".

Rimasto solo, Nathan contemplò a lungo il fuoco che cominciava a spegnersi nel caminetto, chiedendosi come facesse Goodrich a vivere tutti i giorni a contatto con la morte pur continuando a conservare il sorriso.

Ancora sotto choc, si disse però che anche lui doveva cercare di far fronte alla situazione. Aveva sempre combattuto. Non sapeva ancora bene come avrebbe fatto, ma non se ne sarebbe stato con le mani in mano.

Perché cominciava a sentire l'urgenza.

L'urgenza di tutto.

L'elettricità non era ancora tornata. Nathan prese una lampada e zoppicando risalì la scala per raggiungere lo studio in cui erano archiviate le cartelle cliniche.

In quella stanza c'era un freddo terribile che gli fece venire la pelle d'oca.

Nathan posò la lampada per terra. Aveva l'impressione di essere in un obitorio, circondato dai destini minacciosi di parecchie decine di morti.

Si mise in tasca la cassetta e il diario di Goodrich che parlavano del suo caso. Prima di uscire, non esitò a ispezionare le altre mensole, senza sapere esattamente che cosa stesse cercando.

Notò allora che oltre alle cartelle cliniche classificate in ordine cronologico, c'erano numerose scatole interamente dedicate ad alcuni malati. Due di esse riportavano la dicitura:

EMILY GOODRICH (1947-1976)

Aprì la prima scatola e prese la cartella che si trovava in cima alla pila di documenti.

Era la cartella clinica della prima moglie di Garrett.

Si sedette per terra a gambe incrociate per dare un'occhiata al contenuto.

C'era tutta una documentazione dettagliata sulla malattia di Hodgkin, il linfoma maligno che aveva colpito Emily.

Gli altri documenti riassumevano la lotta che la donna aveva condotto contro quel male, dalla scoperta della patologia nel 1974 fino alla morte due anni dopo: le analisi mediche, i consulti in diversi ospedali, i cicli di chemioterapia...

Aprendo la seconda scatola, mise le mani su un grosso volume.

Avvicinò la lampada. Era un album con dentro ogni genere di cose. Una sorta di diario pieno della scrittura rotonda della moglie di Garrett che aveva tenuto una specie di cronaca dei suoi ultimi due anni di vita.

Stava per avventurarsi nel giardino segreto di Emily Goodrich. Aveva il diritto di violarlo? Non c'è niente di peggio di voler penetrare nell'intimità delle persone, pensò. Frugare negli archivi di Goodrich era una cosa, esplorare il diario di quella donna un'altra. Richiuse l'album.

Eppure, la voglia di sapere lo attanagliava. Non era curiosità morbosa, ma Emily aveva scritto sugli ultimi giorni della propria vita e si era trovata un po' nella sua stessa situazione. Forse avrebbe potuto imparare qualcosa da lei.

Finì per riaprire l'album e si mise a sfogliarlo.

Scoprì foto, disegni, articoli di giornale, fiori secchi...

Non c'era nulla di lacrimevole. Era piuttosto un diario pieno di sensibilità artistica. Nathan lesse attentamente alcune annotazioni che convergevano tutte verso la stessa e unica idea: la consapevolezza della morte imminente induce a vivere in maniera diversa, ad assaporare pienamente i momenti di tregua che ci restano, a essere pronti a dannarsi per vivere ancora un po'.

Sotto una foto di Emily intenta a fare jogging, c'era una specie di didascalia autografa:

Corro così veloce che la morte non mi raggiungerà mai.

Su una pagina aveva fissato con un pezzo di scotch una ciocca di capelli, all'inizio della chemioterapia.

C'erano anche delle domande. Una in particolare che ricorreva su parecchie pagine: "Esiste un posto in cui andiamo tutti?"

Il diario si concludeva con il ricordo di un soggiorno nel Sud della Francia. Emily aveva conservato il conto dell'albergo e una cartolina con una pineta e delle rocce inondate dal sole. Portava la data del giugno 1976, alcuni mesi prima della sua morte.

In basso a destra, si poteva leggere: "Veduta di Cap d'Antibes".

Accanto, aveva incollato due piccole buste: la prima conteneva un po' di sabbia dorata, la seconda alcuni fiori secchi .

Nathan si avvicinò la busta al naso e sentì un odore di lavanda, ma forse era solo il frutto della sua immaginazione.

All'ultima pagina era attaccata una lettera. Riconobbe immediatamente la scrittura di Goodrich. L' aveva scritta come se si rivolgesse alla moglie ma la lettera era... del 1977.

Un anno dopo la sua morte!

Spiegami, Emily.
Come abbiamo potuto vivere un mese di felicità a Cap d'Antibes quando ti sapevi condannata?
Come facevi a continuare a essere bella e spiritosa ? E dove hai trovato il coraggio di non crollare?
Abbiamo trascorso momenti quasi sereni. Abbiamo nuotato, pescato e fatto cuocere il pesce sulla griglia. Siamo usciti spesso a passeggiare sulla spiaggia, nel fresco della sera.
Vedendoti correre sulla sabbia, nel tuo abito estivo, volevo ancora pensare che la morte ti avrebbe risparmiata, che saresti diventata una miracolata, santa Emily, il cui caso avrebbe lasciato perplessi i medici del mondo intero.

Un giorno, sulla terrazza, avevo messo la musica a tutto volume: le Variazioni Goldberg *di Bach che ascoltavamo spesso. Ti guardavo da lontano e avevo voglia di piangere. Invece ti ho sorriso e tu ti sei messa a danzare nel sole. Hai alzato un braccio per farmi segno di raggiungerti e hai voluto che facessimo una nuotata.*

Quel giorno, la tua bocca era umida e salata e tu, coprendomi di baci, mi hai spiegato di nuovo il cielo, il mare e il tiepido brivido dei corpi che si asciugano al sole.

È quasi un anno che mi hai lasciato.
Mi manchi così tanto...
Ieri, era il mio compleanno, ma ho l'impressione di non avere più età.

Nathan sfogliò ancora alcune pagine dell'album. Trovò un altro un testo scritto da Goodrich.

Era un passo molto duro che rievocava l'agonia di Emily.

Adesso è ottobre. È la fine.
Emily non si alza più.
Tre giorni fa, in un momento di tregua, ha suonato il piano per l'ultima volta. Una sonata di Scarlatti con ripetuti cambiamenti di dita per la mano destra e accordi arpeggiati per la sinistra.
La sua velocità di esecuzione mi ha sorpreso ancora una volta.
Ha imparato la sonata da piccola.
Quando l'ho distesa a letto, mi ha detto:
"L'ho suonata per te".

Ci sono stati temporali e una tempesta per parecchi giorni. Il mare ha portato a riva grossi tronchi.

Emily non si alzerà più.
Ho sistemato il suo letto in salotto, una stanza ben illuminata.

Insiste a non voler essere ricoverata e va bene anche così. Un dottore viene a visitarla quotidianamente. Ho paura dei miei giudizi medici.
Fa sempre più fatica a respirare. Ha quasi sempre la febbre, trema, dice di aver freddo mentre il suo corpo scotta. Oltre al termosifone, accendo il fuoco nel camino.
A parte Emily e il dottore, non ho più parlato con nessuno da un mese.
Guardo il cielo e l'oceano. Bevo troppo. Faccio quasi pietà. Mi credevo talmente diverso dagli altri e affogo nell'alcool come uno qualsiasi. Pensavo che avrebbe attenuato la mia sofferenza e mi avrebbe permesso di dimenticare questo inferno.
È tutto il contrario. L'alcool eccita i miei sensi e aumenta l'intensità del mio dolore. Non è comportandomi così che aiuterò Emily.

Non mi parla più. Non ce la fa.
Ha perso due denti.
È spaventoso.
Non me lo aspettavo. Non ero preparato. Ho già visto morire molte persone. La morte fa parte del mio lavoro. Ma quello che vivo in questo momento è del tutto diverso.
Ho aperto un'altra bottiglia, un vino pregiato che tracanno come fosse un volgare vinaccio.
Oggi, in un momento di lucidità, ha chiesto che le iniettassimo una dose di morfina. "La" dose di morfina. Quella che temevo, pur sapendo benissimo che prima o poi me l'avrebbe chiesta.
Ne ho parlato al dottore.
Non ha fatto storie.

Nathan richiuse il volume, sconvolto da quanto aveva appena letto.

Scese in salotto, spense le luci, chiuse la porta e uscì nella notte.

Esiste un posto in cui andiamo tutti?

17

Il tempo di imparare a vivere ed è già troppo tardi...
LOUIS ARAGON

Guidava di notte sulle strade coperte di neve.

La serata era stata molto dura. Tutte quelle emozioni gli avevano gettato addosso una malinconia che si era trasformata a poco a poco in angoscia, con la sensazione spaventosa di aver perso il controllo della propria vita.

A tratti, su quelle strade deserte, aveva l'impressione di non appartenere già più a questo mondo, di essere diventato una specie di fantasma che vagava nella campagna del New England.

E dire che si era spesso lamentato della sua vita: troppo lavoro, troppe tasse, troppi obblighi...

Per la miseria, com'era stato stupido! Non c'era nulla di più piacevole della sua esistenza. Persino un giorno di tristezza era comunque un giorno vissuto. Adesso se ne rendeva conto. Peccato che non ne avesse preso coscienza prima.

Sì, ma non sei certo il primo, vecchio mio. La morte è così: rimanda agli interrogativi essenziali quando è già troppo tardi.

Fece un sorriso disincantato e poi diede un'occhiata allo specchietto retrovisore. Questo gli restituì l'immagine di un uomo in sospeso. Che cosa pensava davvero della morte nel suo intimo?

Su, non è più il tempo di mentire, Nat.

Ti dico cosa accadrà: il cuore smetterà di battere, e basta. L'uomo non è che un ammasso di cellule. Il corpo si decompone nella terra o brucia in un forno crematorio ed è finita. Basta. Tutto il resto non è che una gran mistificazione.

Ecco cosa pensava veramente mentre viaggiava nella notte.

Il freddo si faceva sentire sempre di più. Alzò il riscaldamento mentre continuava a riflettere.

E se, malgrado tutto, l'uomo non si riducesse solo al suo involucro di carne? Se ci fosse qualcos'altro?

Un mistero.

Se esistesse davvero una forza dissociata dal corpo?

Un'anima.

Perché no, dopotutto, visto che c'erano esseri capaci di predire la morte? Se gli avessero parlato dei Messaggeri un anno prima, avrebbe semplicemente riso. Eppure, oggi, non dubitava più della loro concretezza.

Ma anche ammettendo che esista un'energia che lascia il corpo dopo la morte, quale via prenderebbe? E per andare dove? In quell'altro mondo a cui aveva creduto di avvicinarsi da bambino?

Quell'esperienza di pre-morte lo aveva incontestabilmente condotto alle porte di qualcosa. La morte sembrava allora pericolosamente dolce, talmente attraente, come il sonno artificiale provocato da un'anestesia. Si era sentito così bene. Perché allora era ritornato? Fece uno sforzo per scacciare quel ricordo. Sentiva confusamente di non essere ancora pronto ad affrontare quell'episodio della sua vita.

Adesso l'angoscia gli stringeva il cuore. Avrebbe dato chissà che cosa per aver il diritto di partecipare al gioco ancora un po'. Anche solo per qualche giorno, solo per qualche ora.

Man mano che si avvicinava alla città, il traffico si faceva più intenso. Presto un cartello indicò che New York era ormai vicina. Un'ora dopo, aveva raggiunto il suo stabile.

Attraversò l'ingresso del San Remo, così elegante con quella luce soffusa e le decorazioni in stile antico. Da lontano scorse Peter, sempre al suo posto, intento a parlare con un'inquilina anziana. Mentre aspettava l'ascensore, gli arrivarono alcuni frammenti della loro conversazione.

"Buona sera, signora Fitzgeral, e buone feste."

"Buone feste anche a lei, Peter. Abbracci Melissa e i bambini."

Melissa e i bambini?

Nathan non sapeva nemmeno che Peter avesse dei figli. Non glielo aveva mai chiesto. Ecco che cosa non andava nella sua vita: non prestava abbastanza attenzione agli altri. Gli tornò allora in mente una frase che Mallory ripeteva spesso: "Occuparsi degli altri è occuparsi di sé".

Nathan chiuse la porta del suo appartamento.

Gli ci erano volute quasi due ore per tornare a Manhattan ed era sfinito. Era stato un inferno guidare perché a tratti la neve cominciava a compattarsi e a gelare. Per non parlare poi della ferita al piede e al polpaccio che adesso lo faceva soffrire terribilmente.

Da qualche giorno, era più attento al dolore fisico, chiedendosi spesso come avrebbe reagito il suo corpo all'avvicinarsi della morte. La fine sarebbe stata dolce o piuttosto violenta? Uhm... era meglio non farsi troppe illusioni, visto il modo in cui erano morti Candice e Kevin.

Zoppicò fino all'armadietto dei medicinali e mandò giù due aspirine per calmare il dolore prima di lasciarsi cadere su una poltrona. Alla sua sinistra, su una mensola, un costosissimo bonsai stava perdendo le foglie.

Non era mai stato capace di occuparsi di quel piccolo albero, regalo di Mallory. Potarlo e bagnarlo regolarmente con un nebulizzatore non serviva a nulla: la pianta ingialliva ogni giorno di più e si sfogliava inesorabilmente.

L'abilità della moglie gli mancava anche in tutte quelle piccole cose che rendono la vita più dolce.

Chiuse gli occhi.

Tutto era accaduto così velocemente. Aveva l'impressione di aver conseguito la laurea due giorni prima e di essere diventato papà per la prima volta il giorno precedente. E doveva già prepararsi ad andarsene? No, non era possibile.

Un altro pensiero lo tormentava. Immaginava Vince Tyler intento a baciare Mallory, ad accarezzarle i capelli, a spogliarla lentamente prima di fare l'amore.

Oh, Dio, era disgustoso! Vince non era che un cretino senza un minimo di finezza o di senso critico. Mallory meritava davvero di meglio.

Aprì a fatica un occhio e vide un quadro quasi interamente bianco, lacerato al centro da una macchia scura color acciaio arrugginito. Uno dei dipinti della moglie che gli piaceva molto senza che riuscisse a capirlo veramente.

Afferrò il telecomando per fare un po' di zapping: nuova caduta del Nasdaq; video di Ozzy Osbourne; Hillary Clinton ospite di David Letterman; il volto alterato di Tony Soprano in accappatoio; documentario su Saddam;

sermone di un predicatore; e per finire, Lauren Bacall in *Acque del Sud* che dice a Bogart: "Se hai bisogno di me, fammi un fischio".

Stava per fermarsi su quel canale, quando vide lampeggiare la segreteria telefonica. Si alzò a fatica e premette il tasto dell'apparecchio. Immediatamente la voce allegra di Bonnie risuonò in tutto l'appartamento:

"Ciao, papà, sono io. Tutto bene?

Sai, oggi a scuola abbiamo studiato i cetacei. Allora volevo chiederti: potremo andare a vedere la migrazione delle balene a Stillwegon Bank la prossima primavera? Mamma mi ha detto che ce l'hai portata molto tempo fa e che è stato super. Anche a me piacerebbe molto andarci. Non dimenticare che voglio diventare veterinario e che potrà servirmi.

Be', a presto. Ci sono *I Simpson* alla tele. Baci".

Nathan ripensò a quell'escursione. Dall'inizio della primavera fino a metà ottobre, le balene risalgono dai Caraibi verso la Groenlandia attraverso il golfo del Maine. È uno spettacolo che merita davvero il viaggio. Certo che Bonnie doveva vederlo.

Ma forse non sarebbe stato lui ad accompagnarcela: aprile era ancora lontano e, da qualche parte nell'universo, qualcuno aveva deciso che non ci sarebbe stata una "prossima primavera" nella vita di Nathan Del Amico.

Allora lasciò vagare la sua mente fino a un tardo pomeriggio fresco ma soleggiato del mese di maggio del 1994, al largo del Massachusetts.

È seduto con Mallory a prua di un battello a noleggio, che ha gettato l'ancora in un fondale basso fra Cape Cod e Cape Ann.

Si è messo dietro di lei, con il mento sulla sua spalla. Entrambi scrutano il mare calmo all'orizzonte.

All'improvviso, Mallory indica un punto al largo.

Un banco di una quindicina di balene risale dal fondo dell'oceano, proiettando fragorosi getti di parecchi metri di altezza in un magnifico fuoco d'artificio.

Presto, le loro teste e buona parte dei loro dorsi emergono in prossimità dell'imbarcazione. Quei mastodonti di cinquanta tonnellate sfiorano il battello emettendo un dolce canto. Mallory si gira verso di lui, con il sorriso sulle labbra e gli occhi spalancati. Sono consapevoli di vivere un momento eccezionale.

Presto le balene effettuano un'ultima immersione. Con una grazia infinita, sollevano in alto la possente coda prima di scomparire nell'oceano, emettendo sibili acuti sempre più deboli.

Poi non resta più nulla, a parte gli uccelli marini che solcano di nuovo il cielo per riprendere possesso del loro territorio.

Sulla via del ritorno, il proprietario del battello, un vecchio pescatore di Provincetown, racconta loro una strana storia.

Cinque anni prima, erano state ritrovate sulla spiaggia due balenottere che si erano arenate.

La più grossa, un maschio, era ferita e sanguinava abbondantemente dall'orecchio sinistro. L'altra sembrava in buona salute. Le maree non erano molto forti in quel punto e sembrava proprio che le balenottere avrebbero potuto riguadagnare il largo in ogni momento, se lo avessero voluto. Per quarantott'ore, i guardacoste avevano cercato di salvare l'animale sano trascinandolo verso il largo con l'aiuto di corde e piccole barche.

Ma, ogni volta che la rimettevano in acqua, la femmina lanciava grida di lamento e tornava immancabilmente a raggiungere il compagno sulla riva, ricercandone il contatto, come per fargli scudo.

Il mattino del terzo giorno, il maschio morì e i guardacoste tentarono un'ultima volta di rimettere in acqua la balenottera sopravvissuta. Stavolta, la femmina non tentò di tornare sulla spiaggia, ma rimase vicinissima alla riva, continuando a descrivere dei cerchi e a emettere sibili lunghi e lugubri che facevano venire i brividi.

Il rito funebre durò a lungo poi, bruscamente com'era cominciato, alla fine si concluse e la balena tornò lentamente ad arenarsi sulla sabbia dove presto morì a sua volta.

"È straordinario l'attaccamento che può esistere fra quegli animali," fa notare il pescatore accendendosi una sigaretta.

"È soprattutto stupido", commenta Nathan cinicamente.

"Niente affatto", dichiara Mallory dopo un breve silenzio.

"Che cosa vuoi dire?"

Lei si china in avanti per mormorargli all'orecchio:

"Se tu fossi condannato, anch'io verrei ad arenarmi accanto a te".

Nathan si volta verso di lei e la bacia.

"Spero proprio di no", risponde posandole le mani sul ventre.

Era già incinta di sei mesi.

Nathan si alzò di scatto.

Ma che cazzo ci faccio qui da solo, accasciato su questo divano a rimuginare il passato, invece di essere con mia moglie e mia figlia?

La radiosveglia segnava le 2.14, ma, con il fuso orario, in California erano poco più che le undici di sera.

Sollevò il ricevitore e premette un tasto per chiamare il primo numero in memoria.

Dopo parecchi squilli, una voce stanca rispose:

"Sì?"

"Ciao, Mallory. Spero di non averti svegliata!"

"Perché mi chiami così tardi? Che cosa succede?"

"Niente di grave."

"Che cosa vuoi allora?" chiese lei duramente.

"Magari un tono di voce un po' meno aggressivo."

Lei ignorò la sua osservazione, ma ripeté, stavolta con stanchezza:

"Che cosa vuoi, Nathan?"

"Avvertirti della mia intenzione di venire a prendere Bonnie domani."

"Cosa? Non dirai sul serio!"

"Lascia che ti spieghi..."

"Non c'è niente da spiegare", tuonò lei. "Bonnie deve andare a scuola sino alla fine della settimana!"

Nathan sospirò.

"Può perdere qualche giorno. Non sarà un dramma e..."

Lei non lo lasciò finire:

"Posso sapere per quale ragione vuoi anticipare il tuo arrivo?"

Sto per morire, tesoro.

"Ho preso alcuni giorni di vacanza e ho bisogno di vedere Bonnie."

"Abbiamo stabilito delle regole."

"D'accordo, ma è anche mia figlia", precisò lui con una voce che tradiva lo smarrimento. "Ti ricordo che la cresciamo entrambi."

"Lo so", ammise Mallory addolcendosi un po'.

"Se fossi tu a chiedermelo, non farei tante storie."

Lei non rispose, ma sentiva il suo respiro all'altro capo del filo. All'improvviso a Nathan venne l'idea di un compromesso.

"I tuoi genitori sono sempre sulle Berkshires?"

"Sì. Hanno l'intenzione di trascorrerci le feste."

"Ascolta, se mi lasci venire a prendere Bonnie domani, sono disposto ad accompagnarla a passare due giorni da loro."

Lei esitò prima di chiedere in tono incredulo:

"Lo faresti?"

"Se è necessario, sì."

"In effetti non vede i nonni da un pezzo", riconobbe Mallory.

"Allora siamo d'accordo?"

"Non lo so. Lasciami riflettere ancora."

Stava per riagganciare.

Dato che non sopportava più quelle conversazioni acide, si decise a farle una domanda che aveva sullo stomaco da un pezzo.

"Ti ricordi di quando ci raccontavamo tutto?"

Lei rimase sconcertata. Nathan proseguì rapidamente:

"Quando ci tenevamo sempre per mano camminando per strada, quando ci chiamavamo al lavoro tre volte al giorno, quando passavamo ore a parlare..."

"Perché tornarci sopra?"

"Perché io ci penso tutti i giorni."

"Non credo che sia il momento migliore per parlarne", disse lei in tono stanco.

"Talvolta ho l'impressione che tu abbia dimenticato tutto. Non puoi tirare una riga su quello che abbiamo vissuto insieme."

"Non lo faccio."

La sua voce aveva cambiato tono. Impercettibilmente.

"Ascolta... Supponi che mi succeda qualcosa... che domani un'auto mi travolga. L'ultima immagine che avrai di noi sarà quella di una coppia dilaniata."

Lei disse con voce triste:

"È quello che siamo, Nathan".

"Ci saremo lasciati in preda all'ira. Penso che te lo rimprovereresti per anni e che sarebbe difficile per te vivere con questo peso."

Mallory esplose.

"Ti faccio notare che è a causa tua se..."

Ma, sentendosi salire in gola i singhiozzi, non terminò la frase e riagganciò.

Mallory trattenne le lacrime per non svegliare la figlia e andò a sedersi sui gradini della scala di legno.

Si asciugò gli occhi arrossati con un fazzoletto di carta. Alzando la testa, fu infastidita dall'immagine che le rimandava il grande specchio dell'ingresso.

Dopo la morte del figlio, era molto dimagrita e aveva perso tutta la sua gioia di vivere. Aveva di nuovo quell'aspetto freddo contro cui aveva lottato tutta la vita. Già da ragazza non poteva sopportare il suo lato Grace Kelly: quel distacco glaciale, quel contegno perfetto adottato talvolta dalle donne che hanno ricevuto un certo tipo di educazione. Aveva sempre diffidato della perfezione. Non voleva essere inaccessibile; anzi, voleva essere immersa nel mondo, aperta agli altri. È per questo che di solito portava i jeans con un maglione ampio e comodo. A dire il vero, erano anni che non indossava più un tailleur.

Si alzò, spense tutte le lampade della stanza e accese alcune candele e un bastoncino di incenso.

Agli occhi dei più passava per una persona stabile ed equilibrata. Invece c'era in lei una fragilità che risaliva all'adolescenza, periodo in cui aveva sofferto a lungo di anoressia.

Per molto tempo aveva creduto di esserne uscita definitivamente... fino alla morte di Sean.

Il dramma risaliva a tre anni prima, ma il dolore era ancora vivissimo. Mallory era tormentata dalla certezza irrazionale che sarebbe stato tutto diverso se lei fosse stata presente quella terribile notte. Non passava giorno senza che ripensasse ai primi mesi di vita del figlio. C'era qualcosa che non aveva visto? Non si era lasciata sfuggire un sintomo, un segno?

Da bambina, dopo aver rischiato di annegare in quel lago, aveva sviluppato una paura matta di morire. Non avrebbe mai potuto immaginare che potesse esistere qualcosa di peggio della propria morte. Ma, una volta divenuta madre, aveva capito che la prova più dura sarebbe stata in realtà quella di assistere alla scomparsa dell'essere che aveva messo al mondo. Allora si era dovuta arrendere all'evidenza: sì, c'era ben di peggio che morire.

Certo, aveva letto da qualche parte che nel XVIII secolo il novanta per cento dei bambini non arrivava ai tre anni di età. Ma questo accadeva in un'epoca in cui la morte era presente ovunque e le persone erano preparate meglio ad accettare quella dei loro cari. Mentre per lei la vita si era fermata per lunghi e terribili mesi. Completamente smarrita, aveva perso tutti i suoi punti di riferimento.

La scomparsa di Sean sarebbe rimasta per sempre la grande tragedia della sua vita, ma la sua più grande disillusione era stata il fallimento del loro matrimonio. Da quando erano andati a vivere insieme, ai tempi dell'università, aveva sempre creduto che si sarebbe svegliata ogni mattina accanto a Nathan, fino alla morte di uno dei due. Invece, aveva assistito impotente alla loro disfatta. Convinta di avere una colpa da espiare, aveva accettato senza combattere che il marito si allontanasse da lei.

Per la prima volta in vita sua, aveva provato un senso di alienazione e di incomunicabilità. Nel momento in cui avrebbe avuto più bisogno del sostegno di Nathan, lui aveva investito tutte le energie nel lavoro, mentre lei si chiudeva nel suo dolore.

Per tenere duro e uscire dalla depressione, aveva iniziato a dedicarsi anima e corpo alle attività sociali. Negli ultimi mesi, aveva lavorato alla creazione del sito web di una ONG a sostegno dell'etica imprenditoriale. Il suo lavoro consisteva nel classificare le multinazionali secondo criteri riguardanti la legislazione del lavoro e l'ambiente. L'organizzazione cercava poi di mobilitare le associazioni di consumatori per boicottare le aziende che facevano lavorare i bambini o non rispettavano le leggi in vigore.

E il suo impegno non si fermava lì. C'era così tanto da fare! Abitava a La Jolla, un quartiere ricco di San Diego, ma la città non era un'isola felice, al riparo da ogni forma di miseria. Dietro l'eleganza chiassosa delle spiagge e degli edifici che scintillavano lungo il litorale, un'ampia parte della popolazione viveva alla giornata, con poche risorse, talvolta senza fissa dimora. Tre volte la settimana, Mallory si recava in un rifugio per i senzatetto. Per quanto fosse faticoso quel lavoro, lì almeno si sentiva utile, soprattutto in quel periodo dell'anno in cui metà della città si precipitava nei supermercati a dilapidare montagne di dollari in acquisti superflui. Con il tempo era arrivata a non sopportare più quella pressione consumistica che da un pezzo aveva falsato il vero significato del Natale.

C'era stato un periodo in cui avrebbe voluto che il marito si impegnasse con lei nei movimenti di contestazione. Nathan era un avvocato brillante che avrebbe potuto mettere le sue competenze al servizio di un ideale. Ma non era andata così. Senza che se ne accorgessero, il loro rapporto di coppia si era costruito su una sorta di malinteso. Eppure avevano cercato di venirsi incontro. Da parte sua, lei aveva sempre vissuto lontano dalle mondanità, frequentando solo poche persone del suo ambiente. Il messaggio diretto al marito era chiaro: "Non mi importa che tu sia di origini modeste".

Lui, invece, aveva voluto dimostrarle che l'uomo che aveva sposato non era una nullità, ma era in grado di elevarsi socialmente e di far vivere la sua famiglia nell'agio.

Avevano creduto di fare un passo l'uno verso l'altra, ma non si erano incontrati.

Per Nathan, la vita era una perenne gara in cui doveva puntare sempre più in alto in termini di successo professionale per provare a se stesso... lei non sapeva bene cosa.

Benché Mallory gli avesse spiegato cento volte che non voleva essere sposata con un superuomo, non era servito a niente: lui si sentiva sempre in dovere di strafare, come se avesse paura di deluderla e questa cosa le aveva dato fastidio fin dall'inizio.

Ma nonostante tutto, lo aveva sempre avuto nel sangue. *Crazy about him*, diceva la canzone.

Chiuse gli occhi. Le immagini del passato sfilarono nella sua testa come in un film in Super 8.

18

Si è giovani una sola volta, ma si ricorda per sempre.

DAL FILM *LIBERTY HEIGHTS* DI BARRY LEVINSON

INIZIO DELL'ESTATE 1972
ISOLA DI NANTUCKET, MASSACHUSETTS

Lei ha otto anni. È il loro primo incontro.

È arrivata da Boston la sera prima. Stamattina passeggia nel grande giardino di famiglia. Indossa un vestitino di cotone che le arriva parecchio sotto il ginocchio e che detesta. Con quel caldo, avrebbe preferito mettersi in maglietta e pantaloncini, ma sua madre la obbliga sempre a vestirsi da ragazzina modello.

Ha intravisto parecchie volte un ragazzino con i capelli neri che non ha il coraggio di parlarle e fugge di corsa non appena lei gli si avvicina.

Incuriosita, ha chiesto alla madre chi fosse e lei l'ha invitata a non prestargli attenzione: è "solo" il figlio della domestica.

Nel pomeriggio, lo incrocia di nuovo sulla spiaggia, intento a giocare con un aquilone che si è costruito da solo con piccole canne di bambù e un pezzo di vela che gli ha dato un pescatore. Come manopola di guida ha utilizzato l'anello di una vecchia bacchetta per tende.

Nonostante la fabbricazione artigianale, l'aquilone vola già molto alto nel cielo.

Anche Mallory ha portato il suo aquilone, un modello sofisticato che le hanno comperato in un grande negozio di giocattoli di Boston.

Eppure, il suo non decolla. Per quanto lei si dia da fare e corra veloce in ogni direzione, l'aquilone ricade immancabilmente sulla sabbia.

Anche se il ragazzino fa finta di non vederla, Mallory sa bene che in realtà le lancia numerose occhiate.

Ma lei non si scoraggia e fa un altro tentativo. Sfortunatamente, il suo magnifico giocattolo cade in acqua con un tonfo. Ormai la vela è fradicia e piena di sabbia. Gli occhi le si riempiono di lacrime.

Lui le si avvicina e prende l'iniziativa di passarle l'anello del suo aquilone attorno al polso. Le spiega che si deve mettere con le spalle al vento e poi la aiuta ad allentare il filo svolgendolo un po' per volta. Così l'aquilone sale rapidamente nel cielo.

Lei lancia grida di gioia. Le brillano gli occhi e ride molto.

Poi, per mostrare le sue conoscenze, lui le racconta che i cinesi attribuiscono all'aquilone il potere di attirare la fortuna. Per non essere da meno, lei gli dice che Benjamin Franklin l'ha usato per studiare i fulmini e inventare il parafulmine (lo ha letto sulla scatola del gioco).

Poi lui, tutto fiero, le mostra il suo aquilone più da vicino perché possa ammirare lo strano animale che ha dipinto sulla vela.

"L'ho fatto io."

"È una tartaruga?" chiede lei.

"No, un drago", risponde lui un po' offeso.

La ragazzina scoppia di nuovo a ridere. Il buonumore è contagioso e presto le risa dei due bambini si mescolano al rumore delle onde.

Un poco più in là, sulla sabbia, un transistor trasmette *You've Got a Friend* di Carole King, uno dei successi dell'estate.

Adesso lei lo osserva con molta attenzione e trova che sia il ragazzo più carino che abbia mai visto.

Lui si presenta in modo solenne:

"Mi chiamo Nathan".

Lei gli risponde, non meno seriamente:

"Il mio nome è Mallory".

AUTUNNO 1972
ISOLA DI NANTUCKET, MASSACHUSETTS

"Nat!"

Lei sputa a scatti l'acqua del lago che le entra in bocca. Paralizzata dal freddo, fa sempre più fatica a respirare. Per due volte, ha teso disperatamente le braccia nella speranza di afferrare un ramo, ma la riva è troppo alta.

Senza fiato, terrorizzata, sente che sta per annegare. Ma Nathan nuota verso di lei. Mallory capisce che lui è la sua ultima possibilità.

"Attaccati a me, non avere paura."

Sfinita, la bambina si aggrappa a lui come a un salvagente. All'improvviso si sente proiettata verso l'alto, riesce ad afferrare un ciuffo d'erba e a tirarsi su a riva.

È salva.

Senza nemmeno riprendere fiato, si gira, ma lui non c'è già più.

"Nathan!"

Completamente sconvolta, con gli occhi pieni di lacrime, lo chiama con tutte le sue forze:

"Nathan! Nathan!"

Ma lui non risale in superficie. La bambina cerca di pensare in fretta. Deve fare qualcosa.

Bagnata fradicia, tremante, con le labbra bluastre, si precipita ad avvertire un adulto.

Corri veloce, Mallory!

13 LUGLIO 1977
ISOLA DI NANTUCKET, MASSACHUSETTS

Hanno tredici anni.

Hanno preso le bici e scendono lungo la pista ciclabile che porta a Surfside Beach, la più grande spiaggia dell'isola.

Il cielo comincia a coprirsi e le onde hanno creste di schiuma. Eppure, loro due non esitano un solo istante a fare il bagno. Anzi, restano a lungo nell'oceano e nuotano fino a essere sfiniti.

Escono dall'acqua solo quando le onde cominciano a farsi pericolose. Il vento soffia forte. Mallory trema. Hanno portato solo un asciugamano. Nathan le asciuga i capelli e la schiena mentre lei batte i denti.

Grosse gocce di pioggia crivellano la sabbia e in pochi minuti la spiaggia si svuota. Ora ci sono solo loro due in mezzo alla pioggia e al vento.

Nathan è il primo ad alzarsi e aiuta Mallory a tirarsi su. A un tratto inclina la testa verso di lei. Istintivamente, Mallory leva gli occhi e sale in punta dei piedi. Lui le mette le mani attorno alla vita. Lei gli getta le braccia al collo. Nel momento in cui le loro bocche si incontrano, lei è percorsa da un brivido sconosciuto. Le labbra di Nathan sanno di sale.

È un primo bacio molto dolce che si prolunga finché i loro denti non si toccano.

6 AGOSTO 1982
BEAUFORT, NORTH CAROLINA

Lei ha diciotto anni.

Quest'anno è andata lontano da casa per fare la sorvegliante in un campeggio estivo.

Ora sono le otto di sera. È uscita a passeggiare al porticciolo dove le barche a vela affiancano le imbarcazioni dei pescatori del luogo. Il sole arancione è basso all'orizzonte e infiamma il cielo. Da lontano, si direbbe che le barche galleggino sulla lava liquida.

Ma per lei è una sera malinconica. Lasciandosi cullare dallo sciabordio delle onde contro il molo, abbozza un bilancio dei pochi mesi appena trascorsi.

Il suo primo anno di università è stato un fiasco. Non tanto dal punto di vista scolastico ma, piuttosto, per quanto riguarda la salute e la vita amorosa: ha commesso lo sbaglio di uscire un paio di volte con tipi privi d'interesse e non ha nessuna vera amica. Ha letto molti libri, si interessa all'attualità e alla realtà che la circonda, ma è come se una sorta di caos regnasse nella sua mente.

Col passare dei mesi, si è chiusa sempre più in se stessa, lei che pure era così aperta agli altri. Impercettibilmente, ha anche iniziato a ridurre l'alimentazione, saltando colazioni e merende e mangiando sempre meno durante i pasti principali. Un modo come un altro di compensare il disordine che sente nella testa creando una sorta di vuoto nel suo corpo. Ma a forza di scherzare con il fuoco, ha finito per sentirsi male in aula e l'università ha dovuto chiamare un medico.

Negli ultimi tempi sta un po' meglio, ma sa bene di non essere al riparo da una ricaduta.

Sono quasi tre anni che non ha più notizie di Nathan. Da quando Eleanor Del Amico non lavora più per i suoi genitori, lo ha perso di vista. All'inizio, si scrivevano lunghe lettere, poi l'assenza ha avuto la meglio sull'affetto.

Eppure non lo ha mai dimenticato. È sempre stato presente, in un angolino della sua testa.

Stasera si chiede che fine abbia fatto. Abita sempre a New York? È riuscito a farsi ammettere a un'università prestigiosa come sperava? Avrebbe avuto voglia di rivederla?

Mallory continua a camminare lungo il molo, ma sempre più in fretta. All'improvviso sente il bisogno urgente di parlare con lui. Lì, quella sera, in quel momento.

Si precipita a un telefono pubblico e il servizio informazioni le fornisce il numero che cerca.

Poi quella telefonata attraverso la notte.

Purché sia lui a rispondere.

"Pronto?"

È lui.

Si parlano a lungo. Lui le confessa che ha cercato di contattarla parecchie volte l'estate precedente. "I tuoi genitori non ti hanno dato i miei messaggi?" Lei sente che non è cambiato niente e che continuano a capirsi come se si fossero visti il giorno prima.

Decidono di rivedersi alla fine del mese.

Lei riaggancia. Sul porto, il sole è sparito del tutto.

Leggera, prende la direzione del campeggio. È un'altra donna. I battiti del cuore le rimbombano in testa.

Nathan... Nathan... Nathan...

28 AGOSTO 1982
SEASIDE HEIGHTS, NEW JERSEY
LE DUE DEL MATTINO

In riva al mare, le ghirlande elettriche lampeggiano ancora, anche se i padiglioni del luna park cominciano a chiudere. L'odore di fritto si mescola a quello di zucchero filato e frutta candita. Accanto alla grande ruota panoramica, gigantesche casse acustiche diffondono per la centesima volta nella serata *Up Where We Belong* di Joe Cocker.

Mallory ferma la macchina nel parcheggio all'aperto.

È venuta ad aspettarlo. Nathan ha trovato un impiego estivo in quella piccola stazione balneare a un'ora da Manhattan. Lavora per pochi dollari in uno dei numerosi chioschi di gelato del lungomare.

Da quando si sono rivisti il fine settimana precedente, si telefonano tutte le sere.

In realtà, avevano previsto di rincontrarsi la domenica successiva, ma lei gli ha fatto la sorpresa di venire da Boston. Ha preso una delle auto del padre, una potente Aston Martin verde scuro, che le ha permesso di percorrere il tragitto in poco meno di quattro ore.

Finalmente lui arriva, indossa un paio di bermuda e una T-shirt macchiata, con il logo del chiosco presso cui lavora. È insieme agli altri lavoratori stagionali. Mallory riconosce accenti latini e irlandesi.

Visto che non si aspetta di vederla, Nathan si chiede, da lontano, chi sia quella bellezza da film, appoggiata al suo bolide, che sembra guardare nella sua direzione.

Poi la riconosce.

Le corre incontro, la raggiunge, la abbraccia e la solleva per farla volteggiare. Lei gli getta le braccia al collo ridendo e lo attira a sé per assaporare le sue labbra, mentre il cuore le batte all'impazzata.

Così è l'amore agli inizi.

20 SETTEMBRE 1982

Nathan,
solo poche parole per dirti che i momenti trascorsi con te alla fine dell'estate sono stati straordinari.
Mi manchi.
Stamattina ho ripreso le lezioni ma non ho smesso di pensare a te.
Parecchie volte nel corso della giornata, mentre passeggiavo nel campus, ho immaginato che fossi con me e che continuassimo a parlare. Gli studenti che mi incrociavano si saranno chiesti chi fosse quella pazza con il naso per aria che parlava da sola!
Sto bene con te, mi piace la capacità che hai di vedere in me e di capirmi senza che abbia bisogno di parlare.
Spero che anche tu sia felice.
Ti abbraccio e ti amo.
Mallory.
(Sulla busta, con una penna rossa, ha scritto due righe per il postino: *Postino, gentile postino, cerca di essere puntuale con la consegna perché il mio innamorato riceva al più presto le mie parole d'amore!*)

27 SETTEMBRE 1982

Mallory,
ho appena riagganciato e... già mi manchi.

Tutti i momenti passati insieme mi hanno fatto venir voglia di trascorrerne ancora tanti altri.
Sono felice con te. Felice quanto mai.
Ormai, quando penso al futuro, non dico più "farò", ma "faremo".
E questo cambia tutto.
Nathan.

(Sulla busta, ha incollato il biglietto del cinema dell'ultimo film che sono andati a vedere insieme, *E.T. l'extraterrestre.* In realtà, non hanno visto molto, perché non hanno fatto altro che baciarsi per tutta la durata della proiezione.)

UNA DOMENICA DI DICEMBRE DEL 1982
NELLA SUA STANZA ALL'UNIVERSITÀ DI CAMBRIDGE

Dalle casse del giradischi escono le note del *Concerto* di Dvořák, suonato con foga da Jacqueline Du Pré sul suo famoso violoncello Stradivari.

Da un'ora si baciano distesi sul letto.

Lui le ha tolto il reggiseno e le accarezza la pelle come se si trattasse di qualcosa di prezioso.

Faranno l'amore per la prima volta.

"Sei sicura di volerlo fare adesso?"

"Sì", risponde lei senza esitare.

Ecco un'altra cosa che ama di lui: quel misto di delicatezza e di riguardo che lo rende diverso dagli altri.

Ha già la certezza inconscia che, se un giorno avrà dei figli, non potranno che essere di Nathan.

3 GENNAIO 1983

Nathan, amore mio,
le vacanze di Natale sono già finite.
Durante questo breve periodo, è stato così bello dividere le mie notti con te.
Ma questa sera sono triste.
Sei appena ripartito in macchina per Manhattan.
Stasera, sento che sarà dura aspettare le prossime vacanze prima di rivederti.
Anche se so che domani ci telefoneremo.
La mia paura è che finisca tutto.
Perché quello che vivo con te è eccezionale.
Sono follemente innamorata di te.
Mallory.

(Sulla busta, ha lasciato parecchie tracce di rossetto seguite da queste parole: *Infili questa lettera con tutti i suoi baci nella cassetta del signor Nathan Del Amico. E guai a lei se i miei baci andranno perduti!*)

6 GENNAIO 1983

Mallory, luce dei miei occhi,
mi manchi, ma la tua presenza aleggia dovunque nell'aria intorno a me.
Se sapessi, non vedo l'ora di stringerti di nuovo fra le braccia e di svegliarmi al tuo fianco.
Uno stormo di baci sta già spiccando il volo dalla mia camera in direzione di Cambridge.
Ti adoro.
Nathan.

(Nella busta ha infilato una fotografia di lei, scattata nel parco del campus di Cambridge durante le ultime vacanze. Dietro, ha ricopiato una frase di *Romeo e Giulietta*: *C'è più pericolo per me negli occhi tuoi che in cento loro spade.*)

1984
Casa di famiglia a Boston

Colpo di clacson in strada.

Lei guarda giù dalla finestra. Nathan la aspetta davanti al cancello, al volante della sua vecchia Mustang.

Si precipita verso la porta, ma il padre le sbarra il passaggio.

"Non voglio che continui a uscire con quel ragazzo, Mallory."

"E posso sapere perché, per favore?"

"Perché è così!"

A sua volta, la madre cerca di farla ragionare:

"E poi potresti trovare ben di meglio, tesoro".

"Di meglio per chi? Per me o per voi?"

Avanza verso l'uscita, ma Jeffrey da quell'orecchio non ci sente.

"Mallory, ti avverto, se esci da quella porta..."

"Se esco da quella porta... cosa? Mi sbatterai fuori? Mi disederai? A ogni modo, non so che farmene del vostro denaro..."

"Però è questo denaro che ti mantiene e paga i tuoi studi. E poi smettila, sei solo una ragazzina!"

"Vorrei farti notare che ho vent'anni..."

"Ti consiglio di non tenerci testa!"

"E io vi do un altro consiglio: non mi costringete a scegliere fra lui e voi."

Lascia passare alcuni secondi per dare tempo alla replica di sortire il suo effetto, prima di aggiungere:

"Perché, se devo scegliere, sarà lui".

Considerando conclusa la discussione, esce di casa sbattendo la porta.

ESTATE 1987
LE LORO PRIME VERE VACANZE ALL'ESTERO
UN GIARDINO DI FIRENZE, CELEBRE PER LE SUE STATUE

Sono davanti a una grande fontana circondata da aranci, fichi e cipressi.

I getti d'acqua scintillano nel sole creando piccoli arcobaleni.

Lei lancia una moneta nell'acqua e lo incita a imitarla.

"Esprimi un desiderio."

Lui rifiuta.

"Non credo a queste cose."

"Su, Nat, esprimi un desiderio."

Lui scuote la testa, ma Mallory insiste:

"Fallo per noi".

Di buon grado, Nathan prende di tasca una moneta da cinquecento lire, chiude gli occhi e la getta nella fontana.

Per quanto la riguarda, lei non può desiderare niente di più di quello che ha adesso.

Solo che duri.

For always. For ever.

Estate 1990
Vacanze in Spagna

Sono nei giardini del labirinto di Horta, a Barcellona.

È la loro prima lite.

La sera precedente lui le ha detto che sarebbe stato costretto a rientrare con due giorni di anticipo, a causa del lavoro.

Sono in uno dei posti più romantici del mondo e lei continua a essere arrabbiata.

Nathan cerca di prenderle la mano, ma lei si allontana e si infila da sola nel dedalo verdeggiante del labirinto.

"Un giorno o l'altro rischierai di perdermi", dice Mallory per provocarlo.

"Ti ritroverò."

Lei lo guarda con aria di sfida.

"Sei molto sicuro di te."

"Sono sicuro di *noi.*"

Autunno 1993
Una domenica mattina nel loro appartamento

Lei lo osserva dal buco della serratura del bagno.

Nathan è sotto la doccia e come al solito trasforma la stanza in una sauna.

Canta a squarciagola (stonando) una canzone degli U2.

Poi chiude il rubinetto dell'acqua calda, tira la tenda della doccia e lancia un grido di gioia.

Il vapore si è condensato sullo specchio, lasciando apparire una scritta.

SARAI PAPÀ!

AUTUNNO 1993
LO STESSO GIORNO
DIECI MINUTI DOPO

Sono insieme sotto la doccia e si scambiano qualche parola fra i baci.

"E se è una bambina?"

È stata lei a portare il discorso sulla scelta del nome.

"Perché non Bonita", propone lui serio.

"Bonita?"

"Bonita o Bonnie. In ogni caso qualcosa che significhi 'bontà'. È la parola che voglio sentire ogni volta che la chiamo."

Lei sorride e lo insapona con il bagnoschiuma.

"D'accordo, a una condizione."

"Quale?"

"Io sceglierò il prossimo."

Lui prende una saponetta alla lavanda e comincia a strofinarle la schiena.

"Il prossimo?"

"Il nome del nostro secondo figlio."

Lei lo avvicina a sé. I loro corpi ricoperti di schiuma scivolano l'uno contro l'altro.

1994

Incinta di otto mesi, è sdraiata sul letto intenta a sfogliare una rivista.

Nathan ha la testa incollata alla sua pancia e aspetta con impazienza i movimenti del bambino. Nel CD, Pavarotti canta un'aria di Verdi.

Da quando Nathan ha letto in un libro che la musica classica ha effetti benefici sullo sviluppo del bambino, non passa sera senza che metta su un pezzo d'opera.

Mallory pensa che quella musica forse vada bene per il nascituro ma non per lei.

Si è messa sulle orecchie la cuffia del suo Walkman e ascolta *About a Girl* dei Nirvana.

1999
In un ristorante del West Village

Hanno ordinato una bottiglia di champagne.

"E se è un maschio..."

"Sarà un maschio, Nathan."

"Come fai a saperlo?"

"Lo so perché sono una donna e perché aspetto questo bambino da cinque anni."

"Se è un maschio, avevo pensato a..."

"Non c'è nemmeno da discutere, Nathan. Si chiamerà Sean."

"Sean?"

"Significa 'Dono di Dio' in irlandese."

Lui fa una smorfia.

"Non vedo che cosa c'entri Dio."

"Invece lo sai benissimo."

Certo che lo sa. Dopo il parto di Bonnie, i medici avevano affermato che Mallory non avrebbe potuto avere altri figli. Però lei non ci ha mai creduto. Sa che a Nathan non piace questo riferimento alla religione, ma stasera lui è talmente felice che accetterebbe qualsiasi cosa.

"Benissimo", dice lui alzando il bicchiere, "aspettiamo un piccolo Sean."

Mallory aprì gli occhi e il film dei giorni felici si interruppe bruscamente come se la pellicola si fosse spezzata di netto.

Aveva la pelle d'oca su tutto il corpo. Quel viaggio nel passato era stato doloroso. Come ogni volta, il ricordo della felicità intensa di quei periodi la sommergeva con un pieno di emozioni che non sapeva come gestire.

Tirò fuori dalla tasca un altro Kleenex sentendo che stava per scoppiare in lacrime.

Mio Dio, abbiamo davvero rovinato tutto.

Certo che Nathan le mancava, ma fra loro si era aperto un tale abisso che non si sentiva in grado di fare un vero passo verso di lui.

Poteva servire la zuppa ai barboni, battersi contro le multinazionali che sfruttavano i bambini, manifestare contro i produttori di organismi geneticamente modificati: non aveva paura.

Ma ritrovarsi davanti Nathan era un altro paio di maniche.

Si mise in piedi davanti alla finestra che dava sulla strada e guardò a lungo il cielo. Le nuvole si erano disperse e un raggio di luna illuminava il tavolo su cui era posato il telefono.

Si decise a sollevare il ricevitore. Doveva almeno fare un gesto.

Lui rispose subito:

"Mallory?"

"D'accordo, Nathan: puoi venire a prendere Bonnie prima."

"Grazie", disse lui rincuorato, "cercherò di essere lì nel primo pomeriggio. Buona notte."

"Ancora una cosa..."

"Sì?"

Lei assunse un tono di sfida:

"Mi ricordo di tutto, Nat, di tutti i momenti che abbiamo passato insieme, di tutti i dettagli, il colore del cielo e l'odore della sabbia durante il nostro primo bacio, le tue parole esatte quando ti ho detto che ero incinta, le notti trascorse a baciarci fino ad avere le labbra doloranti... Mi ricordo di tutto e nessuno ha contato più di te nella mia vita. Perciò non hai il diritto di parlare come hai fatto".

"Io..."

Stava per dire qualcosa ma lei aveva già riattaccato.

Nathan andò alla finestra. La neve continuava a cadere su Central Park. Grossi fiocchi volteggiavano davanti ai vetri e si accumulavano sui davanzali.

Per un po' lasciò che il suo sguardo vagasse senza meta ripensando a quello che gli aveva appena detto la moglie.

Poi con la manica della camicia si asciugò gli occhi velati dalle lacrime che scorrevano da sole.

19

Gli stronzi sono largamente rappresentati
su questo pianeta.
PAT CONROY

16 DICEMBRE
HOUSTON STREET, QUARTIERE DI SOHO
LE SEI DEL MATTINO

Garrett Goodrich scendeva con prudenza i gradini coperti di ghiaccio della scala esterna del suo palazzo, un piccolo edificio di mattoni scuri che dava direttamente sulla strada.

Uno strato di neve di circa dieci centimetri ricopriva la macchina che era rimasta fuori durante la notte. Prese dalla tasca un raschietto e grattò il parabrezza. Dato che era in ritardo, si limitò a pulire il vetro dalla parte del conducente.

Si mise al volante, si sfregò le mani per riscaldarle, infilò la chiave e...

"All'aeroporto, per favore!"

Ebbe un sussulto, poi si girò e vide Nathan seduto sul sedile posteriore, dalla parte del passeggero.

"Cazzo, Del Amico! Non provi mai più a farmi uno scherzo del genere! Come diavolo è riuscito a entrare nella mia auto?"

"Non doveva lasciarmi il duplicato delle sue chiavi", rispose l'avvocato agitando un piccolo mazzo sotto il naso del medico. "Ho dimenticato di metterlo nella cassetta delle lettere ieri sera."

"Ma che accidenti ci fa qui?"

"Le spiegherò tutto per strada, prendiamo un aereo per la California."

Il medico scosse la testa.

"Lei dà i numeri! Ho una giornata piena e sono già in ritardo, allora..."

"Vado a prendere mia figlia a San Diego", spiegò Nathan.

"Felice di saperlo", fece Garrett alzando le spalle.

"Non ho intenzione di farle correre il minimo rischio", dichiarò l'avvocato alzando il tono di voce.

"Spiacente, vecchio mio, ma non vedo proprio in che cosa potrei esserle utile."

Mise comunque in moto l'auto per far partire il riscaldamento.

Nathan gli si avvicinò.

"Consideriamo la situazione in modo oggettivo, Garrett. Sono una sorta di 'morto in lista d'attesa', mentre lei è in piena forma. Suppongo che non abbia avuto un brutto presentimento riguardante le sue prossime ventiquattro ore. Non ha visto l'aureola di luce bianca guardandosi allo specchio stamattina, vero?"

"No", ammise Goodrich esasperato, "ma continuo a non capire assolutamente il suo ragionamento."

"Confesso che è riuscito a mettermi paura. Non posso più uscire di casa senza temere che un taxi mi travolga o che un'impalcatura mi cada addosso. Perciò ecco quello che penso: finché resto con lei, ci sono poche probabilità che mi succeda qualcosa."

"È completamente illusorio. Mi ascolti..."

“No”, lo interruppe con violenza Nathan, “sarà lei ad ascoltarmi: mia figlia non ha nulla a che vedere con i suoi dannati presentimenti. Non voglio che le capiti il minimo guaio quando sarà in aereo con me. Quindi resteremo insieme, lei e io, il tempo di riportarla qui in tutta sicurezza.”

“Vuole che io sia la sua... *assicurazione sulla vita*!” esclamò Garrett.

“Esattamente.”

Il medico scosse il capo.

“Lei è fuori di testa. Le cose non funzionano così, Nathan.”

“C’è da credere di sì, invece. Le regole sono cambiate, ecco tutto.”

“Inutile insistere”, ribatté fermamente il medico. “Non la accompagnerò da nessuna parte, Nathan, mi ha capito bene? Da nessuna parte.”

ALCUNE ORE DOPO

Nathan diede un’occhiata all’orologio.

Il volo 211 dell’United Airlines non avrebbe tardato ad atterrare a San Diego. Dato che non avevano trovato un volo diretto, erano stati costretti a fare scalo a Washington, allungando un po’ il viaggio.

L’avvocato guardò Goodrich seduto al suo fianco. Il medico stava terminando senza fretta la colazione che l’hostess gli aveva portato una mezz’ora prima.

Nathan non sapeva più che cosa pensare a proposito di Garrett.

Una cosa era certa: i guai erano cominciati quando

quell'uomo aveva fatto irruzione nella sua vita. D'altra parte, non poteva fare a meno di provare nei suoi confronti un sentimento bizzarro di ammirazione e compassione. Perché, se quanto sosteneva Goodrich era vero (e ora Nathan aveva la certezza che Garrett fosse realmente un Messaggero), la sua esistenza non doveva essere una bazzecola: come riuscire a condurre una vita normale con un simile dono? Vedersi passeggiare intorno di continuo dei "morti in lista d'attesa" doveva essere un fardello pesantissimo da portare.

Certo, Nathan avrebbe preferito non incontrarlo mai, o farlo in altre circostanze, ma apprezzava quell'uomo: era una persona sensibile e rassicurante.

Un uomo ferito che aveva amato appassionatamente la moglie e che adesso si dedicava anima e corpo ai suoi pazienti.

Non era stato facile convincerlo a fare quel viaggio in California. Il chirurgo avrebbe dovuto effettuare un intervento importante nella giornata, senza contare che non poteva assentarsi dall'unità di cure palliative senza dare alcune disposizioni.

Dopo aver provato invano con tutte le minacce della terra, Nathan si era dovuto decidere a cambiare registro. Aveva lasciato vedere a Garrett chi era veramente: un uomo che forse avrebbe incontrato la figlia per l'ultima volta; un uomo ancora profondamente innamorato della moglie e che voleva tentare con lei un estremo ravvicinamento; un uomo con la morte alle calcagna che implorava il suo aiuto.

Commosso da quell'invocazione di soccorso, Garrett aveva acconsentito a rinviare l'operazione per accompagnare Nathan a San Diego. Inoltre, si sentiva in parte responsabile degli sconvolgimenti che avevano afflitto la vita dell'avvocato.

"Non mangia il suo toast alle uova di salmone?" chiese Goodrich quando l'hostess aveva già cominciato a ritirare i vassoi.

"Ho altro per la testa", rispose Nathan. "Lo prenda, se vuole."

Garrett non se lo fece ripetere due volte. Afferrò il toast con destrezza un mezzo secondo prima che l'hostess si impadronisse del vassoio.

"Perché è così agitato?" chiese a bocca piena.

L'avvocato sospirò:

"Mi capita ogni volta che mi annunciano che sto per morire. Una mia cattiva abitudine".

"Avrebbe dovuto assaggiare il vinello australiano che ci hanno servito. L'avrebbe tirata su."

"Trovo che lei beva un po' troppo, Garrett, se posso permettermi."

Goodrich la vedeva in un altro modo:

"Ho semplicemente cura di me stesso: lei conosce di certo le proprietà benefiche del vino sul sistema cardiovascolare".

"Balle", disse l'avvocato con un gesto della mano, come per allontanare l'argomento. "Un modo come un altro per liberarsi dal senso di colpa."

"Niente affatto!" protestò Goodrich. "È dimostrato scientificamente: i polifenoli presenti nella buccia dell'uva inibiscono la produzione di lendotelina che è all'origine della vasocostrizione..."

Nathan lo interruppe alzando le spalle:

"Ma sì, ma sì, se crede d'impressionarmi con il suo gergo medico..."

"Lei non può che inchinarsi davanti alla scienza", disse Goodrich con entusiasmo.

L'avvocato giocò allora la sua ultima carta:

"Ammesso che quanto lei dice sia esatto, mi sembra di aver letto da qualche parte che i 'benefici cardiovascolari' siano validi solo per il vino rosso".

"Ehm... è vero", fu obbligato a riconoscere il medico che non si aspettava una tale obiezione.

"Mi fermi se sbaglio, Garrett, ma mi sembra che il vinello australiano di cui mi vanta gli effetti benefici sia un bianco, non è vero?"

"Lei è davvero un dannato guastafeste!" esclamò Goodrich un po' offeso.

Poi aggiunse:

"... ma deve essere un avvocato dannatamente bravo".

Proprio in quel momento, l'hostess annunciò:

"Signore e signori, il nostro aereo sta per iniziare la fase di atterraggio. Allacciate le cinture e raddrizzate gli schienali delle poltrone".

Nathan guardò giù dal finestrino. Da lì poteva vedere distintamente le montagne e, più lontano, la costa della California, con la sua aridità desertica.

Presto avrebbe rivisto Mallory.

"Arrivo del volo United Airlines 211 proveniente da Washington. Tutti i passeggeri sono invitati a servirsi dell'uscita n° 9."

Dato che non avevano bagagli, non persero tempo all'aeroporto. Nathan noleggiò un'auto all'Avis e, contro ogni aspettativa, Goodrich insistette per guidare.

Il clima era veramente diverso da quello di New York: l'aria era mite, il cielo sgombro e la temperatura sui 20 gradi. Non ci misero molto a liberarsi di sciarpe e cappotti che finirono sul sedile posteriore dell'auto.

La città di San Diego si estendeva per chilometri lungo due penisole.

Nathan chiese al medico di evitare il centro, dove il traffico di solito era molto intenso all'ora di pranzo. Lo guidò fino al lungomare e gli fece prendere la direzione nord, costeggiando le spiagge di sabbia intervallate da pareti rocciose e da piccole baie.

La stazione balneare di La Jolla era stata costruita su una collinetta a cui si accedeva da una costa sinuosa disseminata di case eleganti.

Goodrich non aveva mai messo piede in quel posto, ma pensò immediatamente a Montecarlo e alla Riviera che aveva visitato molti anni prima all'epoca del suo viaggio in Francia. Ipnotizzato dalla vista spettacolare sull'oceano, si sporse parecchie volte dal finestrino. Da lì si potevano vedere le onde immense che i surfisti cercavano di domare prima che si infrangessero contro gli scogli.

"Non dimentichi di guardare la strada!"

Il medico rallentò per approfittare ancora un po' della vista e dell'aria marina tonificante che saliva dall'oceano. Si fece sorpassare da una Ford Mustang ridipinta di viola, seguita da due Harley Davidson cavalcate da sessantenni con l'aspetto di ex hippie.

"La dolce vita californiana è davvero un'altra cosa", commentò Goodrich mentre uno scoiattolo attraversava la strada davanti a loro.

Ricca di ristoranti e negozietti, La Jolla possedeva in effetti un fascino tutto particolare e offriva una cornice molto gradevole. I due uomini lasciarono l'auto in una delle vie principali e percorsero a piedi il resto del tragitto.

Nathan non vedeva l'ora di arrivare. Malgrado la ferita, camminava a ritmo sostenuto, seguito da Garrett.

"Insomma, vuole darsi una mossa?" gridò voltandosi.

Goodrich si era fermato a comprare un giornale e, come al solito, ne aveva approfittato per fare quattro chiacchiere con il venditore.

Deve sempre interessarsi di qualcuno, anche di un perfetto sconosciuto! Quel tipo è incredibile.

Garrett lo raggiunse.

"Ha visto che prezzi?" chiese indicando la vetrina di un'agenzia immobiliare.

Il medico aveva ragione: negli ultimi anni, gli affitti erano saliti alle stelle in quell'angolo del Paese. Per fortuna Mallory non ne aveva dovuto subire le conseguenze poiché viveva in una casa acquistata da sua nonna all'epoca in cui La Jolla era solo un villaggio di pescatori che non interessava a nessuno.

Arrivarono davanti a una casetta di legno.

"Ci siamo", disse Nathan girandosi verso il medico.

Sulla porta era affisso un cartello.

CASA VIETATA AI CYBERANIMALI

Era proprio nello stile di Mallory.

Con il cuore in tumulto, Nathan bussò alla porta.

"Guarda, chi si vede, il nostro Del Amico!"

Vince Tyler!

Si era aspettato tutto, tranne che fosse Tyler ad aprirgli la porta.

Alto, con i capelli biondi un po' lunghi, l'abbronzatura

perfetta, si spostò per lasciarli entrare, sorridendo con quei denti bianchi splendenti.

Che cazzo ci fa qui a quest'ora della giornata? Dove sono Bonnie e Mallory?

Nathan cercò di nascondere la sua contrarietà presentando Garrett a Tyler.

"Tua figlia non tarderà", gli disse Vince, "è da un'amica."

"Mallory è con lei?"

"No, Lory è di sopra. Si sta preparando."

Lory?

Mai nessuno aveva chiamato così sua moglie. Non le piacevano né i diminutivi né i soprannomi.

Nathan aveva un unico desiderio: vedere Mallory. Ma esitò a salire direttamente in camera sua perché non era affatto sicuro che lei lo avrebbe apprezzato. Era meglio aspettarla lì.

Come per indispettirlo di più, Tyler precisò:

"La porto a mangiare l'astice al Crab Catcher".

Il Crab Catcher era un ristorante di lusso di Prospect Street, con vista a strapiombo sull'oceano.

Il nostro ristorante, pensò Nathan, *là dove le ho chiesto di sposarmi, là dove andavamo a festeggiare i compleanni di Bonnie...*

All'epoca in cui era studente, aveva risparmiato a lungo per poter invitare Mallory in un posto del genere.

"Non ci lavoravi come cameriere, una volta?" fece finta di ricordare Tyler.

Nathan guardò il californiano negli occhi, ben deciso a non rinnegare le proprie origini.

"È vero, ho passato spesso le mie estati a tagliare prati e a fare il cameriere. Se la cosa può farti piacere, mi ricordo persino di averti lavato la macchina quando lavoravo all'autolavaggio."

Tyler finse di non aver sentito. Si era messo comodo sul divano e sorseggiava un whisky. Con quella camicia aperta sotto una giacca blu Savoia, era l'unica nota falsa della stanza. Teneva in mano un menu del ristorante ed esaminava la lista dei vini:

"... Bordeaux, Sauternes, Chianti: adoro tutti i loro vini francesi..."

"Il Chianti è un vino italiano", fece notare Goodrich.

Bravo, Garrett!

"Poco importa", disse Tyler cercando di mascherare l'imbarazzo.

Ne approfittò per cambiare discorso:

"Come vanno gli affari a New York? La sai l'ultima sui tuoi colleghi?"

Cominciò a raccontare una storiella vecchia come il cucco sugli avvocati.

"Allora, ecco: di ritorno da un congresso giuridico, un autobus pieno di avvocati ha un incidente sul terreno di un contadino..."

Nathan non lo ascoltava già più. Si chiedeva a che punto fosse la relazione fra Mallory e Vince. A quanto pareva, la corte di quell'imbecille si era fatta insistente. Fino a quel momento, non aveva dovuto tentare gran che a causa della manifesta ostilità di Bonnie. Ma che cosa sarebbe successo dopo un pranzetto intimo al Crab Catcher?

Per quanto ci pensasse, l'avvocato non riusciva proprio a capire quale attrazione potesse esercitare quell'uomo su una donna intelligente come Mallory.

Entrambi lo conoscevano abbastanza bene da sapere che era un arrogante affabulatore. Al tempo del loro amore, parlavano spesso di Tyler. All'epoca lo prendevano in giro per le maldestre avances che faceva a Mallory. Ma, persino allora, sua moglie era capace di trovargli delle attenuanti, come il buonumore contagioso e la gentilezza.

Nathan non aveva mai sperimentato quella pretesa bontà d'animo, ma sapeva, al contrario, che Tyler poteva darla a bere. Era un manipolatore nato che talvolta riusciva a celare la sua sufficienza dietro un'esteriore cordialità.

Di recente, a quanto diceva, aveva scoperto di avere una coscienza sociale, creando un'istituzione destinata a fornire fondi ad associazioni per l'aiuto all'infanzia. L'aveva chiamata Tyler Foundation.

Che modestia!

Nathan sapeva bene che dietro quell'eccesso di filantropia si nascondeva soprattutto il desiderio di ottenere vantaggi fiscali e di piacere a Mallory.

Due piccioni con una fava, come si dice.

Sperava soltanto che sua moglie non si lasciasse abbindolare.

Tyler stava finendo la storiella:

"... 'è sicuro che fossero tutti morti quando li ha seppelliti?' chiede il poliziotto. E il contadino risponde: 'Alcuni sostenevano di no, ma sa bene che gli avvocati sono dei dannati bugiardi!'"

Il californiano scoppiò a ridere rumorosamente.

"Ammetti che non è niente male, non è vero, amico mio?"

"Non sono tuo amico", ribatté Nathan, deciso ad attaccarlo.

"Sempre suscettibile, vero, Del Amico? È quello che dicevo ieri sera a Lory quando..."

“Mia moglie si chiama Mallory.”

Appena terminata la frase, Nathan si rese conto di aver abboccato all’amo.

“Non è più tua moglie, caro mio”, replicò subito Tyler. Gli scappò un sogghigno quasi impercettibile che non sfuggì all’avvocato. Poi, gli si avvicinò e gli bisbigliò all’orecchio come per battere sullo stesso chiodo:

“Non è più tua moglie ed è quasi la mia”.

In quel momento, Nathan capì che per non perdere la faccia, non gli restava che fare a pugni con Tyler. In vita sua, non si era mai lasciato mettere i piedi in testa da tipi del genere.

L’avrebbe fatto, anche se era irragionevole e politicamente scorretto, anche se lo avrebbe allontanato ancor di più da Mallory. Si rese conto di quanto poco bastasse per far riaffiorare il figlio della domestica italiana, il *bad boy* che, per difendersi, non esitava a fare a pugni nelle strade del Queens. Il passato ti riacchiappa in fretta, anche quando hai speso tutta una vita a cercare di allontanartene.

La porta d’ingresso si aprì e apparve Bonnie che bloccò di netto il suo slancio.

“*Buenos dias*”, gridò allegramente entrando nella stanza.

La Jolla era a meno di venti chilometri dalla frontiera messicana e Bonnie si divertiva spesso a farfugliare alcune parole di spagnolo, sentite per strada o a scuola.

Sua figlia era arrivata e a un tratto fu come se tutto il rancore e la collera accumulati contro Tyler fossero svaniti. La sua bambina era lì e niente aveva più importanza.

Bonnie gli si gettò fra le braccia. Lui la sollevò e la fece volteggiare.

Indossava abiti colorati che mettevano in risalto la sua

bella abbronzatura e un berretto peruviano con le estremità laterali che le ricadevano sulle orecchie. Vestita così, era davvero buffa.

"Ti manca solo un poncho e saresti pronta a guidare un branco di lama attraverso la cordigliera delle Ande", disse Nathan mettendola giù.

"Potrei averne uno a Natale?" si affrettò a chiedere la bimba.

"Un poncho?"

"No, un lama."

"Era una battuta, tesoro", disse la voce di Mallory.

Nathan si voltò. Mallory scendeva la scala tirandosi dietro la borsa da viaggio di Bonnie.

Lo salutò appena. Nathan le presentò Garrett come un eminente chirurgo che tornava da un congresso a San Francisco e con cui aveva rapporti d'affari.

Un po' meravigliata, lei gli strinse comunque la mano educatamente.

"Siamo molto in ritardo", disse poi guardando ostentatamente l'orologio.

Benissimo! Come se te ne fregasse qualcosa di arrivare puntuale al ristorante!

Nathan decise comunque di non contraddirla. Non sarebbe servito a nulla e l'ultima cosa di cui aveva voglia era litigare con lei davanti a Vince. Si limitò a rispondere sullo stesso tono:

"Neppure noi siamo in anticipo: il nostro aereo decolla fra un'ora".

"Passate per Los Angeles?" chiese lei mentre inseriva l'allarme.

Nathan annuì.

Vince uscì per primo agitando le chiavi della sua auto e tutti lo seguirono.

Fuori, il cielo cominciava a incupirsi. Si sentiva che il temporale era vicino. Mallory chiuse la porta dietro di sé prima di abbracciare a lungo la figlia.

"Buon viaggio e non dimenticare di chiamarmi quando arrivi a New York!"

Si allontanò in direzione della Porsche metallizzata di Vince, parcheggiata un po' più in su.

"*¡Hasta luego!*" gridò Bonnie agitando il berretto peruviano.

Mallory si voltò per farle un piccolo cenno. Non cercò neppure una volta lo sguardo di Nathan.

"*Bon appétit*", le gridò lui in francese, mettendo nella sua voce tutta l'amarezza e tutta la tristezza che provava.

Lei non rispose.

Nathan prese la mano di Bonnie e scesero lungo il marciapiede seguendo Garrett che d'autorità si era impossessato della borsa da viaggio.

La Porsche era partita con un boato e si dirigeva verso di loro. Tyler ne approfittò per provocare l'avvocato e si mise a tallonarlo da vicino. Il genere di sciocchezze a cui talvolta si abbandonano gli uomini per misurare la loro forza...

Seduta sul sedile del passeggero, Mallory si era abbassata per prendere qualcosa nella borsetta e non si rese conto della manovra di Tyler. Tanto più che questi, subito dopo, rivolse un piccolo cenno con la mano all'avvocato.

Stronzo, pensò Nathan guardando l'auto che si allontanava.

AEROPORTO INTERNAZIONALE DI SAN DIEGO

"Signore e signori, stiamo per procedere all'imbarco del volo United Airlines 5214 diretto a Los Angeles, uscita n° 25. Vogliate presentare la carta d'imbarco e un documento d'identità."

A quell'annuncio, una quarantina di viaggiatori si alzarono contemporaneamente per formare una doppia coda davanti al banco d'imbarco. Sarebbero stati i primi a salire sull'aereo.

Fra loro, Bonnie ascoltava la musica con il suo lettore MP3, dondolando la testa al ritmo degli accordi di violino di Hillary Hann.

Garrett stava sgranocchiando la sua quinta tavoletta di cioccolato e Nathan, con lo sguardo perso al di là delle vetrate, faceva finta di interessarsi al balletto degli aerei orchestrato dai controllori di volo.

Da alcuni minuti era invaso da un presentimento funesto: e se non avesse più rivisto Mallory?

La loro storia non poteva finire così. *Doveva* rivedere sua moglie, almeno un'ultima volta.

Aver incontrato Mallory era la cosa migliore che gli fosse mai capitata.

Probabilmente era troppo tardi per beneficiare di una seconda possibilità ma aveva almeno il diritto di dirle addio senza sentire le battute sarcastiche di Vince Tyler dietro le spalle.

Garrett aveva allungato la carta d'imbarco alla hostess. Nathan lo tirò per la manica.

"Io non parto", disse semplicemente.

"Vuole tornare là?"

"Devo vederla un'ultima volta. Deve sapere..."

Goodrich lo interruppe:
"Faccia ciò che deve", dichiarò in tono neutro.
"Porto anche Bonnie."
"Me la lasci, con me non ha nulla da temere."
Si spostarono per fare posto agli altri passeggeri che cominciavano a spazientirsi.
Nathan si chinò sulla figlia che si tolse gli auricolari sorridendogli.
"Ascolta, tesoro, ho dimenticato di dire una cosa alla mamma, per cui credo che prenderemo il prossimo volo."
La bambina alzò gli occhi verso Goodrich. Lei che era piuttosto timida si era sentita subito a suo agio con quell'omone. Dopo un attimo di esitazione, propose:
"Potrei andare con Garrett..."
Nathan rimase molto sorpreso dalla sua reazione. Le passò una mano fra i capelli.
"Sei sicura che andrà tutto bene, tesoro?"
"*Muy bien*", rispose lei abbracciandolo.
Nathan guardò Goodrich negli occhi. C'erano poche persone sulla terra a cui avrebbe affidato la figlia, anche solo per poche ore, e il medico era incontestabilmente una di queste.
Sì, si fidava di Goodrich e, nonostante quel suo potere piuttosto inquietante, Bonnie sarebbe stata al sicuro in sua compagnia. E poi, il Messaggero non era lì per lei ma per... lui.
"Con me non ha nulla da temere", ripeté Goodrich. "Non dimentichi: sono un'assicurazione sulla vita."
Nathan non riuscì a reprimere un sorriso. Prese dalla tasca il biglietto di Bonnie per darlo al medico.
"Farò in modo di trovare un posto sul prossimo volo", gridò camminando controcorrente tra la folla.

"Venga a prenderla al Centro", gli urlò Garrett. "Non si preoccupi: penso io a tutto."

Nathan uscì di corsa dalla zona d'imbarco. Si precipitò fuori dall'aeroporto, chiamò un taxi e gli chiese di correre a La Jolla.

20

L'amore senza dubbio somiglia un po' all'amicizia;
lo si potrebbe definire un'amicizia dissennata.

SENECA

Pioveva a dirotto.

Aveva suonato alla porta, ma Mallory non era ancora rientrata.

Dall'altra parte della strada, Nathan spiava le rare auto che prendevano quella traversa per raggiungere la via principale.

Per la miseria, era un vero diluvio! E non c'era l'ombra di un riparo. Inutile, del resto, pensare di proteggersi sotto la veranda di una delle case vicine: gli abitanti della zona avevano la fama giustificata di avvertire la polizia per ogni individuo sospetto.

Era meglio dunque non farsi notare, anche a costo di ritrovarsi bagnato fino alle ossa.

La dolce vita californiana, bella roba! pensò mentre starnutiva rumorosamente.

Si sentiva stupido e misero, con quella spada di Damocle sulla testa.

Che cazzo ci faccio qui?

Forse Mallory non sarebbe nemmeno tornata a casa in giornata oppure sarebbe stata in compagnia di Tyler. A ogni modo, sapeva che anche fosse stata sola avrebbe potuto dargli solo distacco e indifferenza.

Cazzo! Era completamente fradicio. Tremava. L'impressione di aver fallito nella vita non era mai stata così forte.

Proprio quando la pioggia raddoppiava d'intensità, la Porsche si fermò di colpo davanti alla casa.

Nathan strizzò gli occhi. Dal punto in cui si trovava non riusciva a distinguere gran che, ma ebbe l'impressione che né Mallory né Tyler scendessero dall'auto. Sembrava che stessero chiacchierando. Forse addirittura... si baciavano.

Cercò di avvicinarsi un po', ma la pioggia fitta proteggeva la macchina dagli sguardi indiscreti. Dopo due o tre minuti, Mallory uscì dal veicolo, sembrò esitare un attimo e poi si diresse di corsa verso la casa.

Allora la Porsche si allontanò a tutta velocità, sollevando ondate d'acqua al suo passaggio.

Un attimo dopo, nella casa le luci si accesero una dopo l'altra, facendo apparire la sagoma di Mallory dietro le tende di mussola.

Si sentiva solo, vulnerabile, incerto sul da farsi. Lui che si vantava di essere un uomo d'azione, adesso era completamente paralizzato. Che senso aveva voler dire a quella donna che l'amava ancora?

Poi all'improvviso la porta si aprì e la vide avanzare in mezzo alla strada, sotto la pioggia scrosciante.

Che cosa le prende di uscire senza ombrello? si chiese.

Nello stesso istante, il cielo venne squarciato dai lampi e dal boato dei tuoni.

Lei fece un giro su se stessa, guardando in tutte le direzioni e poi gridò:

"Nathan?"

Le candele accese diffondevano un odore di cannella.

Si era tolto la camicia e si frizionava energicamente con un asciugamano.

Il tempo triste e piovoso rafforzava l'atmosfera accogliente della casa di Mallory. Fiori e stoffe colorate rallegravano ogni angolo del salotto. Notò l'assenza dell'albero e delle decorazioni natalizie ma la cosa non lo sorprese: Natale aveva sempre provocato a sua moglie una sensazione di ansia.

Appese la giacca e i pantaloni a una gruccia e li mise sopra il termosifone. Poi si avvolse in una pesante coperta prima di sprofondare nel mucchio di cuscini variopinti che ricoprivano il divano.

Così facendo svegliò un gatto nel bel mezzo della siesta. Scocciato di venire disturbato nel suo soffice giaciglio, l'animale emise un miagolio ostile.

Non era né un persiano né un siamese, ma un micione randagio che Mallory aveva adottato perché facesse compagnia al coniglio di Bonnie.

"Ciao, non avere paura."

L'avvocato lo afferrò prontamente, prima che il micione riuscisse a fuggire, e se lo tirò vicino.

Dopo qualche carezza sulla testa, il gatto accettò di condividere il territorio e manifestò la sua soddisfazione facendo le fusa.

Nathan si mise comodo, lasciandosi cullare dal rumore regolare del gatto e poi si sentì così stanco che chiuse gli occhi a sua volta.

Fuori, il temporale continuava ad aumentare d'intensità e cascate di lampi solcavano il cielo con un rombo minaccioso.

Mallory preparava il caffè in cucina.

Aveva acceso la radio e ascoltava in sordina una vecchia canzone di Van Morrison che le piaceva molto.

La porta dava sul salotto. Si sporse per sbirciare Nathan. Si accorse che aveva chiuso gli occhi e come un tempo, quando lo guardava dormire, si sentì invadere da un'ondata di tenerezza.

Come aveva fatto poco prima a percepire la sua presenza, senza nemmeno sapere che non aveva preso l'aereo? Non se lo sarebbe mai spiegato. Era così. Tutto a un tratto, una forza misteriosa l'aveva spinta a uscire sotto la pioggia per ritrovarlo. Aveva avuto la certezza che sarebbe stato lì ad aspettarla, dall'altra parte della strada. Non era la prima volta che si verificava un fenomeno del genere. Al pari del marito, non aveva profonde convinzioni religiose.

Però, fra loro c'era una sorta di legame spirituale al tempo stesso rassicurante e misterioso di cui non aveva mai parlato a nessuno nel timore di apparire ridicola, e che risaliva alla loro infanzia.

Lo guardò di nuovo. Perché era tornato? Già in mattinata era rimasta colpita dal chirurgo che lo accompagnava e le era parso confusamente che qualcosa non andasse. Nathan era malato?

Negli ultimi giorni, al telefono, aveva percepito più volte una sorta di angoscia nella sua voce e poco prima, sotto la pioggia, aveva letto la paura nel suo sguardo.

Conosceva bene l'uomo disteso sul divano. Lo conosceva come nessun altro al mondo. E, a quanto ricordava, niente aveva mai fatto paura a Nathan Del Amico.

Inverno 1984
Aeroporto di Ginevra

Nella sala degli arrivi, Mallory aspetta.

Sono passati tre giorni dall'ultima volta che gli ha parlato e oggi si prepara a trascorrere tutta sola il suo ventesimo compleanno in quell'istituto a seimila chilometri da casa.

Gli ha chiesto di non venire: il volo New York-Ginevra è troppo costoso e lei sa bene che Nathan non ha denaro e ne soffre. Certo, avrebbe potuto pagargli parte del biglietto, ma lui non avrebbe mai accettato. Però è venuta lo stesso ad attendere l'arrivo dell'aereo della Swissair. Nel caso...

Tremante e agitata, scruta i primi viaggiatori che cominciano a sbarcare.

Alcuni mesi prima, quando credeva di esserne definitivamente uscita, aveva avuto una ricaduta. E l'aver ritrovato Nathan non le era stato di alcun aiuto.

Il suo amore nascente si era scontrato con troppe cose: l'ostilità dei genitori, le barriere sociali, la lontananza geografica... Così si era lasciata dimagrire di nuovo fino a pesare solo quaranta chili.

All'inizio, era riuscita a mascherare la perdita di peso ai genitori e a Nathan senza troppa fatica. Quando tornava a casa per le vacanze, cercava di dare l'impressione di essere in piena forma.

Ma la madre non aveva tardato a rendersi conto del suo cambiamento. E allora i genitori avevano agito come al solito: evitando le mezze misure, avevano optato per una soluzione radicale e perfetta che secondo loro avrebbe eliminato il problema.

È così che è finita in quella clinica svizzera, un istituto molto costoso, specializzato nelle patologie psicologiche degli adolescenti. Sono esattamente tre mesi che si trova in quella dannata casa di cura. Se ne lamenta, ma, a dire il vero, bisogna riconoscere che la terapia è stata efficace visto che ha ricominciato a mangiare normalmente e a ritrovare una parte della propria energia. Anche se ogni giorno è una lotta continua contro la forza distruttrice che la pervade.

Tutti i dottori le hanno spiegato che il suo rifiuto di alimentarsi esprime una sofferenza che lei deve identificare per poter guarire.

Ma era davvero una sofferenza?

Sì, si potevano sicuramente vedere così le cose. Certo, non aveva avuto un'infanzia difficile né subito traumi evidenti. No, era qualcosa di più diffuso, una sensazione che aveva provato fin da bambina e che si faceva sempre più intensa mano a mano che cresceva.

Poteva presentarsi in qualunque momento, in qualunque posto. Sui grandi viali, per esempio, quando andava a far compere con le amiche nei negozi di lusso della città. Le bastava passare davanti ai barboni che dormivano riparati da scatole di cartone sotto la neve. Ogni volta era la stessa cosa: nessuno sembrava fare attenzione a loro. Nessuno li notava davvero. Ma lei, Mallory, non vedeva altro: quei volti bruciati dal freddo che si imponevano alla sua vista, mentre sembravano invisibili agli occhi degli altri. Come meravigliarsi che poi facesse fatica a interessarsi alle futilità della vita? Era pienamente consapevole di essere una privilegiata e soffriva di una specie di senso di colpa che le rendeva intollerabile questa vicinanza di opulenza e miseria.

Lo sbarco è quasi finito. Gli ultimi passeggeri scendono dalla scala mobile dopo aver passato la dogana.

Incrocia forte le dita.

Se ha ricominciato a mangiare, è in gran parte per lui: la relazione con Nathan costituisce la sua ancora di salvezza, una bolla di felicità che desidera preservare a ogni costo.

Quando comincia a rassegnarsi, ecco che appare all'improvviso, in cima ai gradini. È proprio lui, con il berretto degli Yankees in testa e il maglione azzurro a coste che lei gli ha regalato per il compleanno.

Visto che non pensa di essere atteso, non si prende la briga di guardarsi attorno. Lei non gli fa segno subito, lasciando che si diriga verso i tapis roulant della consegna bagagli.

Poi osa gridare il suo nome.

Lui si volta, sembra davvero sorpreso, posa la borsa per venire verso di lei e la abbraccia con passione.

Mallory si lascia andare fra le sue braccia, approfittando pienamente di quel momento prezioso. Gli nasconde la testa nell'incavo della spalla, annusandolo come un profumo inebriante.

Riconfortata dal suo abbraccio, per un intero minuto chiude gli occhi e le sembra quasi di ritrovare i buoni odori di un'infanzia in cui non esistevano i tormenti e la difficoltà di vivere.

"Sapevo che saresti stato capace di venirmi a cercare in capo al mondo", scherza lei prima di sfiorargli il viso con un piccolo bacio.

Guardandola negli occhi, lui dice in tono solenne:

"Andrei anche più lontano, più lontano della fine del mondo..."

In quel preciso istante, Mallory sa con certezza che è lui l'uomo della sua vita.

E che sarà sempre così.

"Non ti ho sentita arrivare", mormorò Nathan aprendo gli occhi.

Lei posò una tazza di caffè bollente su uno sgabello di legno grezzo.

"Ti ho messo i pantaloni nell'asciugatrice. Presto potrai rivestirti."

"Grazie."

Erano impacciati, disorientati, come due ex amanti che si fossero conosciuti bene prima di essere separati dalle vicissitudini della vita.

"Cosa sono quei bagagli?" chiese Nathan indicando due borse da viaggio posate vicino all'ingresso.

"Mi hanno chiesto di partecipare a una conferenza al Forum sociale di Porto Alegre. Prima avevo rifiutato a causa di Bonnie, ma dato che sei venuto a prenderla in anticipo..."

"Cosa? Parti per il Brasile?"

"Starò via solo tre o quattro giorni. Per Natale sarò già a casa."

Mallory aprì una borsa e tirò fuori qualcosa.

"Tieni, metti questa o ti prenderai un malanno", disse porgendogli una maglietta stirata. "È vecchia ma credo che ti vada ancora bene."

La riconobbe subito, era quella che indossava la sera in cui avevano fatto l'amore per la prima volta. Quanto tempo era passato da allora!

"Non sapevo che l'avessi tenuta."

Per evitare l'imbarazzo, Mallory prese uno scialle che stava sul divano e se lo mise sulle spalle.

"Brr... non fa per niente caldo", disse rabbrividendo.

Si eclissò per alcuni secondi, prima di tornare con una bottiglia di tequila tra le mani.

"Ecco uno dei modi più gradevoli per riscaldarsi", continuò versandogliene un bicchiere.

Per la prima volta da tempo, Nathan vide un sorriso sul volto della moglie e quel sorriso era rivolto a lui.

"*¡A tu salud!* come direbbe Bonnie."

"Alla tua!" rispose Nathan.

I loro bicchieri si toccarono e poi, come vuole la tradizione, bevvero la tequila tutta d'un fiato.

Lei tirò a sé un angolo della coperta e si sedette accanto a lui sul divano. Gli posò la testa sulla spalla prima di chiudere gli occhi.

"È un sacco di tempo che non ci parliamo, vero?"

La pioggia continuava a cadere, sferzando le finestre e lasciando lunghe scie d'acqua sui vetri.

"Dimmi quello che ti tormenta."

"Niente", mentì Nathan.

Aveva deciso di non parlarle dei Messaggeri. Quella storia era troppo irrazionale, al limite del soprannaturale. Mallory avrebbe potuto crederlo pazzo e preoccuparsi perché aveva affidato Bonnie a Goodrich.

Ma lei insistette:

"Non sembra che le cose ti vadano molto bene. Di che cosa hai paura?"

Stavolta, Nathan non mentì.

"Di perderti."

Mallory alzò le spalle con aria disincantata.

"Credo che ci siamo già persi abbastanza."

"Ci sono diversi modi di perdere qualcuno."

Lei si scostò una ciocca di capelli dal viso.

"Che cosa intendi?"

Invece di rispondere alla sua domanda, lui le chiese:

"Come siamo arrivati a questo punto, Mallory?"

"Lo sai benissimo."

Nathan lasciò vagare lo sguardo nel vuoto.

"Non sarebbe successo niente senza la morte di Sean."

Lei si innervosì:

"Lascia stare Sean dov'è! Non eri più la persona che avevo amato, Nathan, e basta".

"L'amore non sparisce così."

"Non ho detto che non ti amavo più... Ho soltanto constatato che non eri più l'uomo che avevo amato all'inizio."

"Mi conosci da quando avevo otto anni! Meno male che sono cambiato. Tutti cambiano."

"Non far finta di non capire: tutta la tua vita girava attorno al lavoro. Non facevi più attenzione a me."

"Dovevo pur lavorare!" si difese Nathan.

"Il tuo lavoro non ti obbligava a umiliare mio padre con quel processo! Hai anteposto il tuo orgoglio a tua moglie."

"È Jeffrey che se l'è voluta. Non dimenticare tutto quello che la tua famiglia ha fatto a mia madre."

"Ma *io* non sono la mia famiglia e tu non hai pensato a me. Ti sei talmente allontanato da me, Nathan. Eri sempre insoddisfatto, alla ricerca instancabile della felicità perfetta."

Lui tentò di giustificarsi:

"Era per noi che la volevo, quella felicità. Per te, per i bambini..."

"Ma noi l'avevamo, quella felicità, Nathan. Non te ne rendevi conto, ma l'avevamo! Di che altro avresti avuto bisogno? Ancora più soldi? Ma per farne che cosa? Per comprare una terza auto e poi una quarta? Per giocare a golf in un club esclusivo?"

"Volevo essere degno di te. Dimostrare di aver avuto successo."

Adesso Mallory era davvero arrabbiata.

"Ah! Ci risiamo! Dimostrare che hai avuto successo: *la* grande ambizione di Nathan Del Amico!"

"Tu non puoi capire. Nell'ambiente in cui sono nato..."

Lei non lo lasciò continuare.

"So benissimo dove sei nato e quanto sia stato difficile per te", disse scandendo ogni parola, "ma la vita non è né una competizione né una guerra e tu non hai l'obbligo di provare di continuo il tuo successo."

Si alzò di scatto dal divano.

"Mallory!"

Cercò di trattenerla ma lei rimase sorda al suo richiamo. Andò invece a rifugiarsi nell'angolo opposto della stanza. Lì, per cercare di calmarsi, accese parecchie candele che galleggiavano in una grande coppa di vetro piena d'acqua.

Nathan le si avvicinò e tentò di posarle le mani sulle spalle. Lei si liberò bruscamente.

"Guarda questo", disse lanciandogli una copia del *New York Times* che stava sul tavolino del salotto.

Anche se abitava in California, Mallory continuava a essere abbonata al quotidiano newyorkese che divorava fin dai tempi dell'università.

Nathan afferrò il giornale al volo e guardò i titoli della prima pagina.

Ohio: Armato di pistola, un adolescente uccide tre persone nel suo liceo.

Cile: L'eruzione di un vulcano provoca una strage.

Africa: Centinaia di migliaia di rifugiati sulle strade della regione dei Grandi Laghi.

Medio Oriente: Nuova tensione dopo un attentato suicida.

Dopo alcuni secondi, gli chiese in tono tristissimo:

"Che senso ha questa vita se non la si può condividere con qualcuno?"

Le si velarono gli occhi. Lo fissava con rabbia.

"Che cosa poteva esserci di più importante per te che dividere il tuo amore con noi?"

Visto che lui non rispondeva, Mallory lo apostrofò di nuovo:

"Non mi dava sicurezza vivere con qualcuno senza difetti. Avresti potuto riconoscere le tue debolezze, almeno davanti a me. Ti saresti potuto fidare di me..."

Quelle parole significavano: *mi hai davvero delusa*.

Nathan guardò Mallory con gli occhi lucidi. Tutto quello che aveva appena detto era vero. Però non meritava di prendersi tutte le colpe.

"Io almeno ho tenuto la fede", disse agitando l'anulare. "Ho tenuto la fede mentre tu osi portare quel povero deficiente a mangiare nel *nostro* ristorante!"

Continuava ad agitare l'anello sotto gli occhi di Mallory, un po' come un avvocato che esibisce una prova decisiva davanti ai giurati.

Ma non stava facendo una delle sue arringhe. Era davanti alla donna che amava e lei lo guardava con un'aria che voleva dire: *Non sottovalutarmi su questo terreno, non farmi questo affronto.* Lentamente Mallory tirò fuori dal maglione a collo alto una catenina in fondo alla quale era appeso un anello di oro bianco.

"Anch'io ho tenuto la fede, Nathan Del Amico, ma questo non prova un bel niente."

Adesso aveva gli occhi pieni di lacrime. Cercò lo stesso di continuare a dire quello che doveva.

"E visto che vuoi parlare di Vince, sappi che non ha niente a che vedere con noi."

Poi aggiunse, alzando le spalle:

"Del resto, se non hai ancora capito che manipolo quel bamboccio vuol dire che non sei molto perspicace".

"Perdo spesso la perspicacia quando si tratta di te."

"Mi servo di lui. Non ne sono davvero fiera ma lo uso. Quel tipo ha in mano un'autentica fortuna e se posso fare qualcosa perché ne impieghi una parte per aiutare i più bisognosi, sono dispostissima ad accompagnarlo in tutti i ristoranti del mondo."

"È un modo di fare piuttosto cinico", osservò lui.

Mallory fece una risata triste.

"'Cinismo e audacia sono i due pilastri degli affari': è stato lei a insegnarmelo, signor avvocato, lo ha dimenticato?"

Prese dalla tasca un pacchetto di Kleenex e si asciugò gli occhi.

Nathan non osò più avvicinarsi a lei nel timore di essere respinto. Invece percorse la stanza in silenzio, aprì la finestra e respirò un po' di aria fresca. Le nuvole gonfie e nere sembravano adesso filare verso nord.

"Non piove quasi più", osservò per alleggerire l'atmosfera.

“Non me ne frega niente della pioggia”, ribatté Mallory.

Nathan si girò verso di lei. Le sue guance erano scavate e il viso pallido, quasi diafano. Avrebbe voluto dirle che aveva sempre occupato il primo posto nella sua vita e che lo avrebbe mantenuto per sempre. Ma tutto quello che trovò da dire fu:

“So tutto, Mallory”.

“Sai cosa?”

“Tutto quello che mi hai appena detto: che la felicità non si riduce al benessere materiale. Che la felicità è innanzitutto condivisione, condivisione dei piaceri e dei problemi, condivisione di uno stesso tetto e di una stessa famiglia... So tutto, adesso.”

Allargò le braccia in segno di impotenza e le fece un sorriso confuso.

Lei lo guardò indulgente. Quando era così, le ricordava immancabilmente il ragazzino che era stato e al quale non riusciva a resistere.

Per il momento lasciò da parte i rimproveri e andò a rannicchiarsi contro di lui. Non doveva essere troppo ingiusta con lui perché sapeva che dopo la morte di Sean il lavoro era stato per Nathan l’unica scappatoia possibile alla sua sofferenza.

E lei non poteva biasimarlo per questo, anche se rimpiangeva che non fossero riusciti a restare uniti, loro che avevano condiviso lo stesso dramma.

Chiuse gli occhi. Sebbene Nathan non se ne era ancora andato, Mallory sapeva già che, di lì a qualche minuto, avrebbe percepito dolorosamente la sua assenza.

Per i biologi, buona parte del sentimento amoroso si riduce a una faccenda di molecole e sostanze chimiche che si liberano all'interno del cervello, suscitando il desiderio e l'attaccamento. Se è così, un fenomeno di quell'ampiezza si verificava sicuramente ogni volta che gli stava vicino.

Avrebbe voluto che quell'istante si prolungasse all'infinito. Nonostante ciò, fece uno sforzo straordinario per mettervi fine.

Non era il momento.

Era attratta da lui ma era ancora molto arrabbiata.

"Devi andare, altrimenti perderai l'ultimo aereo", disse spostandosi.

Ora Nathan si trovava sulla porta senza riuscire a decidersi ad andare. Un taxi lo aspettava con il motore acceso già da cinque minuti.

Come spiegarle che forse era il loro ultimo incontro, il loro ultimo sorriso, l'ultima volta che le loro pelli si sarebbero sfiorate?

"Se mi succedesse qualcosa, vorrei davvero che tu..."

"Non dire sciocchezze", lo interruppe lei.

"Non sono sciocchezze, Mallory, pensa se..."

"Ti dico che ci rivedremo, Nat. Te lo prometto."

Siccome non gli aveva mai mentito, avrebbe proprio voluto crederle, anche questa volta.

Mallory depose un bacio nel palmo della mano e poi accarezzò dolcemente la guancia del marito.

Nathan stava per salire sul taxi quando non poté fare a meno di voltarsi per lanciarle un ultimo sguardo. L'ultimo sguardo di un uomo che temeva di perdere per sempre la donna che adorava. L'ultimo segno di riconoscimento di un'anima che aveva avuto la fortuna di trovare la propria metà su questa terra.

Mentre lo guardava allontanarsi nell'aria purificata dalla pioggia, Mallory prese in mano la fede che pendeva all'estremità della catenina.

Stringendo l'anello con tutte le sue forze, recitò mentalmente, come un incantesimo:

Il nostro amore è più forte della morte.
Le grandi acque non lo smorzano
né i fiumi lo sommergono.

21

Se ho un bambino è come se dicessi: sono nato,
ho assaporato la vita e ho constatato che
è così buona da meritare di essere moltiplicata.
MILAN KUNDERA

17 DICEMBRE

"*¿Qué hora es?*" chiese Bonnie sfregandosi gli occhi.

La bambina si era appena alzata.

"Indovina!" rispose il padre prendendola fra le braccia.

Nathan era tornato da San Diego con il volo delle sei del mattino. Aveva recuperato la figlia che dormiva sul divano dello studio di Goodrich. "Si è coricata molto tardi", gli aveva precisato il medico. "Il nostro volo ha fatto ritardo a causa del maltempo."

Aveva preso in braccio Bonnie tutta insonnolita e l'aveva portata a casa mettendola finalmente a letto alle otto, quando il sole era già spuntato.

Ora la bimba fissava la pendola della cucina con aria incredula.

"Già le tre del pomeriggio?"

"Eh, sì, piccolina, hai fatto una bella dormita!"

"Non sono piccolina", protestò Bonnie sbadigliando.

"Oh, sì che lo sei!" disse Nathan mettendola su un alto sgabello davanti a una tazza di cioccolata fumante, "sei la mia piccolina."

"È la prima volta in vita mia che mi alzo così tardi", disse afferrando sorridente un *bagel* al sesamo.

Nathan la guardò con tenerezza. Stare con lei era un vero conforto. Il giorno prima, l'aveva trovata bene. Sembrava allegra e raggiante, libera dall'angoscia che l'aveva tormentata durante le ultime vacanze. Il trauma del divorzio si stava affievolendo. Aveva finito per capire che la separazione dei genitori non l'avrebbe allontanata né da suo padre né da sua madre. Tanto meglio.

Ma appena questo problema cominciava a risolversi, un altro, assai più grave, si profilava all'orizzonte: le avrebbero portato via suo padre.

Nathan si preoccupava molto per lei. Sarebbe stata in grado di affrontare quella prova, la più difficile della sua breve vita? C'era un modo per preparare una bambina alla morte imminente di uno dei genitori?

Per il momento, preferì scacciare quelle idee nere e approfittare dei momenti gradevoli.

"Potremmo andare a comprare un albero di Natale", propose, pensando che le avrebbe fatto piacere.

"Oh, sììì! Con molte decorazioni: palle, stelle e ghirlande che si accendono e spengono al buio."

"E poi andremo a fare la spesa e ci prepareremo una bella cenetta."

"Potremmo fare un'insalata di pasta al nero di seppia?" chiese in tono supplichevole.

Era il suo piatto preferito da quando l'aveva mangiato in un ristorante di TriBeCa, dove erano andati con Mallory quando lei era molto piccola.

"Con un super dessert. Vuoi che ci prepariamo un gran buon dessert?"

"Certo", disse la bimba facendo salti di gioia.

"Che cosa ti piacerebbe?"

"Una *pumpkin pie*", rispose Bonnie senza esitare.

"È il dolce di Thanksgiving. Non preferisci una specialità natalizia?"

Lei scosse il capo.

"No, mi piace la torta di zucca quando è molto cremosa e con un sacco di mascarpone", precisò, già con l'acquolina in bocca.

"Allora sbrigati a finire la colazione."

"Non mi va più", disse andando a rannicchiarsi fra le braccia di Nathan.

Lo stringeva forte, sfregando i piedini nudi uno contro l'altro.

"Hai freddo, scoiattolino?"

"Sì, sono tutta refrigerata."

Erano veramente adorabili gli sforzi che faceva per usare parole complicate.

"Gelata", la corresse lui ridendo. "Sei una bimba gelata che deve correre a mettersi dei vestiti caldi."

Trovare la famosa pasta nera non fu facile. Dovettero andare fino da Dean e Delucca. A pochi giorni da Natale, la lussuosa drogheria di Soho era affollatissima. Lasciarono che i clienti si facessero largo a gomitate per fare gli acquisti in tutta fretta. Che importava, loro avevano tempo.

A Broadway, Bonnie confrontò per un buon quarto d'ora i vari abeti esposti in una rivendita all'aperto. Quando ebbe fatto la sua scelta, Nathan caricò l'alberello nel bagagliaio della 4x4 prima di fermarsi in un negozio della 3ª Avenue dove, secondo lui, si trovavano la frutta e la verdura più belle di tutta la città.

Lì comprarono una grossa zucca e un barattolo di zuppa di pesce con uno strano nome francese.

A fine pomeriggio erano di nuovo a casa, pronti a lanciarsi in una delicata preparazione culinaria.

Sbarazzatasi del montgomery, Bonnie si affrettò a disporre gli ingredienti sul piano di lavoro della cucina: pasta brisée, zucca, arance, zucchero vanigliato, liquore di mandorle amare, mascarpone...

"Vieni ad aiutarmi?" gli chiese con un sorriso.

"Arrivo."

Guardando sua figlia, sentì una stretta al cuore. Gli sarebbe piaciuto dirle di non temere l'avvenire, che anche se fosse morto sarebbe sempre stato lì a vegliare su di lei e a proteggerla.

Ma che ne sapeva? Non era certo così che andavano le cose. Era praticamente sicuro che non si sarebbe trasformato in un angelo custode con la missione di tenerla lontana dai guai.

La verità era che aveva paura. Paura di lasciare che la sua piccola affrontasse la bruttura e il cinismo del mondo senza il suo aiuto.

Si avvicinò al tavolo. Con un grembiule tre volte più grande della sua misura, Bonnie aveva già aperto il libro di ricette alla pagina giusta e aspettava pazientemente le istruzioni del padre.

"Al lavoro!"

Nathan distese la pasta con il matterello e rivestì lo stampo. Poi ricoprì il tutto con un disco di carta pergamenata su cui sparse dei fagioli secchi prima di metterlo in forno. Intanto Bonnie aveva pulito la zucca dai semi e dalle fibre. Nathan la aiutò a tagliare la polpa a dadini su cui poi la bimba versò con cautela qualche goccia di liquore, prima di fargli di nuovo un bel sorriso pieno di soddisfazione. Nathan mise il preparato sul fuoco e poi approfittò della pausa per farle una domanda.

"Ti ricordi quando è morto Sean?"

"Naturalmente", rispose lei guardandolo dritto negli occhi.

Anche se lottava per nasconderlo, lui notò che sul bel volto della figlia era sceso un velo di tristezza. Si sforzò lo stesso di continuare.

"Allora eri molto piccola."

"Avevo quattro anni", precisò lei, come se quel periodo risalisse a due o tre decenni prima.

"Per spiegartelo, la mamma e io ti abbiamo detto cose come 'Sean è in cielo'."

Lei annuì per mostrare che se lo ricordava.

"All'inizio, facevi molte domande a riguardo. Mi hai chiesto tante volte se in cielo facesse freddo. Volevi sapere come avrebbe fatto a nutrirsi il tuo fratellino e se un giorno avresti potuto fargli visita lassù."

"Mi ricordo", disse semplicemente Bonnie.

"Be', non so se avessimo scelto il modo migliore per spiegarti bene che cosa fosse la morte..."

"Perché, non si va in cielo quando si muore?"

"A dire il vero, nessuno ne sa niente, tesoro."

Lei rifletté un momento per mettere insieme tutte le conoscenze che poteva avere sull'argomento.

"La mia amica Sara dice che quando si è morti si va in paradiso o all'inferno."

"Non lo sappiamo", ripeté Nathan.

Ma capì che quella risposta non l'avrebbe soddisfatta.

"Perché non cerchiamo nell'enciclopedia?" chiese Bonnie prontamente. "Mamma dice sempre che bisogna guardare nell'enciclopedia quando non si sa qualcosa."

"Anche l'enciclopedia non lo sa. È un mistero."

In quel momento, suonò la sveglia del forno.

Nathan estrasse il fondo della torta cotto a puntino e tolse i fagioli secchi.

Contro ogni aspettativa, la bambina non gli offrì il suo aiuto.

"Su, Bonnie, ho bisogno di te. Dobbiamo preparare il ripieno. Fammi vedere se sai sempre rompere le uova come ti ho insegnato. Presto, presto!"

Lei si mise al lavoro, all'inizio controvoglia, poi con maggior impegno. Mescolò le uova con lo zucchero. Se la cavava bene e cinque minuti dopo le era tornato il sorriso.

"Guarda che bella crema soffice!" esclamò.

"Sì, ora bisogna aggiungere la zucca, il succo d'arancia e il mascarpone."

Si divisero i compiti. Lui spremette un'arancia per raccoglierne il succo mentre lei passava i pezzettini di zucca nello schiacciapatate.

A un certo momento, Bonnie volle assaggiare l'impasto che le disegnò due baffetti arancioni.

Nathan andò a prendere una macchina fotografica e si fotografarono a turno. Poi, con una mano sollevò l'apparecchio sopra le loro teste. Si misero guancia a guancia.

"Uno, due, tre, *cheese*!"

Un altro bel ricordo.

Lasciò che Bonnie spalmasse l'impasto sul fondo della torta e poi la aiutò a infornarla.

La piccola si accovacciò davanti al vetro del forno per osservare la torta che cominciava a cuocere. Sembrava che guardasse il più straordinario dei programmi televisivi.

"Mmm... Sarà una bontà. Bisogna aspettare molto?"

"Una quarantina di minuti, tesoro."

La bambina si rimise in piedi, alzò il naso verso di lui e

restò alcuni secondi in quella posizione come se esitasse a rivelargli qualcosa. Dopo alcuni istanti, si decise:

"Alla nonna non piace che le faccia delle domande sulla morte. Dice che sono troppo piccola e che porta male".

"Sono sciocchezze, tesoro. È solo che gli adulti hanno paura di parlare della morte con i bambini."

"Perché?"

"Temono di spaventarli mentre è proprio il non parlarne che fa paura. Si ha sempre paura di quello che non si conosce."

Allora lei chiese con naturalezza:

"Che cosa bisogna sapere sulla morte?"

"Primo, la morte è inevitabile."

"Significa che non le si può sfuggire?"

"Sì, piccola, tutti muoiono."

"Anche Lara Croft?"

"Lara Croft non esiste. Lo sai bene."

"E Gesù?"

"Tu non sei Gesù."

"È vero", ammise lei, lasciando che l'ombra di un sorriso le illuminasse il volto.

"Secondo, la morte è irreversibile."

Bonnie cercò di ripetere quella parola nuova di cui non conosceva il significato.

"'Erriversibile'?"

"*Irreversibile*, tesoro. È una parola complicata per dire che una volta morti non si può più tornare a vivere."

"Peccato!" disse lei, francamente rattristata.

"Sì", riconobbe lui, "peccato! Ma non preoccuparti, non morirai adesso. Né domani, né dopodomani."

"Quando morirò, allora?"

Nathan era pentito di aver cominciato quella conversazione. Bonnie lo guardava con grandi occhi come se lui potesse farle una rivelazione decisiva sul suo futuro.

"Solo quando sarai molto, molto, molto vecchia."

"Con le rughe?"

"Sì, con le rughe, i capelli bianchi e i peli sul mento."

Le ultime parole le strapparono un sorriso che non durò.

"E tu e la mamma? Quando morirete?"

"Non preoccuparti: non sarà oggi neppure per noi. Ma se io morissi, non dovrai soffrire troppo."

Lei lo guardò sconcertata.

"Se tu morissi, non dovrei essere triste?" chiese come se suo padre avesse detto un'enorme assurdità.

"Sì, certo che potrai esserlo", disse Nathan cercando di attenuare la sua affermazione, "ma non dovrai rimpiangere né rimproverarti nulla. Capito? Non sarà affatto colpa tua", proseguì Nathan. "Sono molto fiero di te e anche la mamma lo è. Non dovrai rimpiangere di aver trascorso poco tempo con me. Tieni presente che avremo fatto molte cose insieme e che ci resteranno tanti bei ricordi."

"È quello che hai provato tu quando la tua mamma è morta?"

Nathan rimase turbato da quella domanda. Come risposta, disse semplicemente:

"Non proprio, ma ho tentato. Non devi avere paura di confessare i tuoi sentimenti a coloro che ami".

"D'accordo", rispose lei senza capire troppo quello che voleva dire suo padre.

"Per far fronte alla morte di qualcuno di prezioso, devi avvicinarti alle persone che ti vogliono bene. Saranno loro a sostenerti."

"Dovrò venire da te o dalla mamma?"

"Sì", approvò Nathan. "Potrai sempre venire da noi se hai qualche paura o se qualcosa ti tormenta. Anche quando sarai più grande. Potrai sempre rivolgerti a noi. E se un giorno io dovessi morire, avrai sempre la mamma. Hai una mamma straordinaria che saprà sempre come far passare il tuo dolore."

"Però sarà dura lo stesso", disse Bonnie con voce tremante.

"Sì", annuì lui, "sarà dura. Talvolta ti sentirai molto sola e avrai voglia di piangere e allora dovrai lasciarti andare perché fa bene."

"Solo i bambini piccoli piangono", obiettò, pur essendo lei stessa sull'orlo delle lacrime.

"No, tutti piangono. Te lo giuro. Le persone che non riescono più a piangere sono gli esseri più tristi della terra. Ogni volta che vorrai sentirmi accanto a te, potrai andare a parlarmi in un posto dove ci piaceva molto stare insieme."

"Tu parli a Sean ogni tanto?"

Nathan le disse la verità, quasi sollevato di poterlo fare.

"Sì, continuo a parlare con Sean e con mia madre. E Sean continua a vivere nel mio cuore. Sarà sempre mio figlio. E dovrà essere la stessa cosa per te: io sarò sempre tuo padre e la mamma sarà sempre tua madre. Anche morto, non cambia niente."

"Vai al cimitero quando vuoi parlare con loro?"

"No, non mi piacciono i cimiteri. Vado nel parco, la mattina presto, quando non c'è quasi nessuno. Dico a tutti che vado a correre per restare in forma, ma in realtà lo faccio per stare con loro. Ognuno deve trovare il proprio posto. È importante comunicare perché la persona che si ama resti con noi durante tutta la nostra esistenza.”

“Pensi a loro tutti i giorni?”

“No”, mentì Nathan, “spesso, ma non tutti i giorni.”

Sentì che gli veniva la pelle d’oca. Poi, un po’ per se stesso, aggiunse con lo sguardo perso nel vuoto:

“La vita è qualcosa di straordinario. Qualcosa di così prezioso”.

Lei gli saltò al collo e trovarono conforto nel contatto reciproco. Nel suo intimo, Bonnie si interrogava sui suoi strani genitori che parlavano sempre così bene l’uno dell’altra. Non poteva fare a meno di chiedersi perché quella madre così fantastica e quel padre così premuroso non fossero riuniti a Natale attorno a lei. Ma si rendeva già conto che la vita degli adulti doveva essere qualcosa di molto complicato di cui non bisognava impicciarsi.

La cena fu all’insegna del buonumore. Non affrontarono neppure una volta argomenti cupi o pesanti. Se la zuppa e l’insalata di pasta erano abbastanza riuscite, Bonnie trovò la torta deliziosa, con quella glassa di zucchero e la salsa di frutti rossi.

Trascorsero la serata decorando l’abete con l’accompagnamento del *Children’s Corner* di Claude Debussy che divertiva molto la bambina.

Fuori, la neve cadeva silenziosa.

“Perché alla mamma non piace il Natale?”

“Perché trova che il vero spirito di questa festa sia stato travisato.”

Lei lo guardò con aria perplessa.

“Non capisco niente di quello che dici.”

Doveva fare attenzione: sua figlia non era un’adulta. Si scusò e cercò una spiegazione più chiara.

“In realtà, la mamma trova che in questo periodo dell’anno dovremmo pensare di più alle persone che soffrono invece di voler sempre comprare tante cose di cui non abbiamo davvero bisogno.”

“È vero, eh?” chiese Bonnie che non vedeva come sarebbe potuto essere altrimenti, dato che sua madre la pensava così.

“Sì, è vero”, confermò Nathan. “Noi siamo qui, al caldo e al sicuro, mentre altri sono soli. Ed è dura essere soli quando si è tristi.”

“Ma in questo momento la mamma è sola”, osservò la bambina.

“Deve essere con Vince”, suggerì Nathan senza troppa convinzione.

“Non credo.”

“È il tuo intuito femminile a fartelo dire?” chiese lui strizzandole l’occhio.

“Proprio così”, ribatté Bonnie chiudendo contemporaneamente entrambi gli occhi.

Era quella che definiva la sua “doppia strizzatina d’occhio”, la sola che in realtà fosse capace di fare.

Nathan la baciò sui capelli.

Quando ebbero finito di decorare l’albero di Natale, guardarono insieme un pezzo del DVD di Shrek, l’orco verde con le orecchie a imbuto.

Poi Bonnie gli suonò alcuni brani al violino e gli cantò una versione davvero riuscita di *Besame mucho*, che aveva imparato a scuola.

Nathan fu un pubblico molto entusiasta e chiese parecchi bis.

Poi fu l'ora di andare a letto.

Nathan le rimboccò le coperte e la bambina gli chiese di lasciare accesa la luce del corridoio.

"Buona notte, scoiattolino", disse andandosene. "Ti voglio tanto bene."

"Anch'io ti voglio tanto bene", rispose Bonnie, "ed è 'erriversibile'."

Non ebbe il coraggio di correggere l'errore e le diede un ultimo bacio.

Al momento di uscire dalla stanza, si ricordò di quel giorno di aprile del 1995, in un reparto maternità di San Diego. La prima volta in cui aveva preso in braccio la sua creatura appena nata. Era talmente commosso e intimidito che non sapeva nemmeno come fare. Tutto quello che aveva visto allora era una neonata minuscola dal viso grinzoso che, con gli occhi chiusi, si abbandonava a ogni sorta di smorfie strane, agitando le manine in tutte le direzioni.

In quel momento ignorava che un giorno quella bimba avrebbe occupato un posto così grande nella sua vita. Che quell'esserino minuscolo gli sarebbe diventato più caro della luce dei suoi stessi occhi.

Intuiva che l'essere padre avrebbe costituito un cambiamento radicale nella sua esistenza, ma non aveva nessuna idea di quello che avrebbe significato in termini di amore e di emozione.

Non sapeva ancora che una figlia avrebbe potuto procurargli tanta gioia.

Né che la perdita di un figlio avrebbe potuto un giorno gettarlo in una tale disperazione.

Non presagiva nulla.

Poi quel fragile angioletto aveva aperto gli occhi e lo aveva guardato intensamente, un po' come se volesse fargli capire che aveva bisogno di lui. Allora si era sentito sconvolto, traboccante di un amore sconfinato.

E non ci sono parole per descrivere una simile felicità.

22

Ogni uomo è solo e tutti se ne fregano di tutti
e i nostri dolori sono un'isola deserta.
ALBERT COHEN

18 DICEMBRE

Benché non ne avesse davvero voglia, Nathan doveva mantenere la promessa fatta alla moglie di accompagnare Bonnie dai nonni per due lunghe giornate.

Si era alzato presto e, malgrado l'ora mattutina, non aveva esitato a telefonare a Jeffrey e Lisa Wexler per avvertirli del suo arrivo. Sapeva che l'espressione "poltrire a letto" non faceva parte del loro vocabolario, nemmeno durante le vacanze.

Visto che Bonnie era andata a dormire tardi, aspettò le otto per svegliarla e così si misero in viaggio solo verso le dieci, dopo essersi comunque fermati da Starbucks per mandar giù una buona cioccolata calda con i *marshmallows*.

Nathan aveva deciso di prendere la 4x4. Era più sicura con la neve. Proprio come sua madre, Bonnie adorava viaggiare su quella grossa auto con le ruote gigantesche. Seduta così in alto, aveva l'impressione di essere ai comandi di una navicella spaziale che sorvolasse il mondo a bassa quota.

Erano ormai quasi trent'anni che i Wexler trascorrevano le vacanze di Natale sulle Berkshires Mountains, a ovest del

Massachusetts. Da New York il viaggio era un po' lungo, ma la regione era davvero magnifica, con le sue colline e vallate in fondo alle quali si trovavano pittoreschi villaggi tipici del New England. Nathan imboccò la route 7 all'altezza di Norwalk, passò Great Barrington e poi si diresse verso Stockbridge. Guidava con prudenza: in alcuni punti la strada era ancora un po' sdrucciolevole. Un sottile strato di neve farinosa ricopriva il paesaggio che sfilava davanti ai loro occhi.

Per distrarsi, Bonnie mise un CD nel lettore: un'improvvisazione pianistica di Keith Jarrett sul tema musicale del *Mago di Oz.*

La bambina cominciò a canticchiare le parole con impegno:

Somewhere, over the rainbow...

Mentre cantava, gli fece la sua "doppia strizzatina d'occhio" e lui la trovò adorabile con quel berretto da baseball troppo grande che si era messa per proteggersi dal riverbero del sole.

Guardandola con la coda dell'occhio, non poté fare a meno di pensare che fosse un miracolo avere una figlia con così tanta gioia di vivere.

Nel suo intimo, si sentiva fiero di essere stato capace di crescerla bene. Lui e Mallory avevano cercato da subito di mostrarsi severi e di fissare alcuni principi elementari: rispettare gli altri e sapere che si hanno dei diritti ma anche dei doveri.

Avevano anche resistito alla tentazione di viziare troppo Bonnie: niente scarpe sportive da duecento dollari o vestiti firmati costosissimi. Trovavano la cosa un po' indecente, come trovavano degradante l'atteggiamento di quei genitori che talvolta si lasciavano insultare meravigliandosi della varietà di vocabolario dei figli invece di rimproverarli.

A volte Nathan si chiedeva come sarebbero diventati quei ragazzini maleducati.

Probabilmente dei giovani adulti individualisti e immaturi che, dopo essere stati coccolati e trattati come principini capricciosi, si sarebbero scontrati con la dura realtà della vita.

Lanciò un'altra occhiata alla figlia. Cullata dal jazz, dormiva con i pugni chiusi e la testa piegata verso il finestrino inondato dal sole.

Si proiettò nel futuro.

Fino a quel momento, educarla non era stato difficile, ma la parte più dura doveva ancora venire.

Perché sarebbe arrivato senza dubbio un giorno in cui Bonnie avrebbe chiesto di uscire la sera, di farsi un piercing al naso o in un'altra parte del corpo... Sì, c'è sempre un momento in cui le cose si guastano, in cui la bambina più gentile si trasforma in un'adolescente ingrata, persuasa che i genitori siano solo dei vecchi coglioni incapaci di capirla.

Allora Mallory si sarebbe trovata a far fronte da sola a quella crisi. Come avrebbe potuto Nathan darle il proprio sostegno dall'aldilà? Non avrebbe conosciuto l'angoscia della prima volta in cui Bonnie avrebbe passato la notte fuori, né il primo fidanzato che avrebbe portato a casa, o il primo viaggio con le amiche all'altro capo del Paese... Eppure era una sfida stimolante che si sarebbe sentito in grado di raccogliere.

Se non fosse stato atteso altrove.

Talvolta la buona armonia che esisteva con Bonnie gli faceva tornare in mente i primi tempi della sua infanzia, quando c'era un'autentica complicità fra lui e sua madre, prima che si radicasse quella specie di indifferenza che aveva alimentato volontariamente, immaginando che la sua unica possibilità di ascesa sociale stesse nell'allontanamento culturale dalle origini familiari. Difficile per il figlio di una domestica voler conquistare New York!

Solo di recente si era reso conto di avere ricevuto da sua madre molto più di quanto si fosse immaginato. Quella donna gli aveva trasmesso un misto di coraggio e abnegazione, una capacità di far fronte a qualunque cosa potesse succedere.

Ma lui l'aveva lasciata morire senza ringraziarla per questo. Negli anni che avevano preceduto la sua morte, quando Nathan cominciava a guadagnare bene, si sarebbe potuto riavvicinare a lei e assaporare il proprio successo in sua compagnia. Avrebbe potuto dirle: "Vedi, ce l'abbiamo fatta, non ti sei sacrificata per niente. Sono felice". Invece, non andava quasi più a trovarla. Troppo occupato dalla propria lotta, si limitava a mandarle dei soldi ogni mese perché potesse vivere senza lavorare. E le sue rare visite erano sempre frettolose. Scambiava con lei qualche banalità prima di andarsene lasciando una mazzetta di dollari (ogni volta più grossa), per farsi perdonare di essere un cattivo figlio.

Oggi provava un gran senso di colpa pensando a quelle occasioni mancate, ma non era il solo ricordo che lo turbasse.

Era una specie di segreto fra loro. Un episodio di cui non avevano mai riparlato e di cui lui si sarebbe ricordato tutta la vita.

Era l'estate del 1977, all'inizio di agosto, durante le ultime vacanze trascorse a Nantucket con Mallory (l'estate in cui l'aveva baciata per la prima volta... ma questa è un'altra storia).

Un anno prima, superati brillantemente i test d'ingresso, era stato selezionato per essere ammesso alla prestigiosa Wallace School di Manhattan.

Anche se l'istituto pagava la metà delle spese scolastiche a un gruppo ristretto di allievi particolarmente meritevoli, l'altra parte restava comunque a carico delle famiglie. Per Eleanor Del Amico, era una somma decisamente troppo elevata.

Nathan era pienamente consapevole di chiedere un grosso sacrificio a sua madre, tanto più che la scuola esigeva il versamento anticipato del primo trimestre. Ma lui le aveva spiegato che era un investimento a lungo termine: la sua unica possibilità di non finire magazziniere o lavavetri.

Quell'estate, Eleanor era al verde: durante l'inverno, una bronchite persistente aveva reso necessario un costoso ricovero di alcuni giorni in ospedale. All'inizio del mese, aveva chiesto un anticipo ai Wexler per pagare la scuola del figlio. Ma Jeffrey, per non venir meno ai propri principi puritani, aveva rifiutato categoricamente.

"Guarda come sono meschini", gli aveva fatto osservare allora la madre, "tu hai salvato la vita della figlia e loro rifiutano di muovere un dito per te."

La donna non aveva torto, anche se a Nathan non piaceva che si servisse di quell'episodio, ormai vecchio di anni, per cercare di ottenere qualcosa dal suo padrone.

Fu in quel contesto che un braccialetto di perle sparì dal portagioie di Lisa Wexler.

Nathan non aveva mai capito bene perché, ma i sospetti si erano rapidamente concentrati su sua madre e... su di lui. Jeffrey Wexler li aveva interrogati entrambi come se non dubitasse della loro colpevolezza. Li aveva persino *perquisiti* facendoli mettere di schiena con le mani contro il muro. All'epoca, Nathan non aveva ancora studiato legge e ignorava che quelle pratiche fossero proibite. Di fronte ai dinieghi della domestica, Jeffrey aveva fatto svuotare la camera, aprendo tutti i cassetti, rovesciando le valigie, come per una perquisizione in piena regola.

Dato che continuava a non trovare niente, aveva minacciato di chiamare la polizia, convinto di spaventare Eleanor con quelle intimidazioni. Ma lei aveva continuato a negare con forza, cadendo quasi in ginocchio davanti al padrone: "Non sono stata io, signor Wexler, le giuro che non ho rubato nulla".

Alla fine, la storia si era risolta con un licenziamento. Contro il parere della moglie, Jeffrey aveva rinunciato a far venire la polizia, preferendo cacciare Eleanor senza alcuna indennità. Nel bel mezzo dell'estate, disonorati e quasi senza soldi in tasca, Nathan e la madre erano quindi ripartiti verso la calura newyorkese.

Ecco qual era stata la peggior umiliazione della sua vita: avere incrociato lo sguardo di Mallory mentre era contro il muro come un ladro. Avrebbe voluto essere sotto terra. Quella vergogna l'aveva accompagnato fino ad allora, impressa per sempre in un angolo della sua mente, ma era stata anche un potente stimolo, come se da quel giorno avesse saputo che non sarebbe mai salito abbastanza in alto da lavare quell'affronto.

Non gli era bastato essersi affermato onestamente. Aveva avuto bisogno di altro: battere Jeffrey in quel dannato processo e fargli pagare l'umiliazione obbligandolo a cedergli l'appartamento del San Remo, che valeva parecchi milioni di dollari. Era pienamente consapevole di aver fatto soffrire Mallory con quello scontro. Ma persino la prospettiva di ferire la donna che amava non lo aveva fermato. A volte si è pronti a tutto quando si vuole ottenere un risultato.

La cosa più dolorosa, però, era che aveva finito per credere a Wexler piuttosto che alla madre. Non aveva mai riparlato del braccialetto con lei, ma dopo aver riflettuto a lungo era arrivato alla conclusione che la madre lo avesse rubato davvero. E che lo avesse rubato per lui. Nell'ottobre del 1977, la rata del trimestre era stata provvidenzialmente saldata all'ultimo minuto, il che gli aveva permesso di continuare gli studi. All'epoca, non aveva cercato di sapere come fosse potuto accadere un simile miracolo. Ma talvolta, nei giorni di depressione, sentiva echeggiare quella terribile verità: sua madre era diventata una ladra, e a causa sua.

Bonnie aveva aperto un occhio. Erano ormai a poche centinaia di metri dalla meta.

Situata al centro delle Berkshires Mountains, Stockbridge era un'incantevole cittadina fondata dai mohicani prima che i missionari venissero a turbare la loro tranquillità mettendosi in testa di convertirli al cristianesimo. I Wexler possedevano una specie di ranch appena fuori dal centro abitato. Si trattava in realtà di un'elegante casa di campagna con alcuni cavalli e un bel pony che era la gioia di Bonnie.

Nathan suonò il clacson davanti al cancello, che era dotato di una telecamera di sorveglianza. Alcuni secondi dopo, i due battenti si aprivano per lasciar passare la 4x4 su un sentiero ghiaioso.

Parcheggiò accanto al piccolo bungalow occupato dalla coppia di custodi. L'ultima volta che era venuto lì, non era nemmeno sceso dalla macchina.

Stavolta sarebbe stato diverso.

Goodrich gli aveva consigliato di mettersi in pace prima di morire. Ebbene, avrebbe seguito il suo consiglio! Jeffrey sarebbe stato ripagato. Nathan aveva deciso di rivelargli quello che non aveva mai detto a nessuno. Qualcosa in grado di rovinare la sua reputazione e di farlo radiare dall'albo degli avvocati.

Quando era studente, la professione di avvocato esercitava su di lui una straordinaria attrazione. L'aveva considerata una specie di vocazione, un mezzo per difendere i più deboli, coloro che, come lui, provenivano da ambienti disagiati. Ma quella professione aveva senso solo se si rispettava scrupolosamente una certa etica. Cosa che Nathan aveva sempre fatto... tranne una volta.

Sbatté la portiera dell'auto. Il sole era alto nel cielo e il vento sollevava qualche nuvola di polvere ocra.

Da lontano vide Jeffrey che veniva verso di loro senza fretta.

Bonnie, sempre entusiasta di tutto, si mise a correre incontro al nonno lanciando esclamazioni di gioia.

Presto Nathan fu a pochi metri da Wexler.

Fissando il suocero, fece la stessa riflessione di sempre: Mallory somigliava molto a suo padre. Avevano gli stessi occhi azzurri, lo stesso viso elegante e distinto.

Sì, Mallory gli somigliava davvero molto. Il che spiegava perché Nathan non lo avrebbe mai potuto detestare completamente, malgrado tutto il rancore che provava nei suoi confronti.

Al suo arrivo, Nathan aveva insistito per avere un colloquio con Jeffrey e adesso erano nello studio. Loro due soli.

Io e lui.

Wexler si accese uno dei sigari corti e grossi che aveva l'abitudine di fumare a qualsiasi ora del giorno. Cominciò ad aspirare il fumo a piccole boccate, mentre Nathan guardava con occhio esperto gli scaffali pieni di celebri opere giuridiche rilegate in pelle.

Jeffrey aveva sistemato il suo studio come una vera piccola biblioteca.

Lampade verdi e dorate illuminavano mobili lucenti, di legno pregiato, e l'enorme scrivania era quasi completamente occupata da pile di incartamenti, scatole di dischetti e due computer portatili collegati a un database. A pochi mesi dal suo ritiro ufficiale, Jeffrey continuava incontestabilmente a essere un uomo attivo.

Aveva compiuto uno strano percorso. Eccellente giocatore di baseball in gioventù, aveva dovuto rinunciare al suo sport preferito dopo una brutta caduta durante un'escursione in montagna. Quell'incidente piuttosto grave, la frattura del cranio, lo aveva costretto a trasferire la sua energia negli studi. Dopo essersi laureato a pieni voti ad Harvard, aveva lavorato per un giudice prima di entrare in uno dei più prestigiosi studi legali di Boston. Poi, negli ultimi anni, vedendo da che parte tirava il vento, si era dato da fare per aprire un suo studio specializzato in azioni legali collettive.

Così, aveva difeso con successo alcuni operai dei cantieri navali che erano stati esposti all'amianto. In seguito, aveva accumulato una fortuna ottenendo sostanziosi risarcimenti dalle industrie del tabacco per le vittime del fumo. Da due anni, si era lanciato in una nuova battaglia legale partecipando ai processi intentati da alcune vittime di tumori al cervello ai gestori di telefonia mobile, con l'accusa di aver tenuto nascosti i rischi delle radiazioni elettromagnetiche.

Nathan doveva riconoscerglielo: Wexler sapeva fare il suo mestiere. Era uno degli ultimi avvocati all'antica, uno di quei nostalgici di un tempo lontano in cui gli uomini di legge agivano più per convinzione che per guadagno. Del resto in passato avevano avuto una specie di complicità, prima che la storia del braccialetto rovinasse tutto. E persino oggi Nathan non poteva fare a meno di nutrire una segreta ammirazione nei confronti del suocero.

Jeffrey si tirò le bretelle.

"Allora, che cos'hai di speciale da dirmi?" chiese fra due volute di fumo.

"Si ricorda del *nostro* processo..." cominciò Nathan.

Jeffrey mostrò la propria irritazione.

"Se vieni qui per ritornare su vecchi dissapori..."

Nathan non lo lasciò proseguire. Aveva deciso di vuotare il sacco.

"Ho comprato quel giudice", lo interruppe, "ho comprato il giudice Livingstone. Gli ho fatto arrivare una bustarella, tramite uno dei suoi assistenti, perché pronunciasse la sentenza in mio favore."

Jeffrey non batté ciglio. Era un uomo duro che, dietro un'amabilità di facciata, aveva l'abitudine di non mostrare mai le proprie emozioni.

Ma oggi Nathan lo trovava meno impressionante del solito: sembrava stanco, con gli occhi cerchiati, le rughe profonde e la barba incolta.

"Volevo vendicarmi, Jeffrey, soffiarle l'appartamento del San Remo per quello che aveva fatto a mia madre. Ma ho trovato solo quel modo e così ho disonorato la professione."

Wexler scosse la testa, sembrò riflettere intensamente e poi aprì la bocca da cui, però, non uscì alcun suono.

Invece si piazzò accanto alla finestra con lo sguardo fisso sulle colline innevate.

Girati, Jeffrey. Ascoltami.

Nathan continuò la litania di rimproveri. Troppo a lungo sepolte, adesso le parole uscivano da sole, senza sforzo.

"Si ricorda, Jeffrey, quando avevo otto anni e lei mi portava al lago a pescare raccontandomi i processi che aveva vinto? Credo sia stato allora che ho deciso di diventare anch'io un avvocato. Tutti quegli studi li ho fatti per me, naturalmente, ma all'inizio era anche in gran parte per farmi apprezzare da lei. Immaginavo, com'ero ingenuo!, che mi avrebbe accettato, che sarebbe stato fiero di me. Lei non può sapere quanto avrei voluto che mi accettasse."

Quanto avrei voluto avere un padre come te...

Ci fu un silenzio. Jeffrey si voltò per affrontare la collera dell'ex genero.

"Avrebbe dovuto accettarmi!" insistette Nathan. "Avevo dimostrato il mio valore. Avevo sudato sette camicie per riuscirci. Pensavo che la competenza e il merito fossero qualità che lei rispettava. Invece mi ha indotto a macchiare la mia professione, a corrompere un giudice come un volgare delinquente..."

“Io ti ho salvato”, lo interruppe infine Jeffrey.

“Che cosa sta dicendo?”

“Ho fatto parte dei miei studi con il giudice Livingstone. All’epoca del processo, è venuto a trovarmi per avvertirmi del tuo tentativo di corruzione.”

Nathan era sbalordito.

“Cosa?”

Il vecchio avvocato fece un sospiro e sembrò scavare nella propria memoria.

“Livingstone è un autentico farabutto, ma è stato abbastanza prudente da non farsi mai cogliere con le mani nel sacco. Ho deciso di dargli il doppio della tua somma perché non ti denunciasse alle autorità giudiziarie e pronunciasse una sentenza in *tuo* favore.”

“Ma perché, Jeffrey, perché?”

Quest’ultimo fece una pausa prima di rispondere e poi confessò con una leggera esitazione nella voce:

“Per Mallory, naturalmente. Non volevo che fosse trascinata con te in quello scandalo. E poi anche... per te. Era qualcosa che ti dovevo”.

Nathan aggrottò le sopracciglia. Il suocero intuì il suo sconcerto. Con lo sguardo perso nel vuoto, fece rivivere il passato.

“Quella sera, quella famosa sera d’estate del 1977, avevo bevuto molto. Allora attraversavo un momento difficile, sia nel mio matrimonio sia nel lavoro. Tornavo da Boston dove Lisa mi aveva chiesto di passare dal gioielliere a ritirare un braccialetto a cui aveva fatto riparare il fermaglio. Prima di rincasare, avevo trascorso la fine del pomeriggio con una delle mie assistenti che era anche la mia amante. Naturalmente, non le avevo mai promesso nulla; a quei tempi e nel nostro ambiente non si divorziava per sposare la segretaria, ma quella donna esercitava su di me una specie di ricatto affettivo nella speranza che lasciassi mia moglie. Prima di partire, ricordo di essermi fermato nel bar di un albergo per bere un whisky. Ma non mi accontentai di uno solo: ne mandai giù quattro o cinque. Suppongo che tu sia al corrente del mio problema con l'alcool..."

Nathan non capì subito.

"Eh?"

"Bevevo molto, in quel periodo", spiegò Jeffrey. "Sono un alcolista cronico."

Nathan si aspettava di tutto tranne una rivelazione del genere.

"Ma da quando?"

"Sono riuscito a smettere all'inizio degli anni Ottanta, ma ho avuto parecchie ricadute. Ho provato di tutto: cure, associazioni... ma non è facile andare a quelle riunioni, riconoscere di essere un alcolizzato e discutere di cose intime davanti a perfetti sconosciuti."

"Non lo sapevo", farfugliò Nathan.

Toccò a Jeffrey stupirsi.

"Ero convinto che Mallory te lo avesse detto."

Per la prima volta, Nathan vide brillare di emozione gli occhi del suocero. Malgrado la sua umiliazione, Jeffrey era fiero che la figlia avesse mantenuto il segreto così a lungo, anche con l'uomo che amava.

Ascoltando la confessione di Wexler, Nathan credette di avere la risposta a molti suoi interrogativi di un tempo sul male di vivere di Mallory.

Jeffrey proseguì il suo racconto:

"Quando sono arrivato a Nantucket, non ho più trovato il braccialetto. Parecchio tempo dopo, la mia segretaria mi ha confessato di avermelo rubato per seminare la zizzania nel mio matrimonio. Ma sul momento non sapevo proprio dove fosse finito. Ero completamente in preda al panico e, la mattina seguente, quando mia moglie mi ha chiesto che cosa avessi fatto del braccialetto, mi sembrò che la soluzione migliore fosse sostenere di averglielo rimesso nel portagioie. E questo ci ha portato ad accusare tua madre. Penso che mia moglie abbia soltanto fatto finta di credere a quella storia, ma così siamo riusciti a salvare le apparenze."

Dopo un lunghissimo silenzio, aggiunse con la voce rotta dall'angoscia:

"Mi dispiace moltissimo, Nathan, sono stato un vigliacco".

Puoi ben dirlo!

Per qualche istante Nathan fu incapace di parlare, sconvolto e al tempo stesso sollevato da quella confessione. No, sua madre non era una ladra, ma era stata vittima di una grande ingiustizia. Quanto a Jeffrey, l'uomo che credeva virtuoso e infallibile, era un bugiardo, un donnaiolo e un alcolizzato. Un essere umano come tanti. Come lui.

Alzò la testa verso il suocero e si accorse stranamente che il risentimento che provava nei suoi confronti era scomparso. Non voleva nemmeno giudicarlo. Non era più il momento. Notò che i suoi tratti si erano distesi come se anche lui attendesse da un pezzo di poter fare quelle rivelazioni. In fondo, avevano vissuto entrambi con un pesante segreto che aveva guastato molti momenti della loro esistenza.

Fu Jeffrey a rompere per primo il silenzio:

"So che questo non mi scusa", cominciò, "ma ho fatto

in modo che tua madre trovasse un altro posto e sono stato io, quell'anno, a pagare parte dei tuoi studi".

"Ha ragione", ribatté Nathan con gli occhi rossi, "questo non la scusa."

Poi Jeffrey si diresse verso la cassaforte, la aprì e tirò fuori qualcosa che porse a Nathan con mano tremante.

Era un braccialetto con quatto fili di perle e un fermaglio d'argento in cui erano incastonati piccoli brillanti.

23

Se non si è pronti a tutto, non si è pronti a niente.

PAUL AUSTER

♫ *A beautiful sight, we're happy tonight.*
Walking in a winter wonderland... ♫

Nathan suonò adagio gli ultimi accordi del celebre canto natalizio. Richiuse il piano e guardò con emozione la figlia che si era addormentata sul divano di pelle del salotto. Fuori, scendeva la notte. L'orizzonte che un momento prima era acceso di rosso, rosa e arancione, si tingeva adesso di sfumature più scure. Aggiunse un ceppo nel camino e ravvivò le braci che avevano perso la loro potenza. Nella stanza accanto trovò una coperta ricamata che mise sulle gambe di Bonnie.

Avevano trascorso un tranquillo pomeriggio all'aperto. Dopo il pranzo, Lisa Wexler era uscita a fare la raccolta dei regali di Natale per una delle sue opere pie, mentre Jeffrey aveva preso in prestito la 4x4 del genero per recarsi a Pittsfield dove voleva acquistare del materiale da pesca in previsione delle belle giornate.

Così Nathan aveva avuto la possibilità di restare da solo con la figlia. Appena dopo pranzo, Bonnie si era precipitata nella scuderia a vedere il suo pony, un bel Connemara che aveva battezzato Spirit. Nathan l'aveva aiutata a prepararlo e poi aveva sellato per sé uno dei cavalli di Wexler. Avevano trascorso il resto del pomeriggio a percorrere le piccole colline boscose che si estendevano all'infinito attorno alla proprietà. In quel paesaggio degno di un biglietto di auguri, non aveva pensato una sola volta alla morte. Si era lasciato trasportare dal ritmo dei cavalli e dal rumore rassicurante delle cascate e dei torrenti. Per alcune ore non era esistito più nulla. Solo il sorriso di Bonnie, la purezza dell'aria e quel leggero manto nevoso che ricopriva tutto e conferiva una nuova verginità al paesaggio.

Stava ripensando alla dolcezza di quei momenti quando l'imponente porta del salotto si aprì per fare largo a Lisa Wexler.

"Buona sera, Nathan", disse entrando nella stanza.

Era ancora una bellissima donna, longilinea, sempre vestita con classe e in grado di sfoggiare in ogni circostanza quel contegno aristocratico che si acquisisce solo dopo parecchie generazioni.

"Buona sera, Lisa, non l'ho sentita arrivare."

"Il motore dell'auto è molto silenzioso."

Visto quanto costa una Bentley...

"Avete fatto una bella passeggiata?" chiese guardando Bonnie con tenerezza.

"Formidabile."

Siccome si sentiva in vena di stuzzicarla, Nathan non poté fare a meno di aggiungere:

"Come vanno 'i suoi poveri'?"

La donna gli lanciò una breve occhiata perplessa ma non rispose. La provocazione e le battute non erano campi su cui le piacesse avventurarsi.

"Dov'è Jeffrey?" chiese abbassando la luce per non svegliare la nipotina.

"Non dovrebbe tardare molto, è andato a Pittsfield a comperarsi un nuovo armamentario da pesca."

Un'ombra attraversò allora il bel viso di Lisa.

"Intende dire che ha preso in prestito la sua auto?"

"Sì. C'è qualche problema?"

"No... no", farfugliò lei cercando di nascondere il suo turbamento.

La donna fece un giro per il salotto, poi si sedette sul divano, accavallò le gambe e prese un libro da un tavolino. Dotata di quell'autorevolezza innata che crea subito una distanza, sapeva come far capire al suo interlocutore quando la conversazione era finita. Dopotutto Nathan preferiva così: non aveva ancora digerito le rivelazioni di Jeffrey sul braccialetto rubato e sapeva che sarebbe bastato poco perché lasciasse esplodere la propria collera contro Lisa.

Per non rimanere senza far niente, consultò una delle opere lussuosamente rilegate esposte nelle vetrine della biblioteca. Si sarebbe servito volentieri un bicchierino, ma non c'era una goccia di alcool in tutta la casa.

Di tanto in tanto, lanciava brevi occhiate in direzione della suocera. Lisa Wexler era preoccupata, questo era evidente. In meno di cinque minuti aveva già guardato l'orologio parecchie volte.

È in ansia per Jeffrey.

Nathan era costretto ad ammettere che quella donna inaccessibile e dignitosa, puro prodotto dell'aristocrazia bostoniana, lo aveva sempre affascinato. Ma se Lisa lo affascinava, era soprattutto perché Mallory si era interamente costruita in opposizione al lato freddo e rigido della madre. Nathan aveva sempre saputo quanto sua moglie adorasse il padre. Per molto tempo non aveva colto realmente la natura del sentimento che legava quei due esseri. Ma dopo la confessione di Jeffrey, quella mattina, aveva capito: ciò che Mallory amava nel padre era quella vulnerabilità che Nathan non aveva mai sospettato. Mallory considerava il padre come una specie di "commilitone", poiché entrambi conducevano una lotta senza fine: Jeffrey contro l'alcolismo, e Mallory contro la depressione cronica. In confronto a loro, Lisa appariva come l'elemento forte e dominante della famiglia.

Questo non le impediva, tuttavia, di essere divorata dall'ansia perché il marito si era recato a Pittsfield. Nathan, nonostante gli sforzi, non riusciva a capire. Jeffrey non era il genere d'uomo che chiedeva il permesso alla moglie prima di andare a spendere alcune migliaia di dollari in materiale da pesca all'ultimo grido.

Improvvisamente, come avvertita da un sesto senso, Lisa si alzò di scatto e uscì sul pianerottolo della scala esterna seguita da Nathan. Accese tutte le luci del viale e comandò l'apertura automatica del cancello.

Il motore della 4x4 non ci mise molto a farsi sentire. Non appena il veicolo imboccò il vialetto, Nathan si accorse che Jeffrey guidava a scatti. La 4x4 sbandava talmente che finì sul prato, travolgendo il sistema automatico di irrigazione e un piccolo cespuglio di fiori che non avrebbero avuto la possibilità di sbocciare la primavera seguente. Quando l'auto fu in piena luce, Nathan notò che era ammaccata e che aveva perso uno dei cerchioni anteriori. Capì immediatamente che Jeffrey doveva avere avuto un incidente. Il motore tossicchiò e la macchina finì per bloccarsi su una striscia di prato.

"Lo sapevo!" si lasciò sfuggire Lisa precipitandosi incontro al marito.

Jeffrey uscì dall'auto con grande difficoltà e spinse via

la moglie sgarbatamente. L'andatura del vecchio avvocato non lasciava dubbi: era ubriaco fradicio.

"Devo pisciare!" gridò.

Nathan si avvicinò al suocero per dare manforte a Lisa. Il vecchio avvocato puzzava di alcool lontano un chilometro.

"L'aiuto io, Jeffrey, venga con me."

"Lasciami in pace! Non ho bisogno del tuo aiuto... Voglio solo pisciare..."

Poi Wexler si sbottonò i pantaloni e si mise a urinare sul prato, vicino alla scala esterna.

Nathan rimase sconcertato e si sentì pervadere da un misto di vergogna e pena per il suocero.

"Non è la prima volta, Nathan..." mormorò Lisa stringendogli il braccio.

Nathan fu commosso da quel piccolo gesto familiare, così insolito in lei, che tradiva il suo bisogno di conforto.

"Che cosa intende dire?"

"Jeffrey è già stato fermato per guida in stato di ebbrezza alcuni mesi fa. Nonostante le nostre conoscenze, è stato condannato al pagamento di una grossa multa e al ritiro della patente per un anno. Tutti i veicoli immatricolati a suo nome sono stati sequestrati."

"Vuole dire che oggi guidava senza patente?"

Lisa annuì.

"Senta, è molto grave", riprese Nathan. "Dobbiamo assolutamente assicurarci che non abbia fatto danni."

Si avvicinò di nuovo a Jeffrey. Gli occhi del vecchio brillavano in maniera insolita.

"Ha avuto un incidente, non è vero, Jeffrey?"

"No!" urlò lui in faccia al genero.

"Io penso di sì."

“No!” ripeté. “L’ho evitata!”

“Cosa ha evitato, Jeffrey?”

Nathan afferrò il suocero per il bavero del cappotto.

“Cosa ha evitato, Jeffrey?” ripeté scuotendolo.

“Quella bici... l’ho... evitata.”

Nathan ebbe un brutto presentimento. Jeffrey cercò di divincolarsi ma riuscì solo ad accasciarsi nella neve. Nathan lo rialzò e lo sostenne fino a casa. Jeffrey fu obbligato a mostrarsi più docile lasciandosi accompagnare in camera dalla moglie. Lisa piangeva lacrime di vergogna.

Di ritorno in salotto, Nathan prese il cappotto e uscì di corsa dalla stanza. Lisa lo raggiunse sulla scala esterna.

“Dove va?”

“Si occupi di lui, Lisa. Prendo la macchina e vado a vedere se trovo qualcosa.”

“Non ne parli con nessuno, Nathan. La supplico, non dica a nessuno che l’ha visto in quello stato.”

“Comunque ritengo che dovrebbe avvertire la polizia e un medico. Non sappiamo davvero che cosa sia potuto succedere.”

“Non avvertirò proprio nessuno!” dichiarò Lisa con forza prima di richiudere la porta.

In un attimo aveva ritrovato la sua durezza e il suo istinto di protezione.

Nathan si mise al volante della 4x4 e fece inversione. Stava per accelerare quando Bonnie gli sbucò davanti.

“Vengo con te, papà!” dichiarò aprendo la portiera.

“No, tesoro, torna in casa! Vai ad aiutare la nonna. Non lasciarla sola.”

“Preferisco venire con te.”

Si arrampicò sulla 4x4 e sbatté la portiera.

"Che cos'è successo, papà?" chiese la bimba sfregandosi il visino ancora insonnolito.

Non ha visto suo nonno ubriaco fradicio. Per fortuna!

"Ne parleremo dopo, tesoro, per il momento allacciati la cintura."

Nathan inserì la marcia e si precipitò giù per il pendio.

Guidava in direzione del centro città.

"Ascoltami bene, tesoro, prendi il mio cellulare dal vano portaoggetti, componi il 911 e chiedi di parlare con l'ufficio dello sceriffo."

Felice di partecipare a una simile avventura, Bonnie obbedì con diligenza e impegno. Tutta fiera, porse l'apparecchio al padre già al secondo squillo.

"Ufficio dello sceriffo di Stockbridge, fornisca le sue generalità", chiese l'ufficiale all'altro capo del filo.

"Mi chiamo Nathan Del Amico, ma attualmente risiedo dai miei suoceri, Jeffrey e Lisa Wexler. Telefono per sapere se vi hanno segnalato un incidente d'auto nella zona."

"In effetti siamo stati avvertiti di un incidente all'incrocio tra la strada per Lenox e la route 183. È stato testimone di qualcosa, signore?"

"Non... non lo so ancora, la ringrazio, buona sera."

Interruppe la comunicazione senza lasciare al poliziotto il tempo di aggiungere altro.

In meno di cinque minuti, arrivò al punto indicato, un piccolo incrocio all'uscita della città. Tre auto della polizia erano già sul posto. Un agente dirigeva il traffico per consentire il passaggio a un'ambulanza che arrivava a sirene spiegate dalla direzione opposta. Mentre si avvicinava a quella sinfonia di suoni e luci che si diffondevano nell'oscurità, Nathan capì che era accaduto qualcosa di grave.

"Che cos'è successo, papà? Che cos'è successo?" chiese Bonnie, sempre più nervosa.

"Non lo so, tesoro."

Stava per fermarsi quando un poliziotto gli fece segno di accostare un po' più avanti a lato della carreggiata. L'avvocato ubbidì e poi, come vuole il regolamento, rimase seduto in macchina, con le mani sul volante, in attesa che l'ufficiale di polizia si occupasse di lui. Da dove si trovava, poteva vedere i paramedici darsi da fare attorno a un piccolo corpo inanimato che avevano tirato su dal fosso. Era un bambino, probabilmente dell'età di sua figlia, con indosso uno di quegli impermeabili fluorescenti usati per essere visibili agli automobilisti di notte.

Mio Dio, povero bambino! Jeffrey si è cacciato in un bel guaio.

"È morto?" chiese Bonnie che si era alzata sul sedile.

"Spero di no, tesoro, forse ha solo perso conoscenza. Siediti, non guardare."

La prese fra le braccia. La bambina gli posò la testa nell'incavo della spalla e lui si mise a cullarla per confortarla.

Cazzo, perché è fuggito? Jeffrey è un avvocato. Sa bene che l'omissione di soccorso è un reato grave.

Nathan piegò la testa di lato. Riusciva a vedere il poliziotto che puntava dritto su di lui. L'ambulanza stava già chiudendo le portiere portando via il bambino verso il pronto soccorso di un ospedale... o all'obitorio?

Signore, fa' che il ragazzino non sia morto.

Nathan guardò di nuovo in direzione del fosso. La bicicletta era stata distrutta dall'urto. Uno dei soccorritori risaliva dal piccolo avvallamento, tenendo in una mano uno zainetto strappato a cui era legato un casco che il bambino non si era preso la briga di indossare. Nathan strizzò gli occhi. Nell'altra mano, l'uomo teneva il cerchione di alluminio della sua 4x4.

Se il ragazzino è morto, Jeffrey verrà incolpato di omicidio.

Nathan sentì l'avvocato che era in lui riprendere il sopravvento.

Guida senza patente, recidiva di guida in stato di ebbrezza, omissione di soccorso, mancata assistenza a persona in pericolo... Ci sono tutte le aggravanti.

Sapeva che in casi del genere le pene richieste potevavo arrivare a venticinque anni di prigione. Era persino a conoscenza di un caso in cui il giudice aveva accusato un recidivo di omicidio volontario chiedendo l'ergastolo.

La prigione! La prigione! Quella realtà gli balenava nella mente.

Il poliziotto puntò la torcia verso la 4x4. Fece il giro del veicolo e, malgrado l'oscurità, notò immediatamente i segni dell'incidente.

Jeffrey non lo sopporterà. Non sopravviverà a lungo in una cella. Quanto a Lisa, non riuscirà mai ad accettare l'arresto del marito.

E Mallory! Nathan sapeva di essere prossimo alla morte. La moglie si sarebbe ritrovata senza il suo sostegno, sola e smarrita. Il marito al cimitero, il padre in prigione e la madre distrutta dalla vergogna.

Sarà la fine, pensò, *la fine dei Wexler.*

"Papà, è tua questa?" chiese Bonnie agitando una bottiglia di whisky praticamente vuota che aveva trovato sotto il sedile.

Non ci mancava altro!

"Non toccarla, tesoro."

Il poliziotto gli fece segno con la torcia di abbassare il finestrino.

L'avvocato ubbidì lentamente.

L'aria gelida della notte ostile penetrò nell'abitacolo. Nathan pensò a Mallory. Le prossime ore sarebbero state difficili. Fece un respiro profondo.

"Sono stato io... a investire quel bambino."

24

Da ogni altra cosa è possibile metterci al sicuro,
ma rispetto alla morte noi tutti abitiamo
una città senza mura.

EPICURO

OSPEDALE DI PITTSFIELD, MASSACHUSETTS
PRONTO SOCCORSO
20.06

"Claire, hanno bisogno di lei!"

La dottoressa Claire Giuliani, giovane interna, aveva terminato il turno da qualche minuto quando fu richiamata dalla caposala. Il medico che doveva darle il cambio non era ancora arrivato e un ferito grave stava per essere ricoverato da un momento all'altro. In meno di dieci secondi, Claire si sbarazzò del berretto di lana e del cappotto per afferrare il camice bianco che aveva appena riposto nel suo armadietto di metallo.

Doveva ritrovare in fretta la concentrazione. Era solo da un mese che aveva la piena responsabilità dei suoi pazienti e temeva sempre di non essere all'altezza. A dire il vero, quel primo mese non era andato molto bene: il medico che controllava il suo lavoro non si era fatto scrupolo di sottolineare le sue mancanze davanti a tutti. Claire ci era rimasta molto male. Non era sempre facile imporsi ad appena ventiquattro anni.

L'ululato della sirena dell'ambulanza che entrò sparata nel parcheggio le gelò il sangue. Quella sera sarebbe stata sola ai comandi e avrebbe dovuto far fronte alla situazione. Alcuni secondi dopo, le porte si aprirono per lasciare passare la barella attorno alla quale si affaccendava il personale. Claire fece un bel respiro e si buttò nella mischia.

"Che cosa abbiamo, Armando?" chiese al primo paramedico.

"Bambino di sette anni falciato da un'auto. In coma da venti minuti. Contusioni e fratture multiple a bacino, costole e tibia. 6 di Glasgow, 90 di pressione, 110 di frequenza, ossigenazione normale. Anamnesi sconosciuta."

Claire si chinò sul bambino. I paramedici lo avevano già intubato e gli avevano messo una flebo per evitare una caduta di pressione. Gli controllò il respiro posandogli lo stetoscopio sul lato sinistro del petto.

Bene, niente emotorace.

Poi gli palpò l'addome.

Niente rottura della milza.

"Allora, voglio emocromo, elettroforesi e coagulanti."

Resta calma, Claire.

"E anche TAC cerebrale, radiografia di torace, bacino, vertebre cervicali, spalle..."

Dimentichi qualcosa, vecchia mia. Dimentichi qualcosa...

"... e tibie. Forza, tutti al lavoro!" disse. "Lo solleviamo al mio segnale: uno, due..."

"... tre! Tre uomini, ti dico! Li ho messi K.O. con un solo pugno. Con me non bisogna attaccar briga, capito!"

Nathan ascoltava senza sentirlo il suo compagno di cella, un ubriaco che aveva provocato una rissa in un supermercato ed era stato rinchiuso con lui nell'unica cella libera del posto di polizia. Era quasi un quarto d'ora che era finito dietro le sbarre ma non riusciva ad abituarsi all'idea che avrebbe trascorso la notte in prigione. In un attimo, aveva perso lo status di avvocato rispettabile per entrare nei panni del mascalzone che si era dato alla fuga dopo aver travolto un ragazzino.

Non riusciva liberarsi della visione del bambino che Jeffrey aveva investito. Quel corpo fragile e inanimato, nell'impermeabile fluorescente. Aveva chiesto sue notizie ai poliziotti, ma nessuno gli aveva voluto rispondere. Non si parla con i farabutti.

Aveva saputo solo che si chiamava Ben Greenfield.

Kevin, Candice, il piccolo Ben...

Ormai la morte lo tallonava. Lo braccava a ogni angolo di strada per sbattergli in faccia vittime innocenti in attesa che arrivasse il suo turno.

Garrett aveva ragione: la morte era ovunque. Quella terribile realtà che non aveva mai osato guardare in faccia ora gli esplodeva davanti, sconvolgendo la sua visione del mondo.

Per la miseria, che freddo fa qui! E questo stronzo che non la finisce di sbraitare...

Incrociò le braccia e si sfregò all'altezza delle spalle. Era spossato, sfiancato dalla stanchezza e dall'abbattimento ma, al tempo stesso, era quasi sicuro che non avrebbe ritrovato il sonno mai più.

Kevin, Candice, Ben... La vista dei loro corpi feriti o senza vita aveva fatto nascere in lui un senso di panico e di impotenza. Si lasciò cadere sulla stretta panca di legno e si prese la testa fra le mani. Rivide il film delle due ore precedenti.

Nel momento in cui il poliziotto gli aveva fatto segno di

abbassare il finestrino, il tempo si era dilatato e le idee gli si erano affollate nella mente. In una specie di folgorazione, aveva preso coscienza all'improvviso che lui, il figlio della domestica, teneva tra le mani il destino di quella famiglia prestigiosa.

Lui, l'arrivista, il parvenu che non era mai stato accettato dalla cerchia familiare, ora poteva salvarli tutti. Ed era quanto avrebbe fatto. Perché dall'onore dei Wexler dipendeva l'avvenire delle due persone più importanti della sua vita. E ormai nulla contava di più dell'amore di Mallory e di Bonnie.

Non posso perdere Mallory, aveva pensato. *Se la perdo, perdo tutto.*

Gli avevano chiesto di scendere dalla macchina senza fare gesti bruschi. Poi lo avevano perquisito dalla testa ai piedi e gli avevano messo le manette. Sapeva benissimo che quell'immagine sarebbe rimasta impressa per sempre nella mente di Bonnie: aveva visto i poliziotti far salire suo padre, ammanettato, in una loro auto per condurlo in prigione.

In *prigione.*

Che cosa aveva potuto pensare? In fondo, che cosa sapeva veramente del lavoro di suo padre? Non molto. Nathan le aveva spiegato che era un "avvocato delle aziende", ma era pienamente consapevole che questo non significava niente per lei. In compenso, Bonnie sapeva esattamente che cos'era la polizia. Il ruolo della polizia era di arrestare i criminali. E la polizia aveva arrestato suo padre.

A peggiorare la situazione, i poliziotti avevano trovato la bottiglia di whisky, che suo suocero aveva già bevuto per tre quarti. Nel Massachusetts era proibito trasportare in un veicolo una bottiglia di liquore già aperta. Il che, dunque, costituiva un altro delitto di cui Nathan si sarebbe dovuto assumere la responsabilità.

E inoltre aveva rasentato la catastrofe perché, per l'ufficiale che lo aveva fermato, la presenza della bottiglia significava obbligatoriamente guida in stato di ebbrezza. Nathan aveva protestato con veemenza. Si era sottoposto spontaneamente ai test di sobrietà: seguire un dito con lo sguardo, toccare rapidamente con il pollice le dita di una stessa mano contando dall'indice al pollice e viceversa... Dato che il poliziotto non era convinto, l'avvocato aveva insistito per soffiare nel palloncino. Naturalmente non aveva un solo grammo di alcool nel sangue ma i poliziotti erano rimasti talmente delusi dal risultato che gli avevano fatto rifare il test tre volte, sempre con lo stesso esito. Quindi, lo avevano arrestato "solo" per omissione di soccorso.

La faccenda era molto seria. Appartenere all'élite dei *lawyers* non lo dispensava dal dover affrontare le proprie responsabilità: era all'origine di un incidente che aveva provocato un ferito grave e per questo rischiava parecchi anni di prigione. Senza contare che le cose si sarebbero potute complicare ulteriormente se per disgrazia Ben fosse morto.

"Cazzo, fa un freddo fottuto qui dentro!" sbraitò l'ubriaco accanto a lui.

Nathan sospirò. Non doveva prestare attenzione a quel tipo. Doveva essere forte. Il giorno dopo un giudice avrebbe fissato l'ammontare, di certo astronomico, della cauzione e lui sarebbe stato messo in libertà provvisoria. L'eventuale processo avrebbe avuto inizio solo di lì a parecchi mesi, quando probabilmente non sarebbe più stato di questo mondo. Forse allora si sarebbe dovuto presentare davanti a un altro giudice, assai più terribile di quello di un tribunale del Massachusetts...

Nello stesso momento, a più di cento chilometri di distanza, Abby Coopers fermò la sua piccola Toyota nel parcheggio di una drogheria all'altezza di Norwalk. Distese una carta stradale sul cofano dell'auto, alla ricerca del percorso migliore per raggiungere Stockbridge.

"Etcì! Etcì!"

Abby starnutì parecchie volte. Aveva un tremendo raffreddore accompagnato da un violento mal di testa. Per giunta, quello schifo di neve bagnata ricominciava a cadere bagnandole gli occhiali. Che sfortuna! Aveva cercato parecchie volte di abituarsi alle lenti a contatto ma non ci era mai veramente riuscita.

Per la centesima volta si ripeteva nella mente la conversazione avuta con il suo capo. Non poteva davvero credere a quella storia. Nathan in prigione! Prima di essere incarcerato, aveva avuto diritto a una telefonata e aveva scelto di chiamare lo studio. Aveva chiesto di Jordan ma il socio principale era assente ed era stata Abby a rispondere. Aveva sentito il suo autentico sconforto all'altro capo del filo. Aveva provato una tale stretta al cuore che aveva deciso di partire immediatamente. Ma come immaginare che fosse fuggito abbandonando quel bambino sul ciglio della strada?

In fondo, si conoscono realmente le persone? Forse lo idealizzava troppo. È vero che avevano una vera complicità nel lavoro. Formavano proprio una bella squadra. Magari Nathan aveva la fama di essere un arrivista, un cinico squalo, pronto a qualsiasi compromesso, ma lei sapeva che era anche fragile e tormentato dai dubbi. Qualche volta, a mezzogiorno, quando faceva bello, scendevano insieme a mangiare un panino su una panchina di Bryant Park. In quei momenti, erano uniti da una fugace vicinanza. Lei trovava che avesse qualcosa di molto accattivante, quasi infantile.

Dopo il suo divorzio, Abby aveva sperato per un po' che lui le si avvicinasse, ma non era successo. Sentiva che era ancora molto legato alla moglie Mallory. Li aveva visti insieme qualche volta quando lavorava ancora a San Diego. Formavano davvero una coppia fuori del comune, come se tra loro esistesse qualcosa di indefettibile.

OSPEDALE DI PITTSFIELD, MASSACHUSETTS
SALA D'ASPETTO
1.24

"I signori Greenfield?"

Claire Giuliani aveva attraversato con apprensione la sala d'aspetto.

Temeva momenti del genere.

"Sì, signorina."

La coppia, che aveva passato ore di angoscia, guardò la giovane interna. Gli occhi della madre erano pieni di lacrime. Quelli del padre di collera.

"Sono la dottoressa Giuliani. Sono stata io a occuparmi di Ben al suo arrivo e..."

"Mio Dio, dottoressa, come sta?" la interruppe la madre. "Possiamo vederlo?"

"Vostro figlio ha riportato fratture multiple", riprese

Claire. “Lo abbiamo stabilizzato ma ha subito un trauma cranico che ha comportato una grave contusione cerebrale con un ematoma subdurale.”

“Un ematoma subdurale?”

“È... è un edema, signora. Un edema che comprime la massa cerebrale. Attualmente stiamo facendo tutto il possibile per bloccare l’aumento della pressione intracranica e posso assicurarvi che...”

“Che cosa significa?” chiese il padre esasperato.

“Significa che non possiamo ancora dire quando vostro figlio uscirà dal coma”, spiegò Claire con calma. “Forse fra qualche ora, forse ci vorrà di più... Bisogna aspettare.”

“Aspettare che cosa? Di vedere se si sveglia o se finirà i suoi giorni come un vegetale...”

Claire cercò di essere rassicurante:

“Bisogna sperare, signore”, disse posando gentilmente la mano sulla spalla del suo interlocutore.

Ma questi si liberò con forza e prese a pugni rabbiosamente un distributore di bibite.

“Lo ucciderò! Se Ben non si sveglia, ucciderò quel maledetto avvocato!”

19 DICEMBRE

“È escluso che ti addossi la colpa al posto mio!”

Jeffrey Wexler era seduto assieme a suo genero a un tavolo nella sala interna di un ristorante per camionisti dell’Interstate 90. Avevano ordinato molti caffè. Sopra il loro tavolo, una vecchia pendola della Coca-Cola segnava le dieci del mattino. Il posto era animato: la stazione radio locale aveva annunciato la possibilità di strade scivolose per le prossime ore e le conversazioni chiassose dei conducenti di automezzi pesanti riuscivano quasi a coprire il rumore incessante del traffico.

Nathan era stato liberato una mezz'ora prima dal vicesceriffo, un certo Tommy Diluca. A mezzanotte, l'avvocato gli aveva chiesto il permesso di andare al gabinetto. Questi non solo non aveva acconsentito, ma ne aveva approfittato per lanciargli qualche ingiuria e raccontargli con dovizia di particolari che cosa gli avrebbero fatto patire i detenuti del penitenziario di Lowell quando si sarebbe "beccato vent'anni".

Jeffrey aveva pagato l'intera cauzione, fissata a cinquantamila dollari, mentre Abby si incaricava delle formalità legali.

Nathan aveva recuperato i suoi effetti personali senza indugiare. Voleva solo una cosa: filare via il più in fretta possibile.

"A presto", gli aveva detto il vicesceriffo con un sorrisetto beffardo.

L'avvocato era riuscito a dominarsi a fatica. Non aveva risposto, limitandosi ad alzare la testa e tenersi ben dritto anche se aveva la schiena a pezzi dopo una notte insonne su una panca di legno. Spingendo la porta a vetri, ultimo ostacolo prima della libertà, vide il riflesso dei suoi lineamenti tirati e scoprì di avere un'aria spettrale, un po' come se fosse invecchiato di parecchi anni in una sola notte.

Accompagnato dal suo autista, Jeffrey era venuto ad aspettarlo nel freddo del mattino. Rasato di fresco, avvolto in un elegante cappotto di cachemire, che gli conferiva un aspetto autoritario, Wexler sprigionava un'impressione di solidità.

Difficile immaginare che alcune ore prima quello stesso uomo avesse sfiorato il coma etilico, anche se le lunghe boccate che tirava febbrilmente dal suo sigaro tradivano un innegabile nervosismo.

Poco avvezzo ai gesti di tenerezza, Jeffrey si era limitato a dare una piccola pacca sulla spalla del genero nel momento in cui questi era salito in macchina. Appena recuperato il suo cellulare, Nathan aveva cercato di chiamare Mallory in Brasile, ma, dopo alcuni squilli, scattava la segreteria. Jeffrey, che dal canto suo aveva tentato più volte di raggiungerla, non aveva avuto maggior fortuna. L'autista li aveva poi lasciati davanti al ristorante dell'autostrada. I due uomini sapevano di non potersi risparmiare una conversazione.

"È escluso che ti addossi la colpa al posto mio!" ripeté Jeffrey stringendo il pugno sul tavolo di formica.

"Le assicuro che è meglio così."

"Ascolta, forse sono un alcolizzato, ma non sono certo un vigliacco. Non voglio sottrarmi alle mie responsabilità."

Nathan non volle entrare in quella logica:

"Le sue responsabilità, per il momento, consistono nell'occuparsi della sua famiglia e di lasciarmi fare".

Il vecchio avvocato non era disposto a demordere:

"Non ti ho chiesto nulla. Quello che hai fatto non è stato una buona idea. Sai quanto me che rischi grosso".

"Non più di lei, Jeffrey. Ha davvero voglia di finire i suoi giorni in galera?"

"Non fare l'eroe, Nathan. Siamo realistici: io ho la vita alle spalle, mentre tu hai una figlia che ha bisogno di te. E poi... sai benissimo che forse non è tutto finito con Mallory... Sii un po' responsabile!"

"È di lei che avranno bisogno, Jeffrey", ribatté Nathan, con lo sguardo sfuggente.

Wexler aggrottò le sopracciglia.

"Non capisco."

Nathan sospirò. Doveva confessare una parte di verità al suocero. Non poteva fare altrimenti, anche se non era il caso di accennare ai Messaggeri. Esitò alcuni secondi e poi ammise:

"Senta Jeffrey... sto per morire".

"Ma che cosa dici?"

"Sono malato."

"Mi prendi in giro?"

"No, sono serio."

"Cosa? Un... un cancro?"

Nathan annuì.

Jeffrey Wexler era sbalordito. Nathan di fronte alla morte!

"Ma... ma... hai consultato dei medici competenti, almeno?" chiese balbettando. "Sai che conosco i migliori dottori del Massachusetts General Hospital..."

"È inutile, Jeffrey, sono condannato."

"Ma non hai neppure quarant'anni. Non si muore a quarant'anni!" gridò facendo voltare alcuni clienti dei tavoli vicini.

"Sono condannato", ripeté Nathan tristemente.

"Eppure non hai l'aspetto di un moribondo", insistette Jeffrey che non voleva accettare l'idea.

"È così."

"Accidenti!"

Il vecchio batté le palpebre parecchie volte. Gli scese una lacrima lungo la guancia, ma non fece nulla per reprimere quell'emozione.

"E quanto tempo ti resta?"

"Non molto ormai. Qualche mese... forse meno."

"Cazzo!" esclamò sommessamente Jeffrey poiché non sapeva cos'altro avrebbe potuto dire.

Nathan assunse un tono insistente:

"Senta, Jeffrey, non ne deve parlare con nessuno, mi ha capito, *con nessuno.* Mallory non ne è ancora al corrente e voglio avvertirla io stesso".

"Certo", mormorò il suocero.

"Abbia cura di lei, Jeffrey. Sa che la adora. Ha bisogno di lei. Perché non la chiama più spesso?"

"Perché mi vergogno", confidò il vecchio.

"Si vergogna di cosa?"

"Mi vergogno del mio vizio, di essere incapace di smettere di bere..."

"Tutti abbiamo le nostre debolezze, lo sa bene."

Era proprio il colmo. Nathan stava per morire ed era lui a confortarlo! Jeffrey non sapeva come esprimere la propria compassione. Avrebbe dato davvero qualunque cosa per salvare la vita del genero. Fu assalito dai ricordi: rivide Nathan a dieci anni, quando andavano a pesca o quando lo accompagnava a vedere la raccolta dello sciroppo d'acero. All'epoca, lo considerava un po' come un figlio e contava di aiutarlo negli studi. In seguito avrebbero potuto lavorare insieme, aprire il loro studio (Wexler & Del Amico) e unire il loro talento per battersi in favore di cause utili... Ma la faccenda del braccialetto e quel maledetto vizio del bere avevano rovinato tutto. L'alcool e il denaro, quel dannato denaro che pervertiva ogni cosa, che toglieva senso a tutto, quando poi tutto finiva sempre così: con la morte.

Sentì un brivido percorrergli il corpo. La sera prima

non si era nemmeno reso conto di aver investito quel bambino. Com'era possibile? Come si poteva cadere così in basso?

Benché se lo fosse ripromesso già cento volte, giurò di nuovo che non avrebbe mai più toccato una goccia d'alcool in vita sua.

Aiutami, Signore, implorò mentalmente, anche se sapeva bene che Dio lo aveva abbandonato da un pezzo alla sua sorte.

"Lascia che sia il tuo avvocato", disse all'improvviso a Nathan, "lascia almeno che ti difenda in tribunale."

Era l'unica cosa che si sentiva ancora in grado di fare bene.

Nathan annuì.

"Ti tirerò fuori dai guai", promise Jeffrey che aveva ritrovato il suo sguardo brillante. "È una brutta faccenda ma ti garantisco che otterrò un accordo con il procuratore: diciamo, diciotto mesi con la condizionale e un centinaio di ore di volontariato. Ci riuscirò, sono il migliore..."

Nathan bevve un sorso di caffè, poi disse con un sorriso:

"Il migliore dopo di me".

Per salutare quel momento di complicità, un raggio di sole discreto filtrò tra le nuvole. Allora i due avvocati si voltarono verso il vetro per approfittare di quel calore nuovo.

Proprio in quell'attimo, Abby entrò nel parcheggio del ristorante dov'era fissato l'incontro con i due uomini. Su richiesta di Jeffrey, aveva preso la 4x4. Dato che Nathan non era in stato di ebbrezza al momento dell'incidente, non gliela avevano sequestrata. Aveva dunque il pieno diritto di guidare fino al processo.

Nathan fece un piccolo cenno alla segretaria attraverso il vetro.

"Ti riaccompagnerà a Manhattan", gli disse Jeffrey alzandosi. "Penserò io a farle riportare la sua auto."

"Prendo Bonnie con me", annunciò Nathan in tono risoluto.

Jeffrey parve infastidito.

"Ascolta... Stamattina Lisa l'ha portata a trascorrere due giorni a Nantucket. Lei..."

"Cosa! Mi portate via mia figlia in un momento simile!"

"Nessuno te la porta via, Nathan. La farò riaccompagnare a New York appena torna. Ti do la mia parola. Concediti semplicemente il tempo di riprendere fiato."

"Ma non ho più tempo, Jeffrey!"

"Te la rimando dopodomani, promesso. Cerca di riposarti un po'."

Nathan cedette:

"Va bene".

E dopo un attimo di silenzio aggiunse:

"Ma mi chiami subito se ha notizie di Mallory".

Raggiunsero Abby nel parcheggio. La giovane donna sembrava imbarazzata.

"Sono contento di vederla, Abby."

Nathan si fece avanti per abbracciarla ma lei si irrigidì.

"Tutto a posto per la cauzione", annunciò in tono professionale, come se menzionasse la situazione giudiziaria di un loro cliente.

"Ha notizie del bambino?" chiesero contemporaneamente i due avvocati, sapendo che tornava dall'ospedale.

"È sempre in coma. La prognosi è riservata. A ogni modo, se fossi in lei, non metterei piede laggiù", avvertì Abby voltandosi verso Nathan. "I genitori sono fuori dalla grazia di Dio..."

Jeffrey non poté fare a meno di abbassare lo sguardo. Nathan non disse nulla. Riaccompagnò Jeffrey fino alla sua auto e gli strinse a lungo la mano. Avrebbe più rivisto il suocero?

Poi si voltò verso la sua segretaria.

"Grazie davvero di essere venuta, Abby."

"A sua disposizione", rispose la donna, con una certa freddezza nella voce, voltandogli le spalle per aprire la portiera del veicolo.

"Guiderò io se non ha nulla in contrario."

"Insomma, Abby, non sia ridi..."

"Guido io!" ripeté lei con una tale insistenza che Nathan preferì non contraddirla.

Stava per salire in macchina quando una vecchia Chrysler arrivò a tutta velocità e si fermò accanto a loro.

Un uomo ben piantato si precipitò fuori dall'auto e lo assalì con violenza:

"Assassino! Avrebbero dovuto rinchiuderla e non lasciarla più uscire".

"È il padre del bambino che ha investito", lo avvertì Abby in tono ansioso.

Nathan alzò la voce:

"Senta, signor Greenfield, è stato un incidente... Capisco il suo dolore. Le assicuro che suo figlio avrà le cure migliori. Potrà chiedere un risarcimento molto alto".

L'uomo gli stava addosso e ringhiava di collera. Nathan avrebbe voluto calmarlo ma sapeva quello che avrebbe provato lui stesso nei confronti di un pirata della strada che avesse travolto Bonnie.

"Non li vogliamo i suoi cazzo di soldi, vogliamo giustizia. Lei ha abbandonato un bambino morente in un fosso, lei è un delinquente. Lei è un..."

Nathan non riuscì a schivare il terribile pugno che lo mandò lungo disteso. Poi l'uomo si chinò su di lui, tirò fuori dalla tasca una foto del figlio e gliela agitò davanti agli occhi.

"Spero che questo viso la ossessioni tutta la vita!"

Nathan si rialzò a fatica portandosi la mano al naso. Le grosse gocce di sangue che cadevano sulla neve disegnarono una sorta di freccia rossa.

25

Penso che tu sappia bene quanto me qual è il problema...

IL COMPUTER HAL NEL FILM *2001: ODISSEA NELLO SPAZIO*

DI STANLEY KUBRICK

"La smetta di guardarmi così, Abby."

Guidavano verso New York già da una mezz'ora e non avevano praticamente aperto bocca.

"Allora, è vero?" chiese la segretaria sorpassando un camion.

"Cosa?"

"Ha davvero abbandonato un bambino moribondo sul ciglio della strada?"

Nathan sospirò.

"Non l'ho *abbandonato.* Le ho già spiegato che sono tornato dai miei suoceri per avvertire i soccorsi."

Abby trovò l'argomentazione un po' misera.

"Ha sempre dietro il telefonino!"

"Lo avevo dimenticato, ecco tutto", ribatté Nathan infastidito.

Dubbiosa, la donna scosse il capo portandosi bruscamente sulla fila di destra.

"Spiacente, ma non è molto credibile."

"E perché?"

"Ho visto il luogo dell'incidente: ci sono molte abitazioni nelle vicinanze. Si sarebbe potuto fermare a telefonare in una casa qualsiasi."

"Mi sono... lasciato prendere dal panico, ecco tutto, pensavo di essere più vicino al ranch..."

Abby insistette.
"Se avesse avvertito i soccorsi prima, forse il piccolo avrebbe avuto più probabilità di cavarsela. Si tratta pur sempre della vita di un bambino!"
"Lo so, Abby."
Poi, come parlando tra sé, aggiunse a bassa voce:
"Cazzo, quel ragazzino ha l'età di mio figlio".
L'avvocato era sconcertato.
"Non mi aveva mai detto di avere un figlio."
"Non sono io ad averlo in custodia, ecco tutto."
"Non ne sapevo niente", farfugliò Nathan.
Dalla sua voce si sentiva che era veramente confuso.
"Eh, sì, vede, si può lavorare parecchi anni con qualcuno senza sapere gran che della sua vita privata", disse la segretaria in tono di rimprovero. "È così, sono gli affari, sono i tempi..."
Lasciò passare un minuto e poi precisò:
"Malgrado tutto, in un certo qual modo, l'ho sempre ammirata. L'ho seguita senza esitare da San Diego a New York perché la trovavo diverso da tutti quei piccoli *golden boys*. Pensavo che, se un giorno avessi avuto un problema, lei mi avrebbe dato una mano..."
"Lei mi idealizzava, Abby."
"Mi lasci finire! Insomma, pensavo che in fondo lei fosse una persona perbene, con dei valori..."
Di nuovo sorpassò con prudenza un camion e si portò sulla destra prima di proseguire:
"Mi spiace dirglielo, ma dopo ieri sera ho perso le mie illusioni. Ho perso la cosa più importante".
"Che cosa?"
"Lo sa bene: la fiducia."
"Ma perché?"

Per un attimo, Abby trascurò la strada e si girò verso di lui.

"Perché non posso più avere fiducia in una persona che abbandona un bambino in fin di vita sul ciglio di una strada."

Nathan ascoltava senza batter ciglio. Abby non gli aveva mai parlato così. Per un istante ebbe la tentazione di schiacciare il pedale del freno e di sbatterle in faccia tutta la verità in mezzo all'autostrada: i Messaggeri, la morte che lo terrorizzava, la necessità di mentire per proteggere la moglie e la figlia...

Ma non cedette e i due non pronunciarono più una parola fino a Manhattan. Perché funzionasse, nessuno doveva sapere.

Nessuno, a parte Bonnie e Mallory.

"Signor Del Amico, per favore! Un piccolo commento per Trial TV!"

L'avvocato respinse con violenza il microfono che il giornalista gli tendeva. Dietro di lui, un cameraman cercava di rubare qualche immagine. Nathan conosceva quei due: lavoravano per un canale televisivo via cavo specializzato nella copertura mediatica dei casi giudiziari clamorosi.

Cazzo, non sono mica O.J. Simpson!

Si lasciò precedere da Abby e poi entrò a sua volta nello stabile di Park Avenue.

Fu un sollievo rivedere il mosaico bizantino dell'ingresso. Abby raggiunse direttamente il suo ufficio mentre lui si fermava alla palestra del trentesimo piano. Rimase quasi mezz'ora sotto il getto bollente della doccia tanto era stanco, privo di ogni energia, con il morale a zero. Poi, poco a poco, si sentì rigenerato, quasi che l'acqua agisse su di lui come su una pianta. Entrò nel suo ufficio pulito e ben rasato. Abby lo aspettava a piè fermo. Gli aveva preparato un caffè doppio con qualche muffin. Nathan cercò nell'armadio e trovò una camicia nuova ancora impacchettata.

Il lusso supremo, pensò indossandola.

Si lasciò cadere nella poltrona di pelle, accese il computer e si tirò vicino alcuni incartamenti che erano sul tavolo.

Ritrovare quell'ufficio in cui aveva trascorso tante ore e conosciuto tante vittorie era un sollievo. Gli piaceva quel posto. Gli piaceva il suo lavoro, tutto quell'apparato che gli dava l'impressione di essere ai comandi, di poter agire senza subire troppo gli eventi.

Cercò di contattare Mallory, ma di nuovo senza successo. Si collegò allora al sito web del *National Lawyer.*

In quell'ambiente, le notizie circolavano molto in fretta. Se c'erano due giornalisti appostati in strada, significava che la voce si era già sparsa. Non ci mise molto a trovare quello che cercava poiché, quando cliccò sulla rubrica delle "notizie del giorno", il dispaccio seguente fu il primo a comparire:

Un celebre avvocato di Park Avenue coinvolto in un grave incidente stradale.

Nathan Del Amico, uno degli avvocati di spicco dello studio Marble&March, è stato arrestato la notte scorsa per omissione di soccorso dopo aver investito un giovane ciclista su una strada di Stockbridge (MA). Ricoverata d'urgenza all'ospedale della contea di Pittsfield, la vittima, di sette anni, versa attualmente in condizioni ritenute molto preoccupanti dai medici.

L'avvocato, che è stato liberato in mattinata dopo il pagamento di una cauzione di cinquantamila dollari, dovrebbe essere difeso da Jeffrey Wexler, uno dei personaggi più in vista del foro di Boston.

Quali che siano le conseguenze di questo caso, possiamo già affermare che esso provocherà innegabilmente una battuta d'arresto nella carriera di colui che gli addetti ai lavori soprannominavano talvolta "Amadeus" per l'abilità dimostrata in certi casi delicati.

In una prima dichiarazione alla stampa, Ashley Jordan, il socio principale dello studio Marble&March, ha detto che il caso "riguardava unicamente a titolo personale" il suo collaboratore e "non aveva alcun rapporto con le attività della società che lo impiegava".

Se verrà riconosciuto colpevole, il signor Del Amico rischia fino a otto anni di prigione.

Grazie per il sostegno, Ashley, pensò Nathan che non riusciva a staccare gli occhi dall'articolo.

Il *National Lawyer* era il giornale di riferimento degli avvocati d'affari. Quello che faceva il bello e il cattivo tempo nell'ambiente.

Rilesse il pezzo di una frase ("...una battuta d'arresto nella carriera...") con un sorriso amaro sulle labbra. Sì, certo, la sua carriera si sarebbe fermata, ma sicuramente non per le ragioni a cui alludeva il giornale.

Comunque non era una partenza molto gloriosa. Ci aveva messo anni a perfezionare la sua immagine di star della professione, a scegliere metodicamente i casi su cui lavorare perché si parlasse di lui. E tutto quel bell'edificio era crollato in poche ore.

Abby interruppe il flusso dei suoi pensieri.

"Abbiamo appena ricevuto uno strano fax", disse infilando la testa nello spiraglio della porta.

"Non so se resto, Abby. Lo esamini più tardi con Jordan."

"Credo proprio che la interesserà", disse la segretaria in tono misterioso.

Sulle prime, Nathan non distinse gran che. Era una specie di foto in bianco e nero, un po' sfuocata, che raffigurava un fuoristrada davanti al distributore di una stazione di servizio. Un angolo della foto era stato ingrandito perché si potessero leggere, o indovinare, i numeri della targa.

Nessun dubbio: era proprio la sua 4x4!

L'avvocato notò che la macchina era ancora in buono stato: non era ammaccata e il cerchione della ruota anteriore destra era al suo posto...

Dunque la foto risale a prima dell'incidente.

In basso, qualcuno aveva scarabocchiato l'indirizzo di una pagina web gestita da un provider comunissimo. *Il seguito sul web...* sembrava suggerire la scritta.

Nathan si voltò verso il computer e si collegò a Internet per visualizzare il sito indicato. Gli si aprì una schermata vuota e nera, contenente soltanto un link ipertestuale. Cliccò ma non ottenne nulla: il link era interrotto.

Che cosa sono queste stronzate? Erano bastati pochi minuti perché una sensazione di disagio si impadronisse di nuovo di lui.

Chiese ad Abby di scoprire da dove provenisse il fax. Grazie al servizio on line, le ci volle meno di un minuto per determinarne l'origine.

"Il numero corrisponde a una copisteria di Pittsfield", annunciò.

Sì, in altre parole un posto da cui chiunque può inviare i suoi fax in maniera anonima.

Nathan digitò di nuovo l'indirizzo del sito facendo attenzione a non commettere errori di battitura. Sempre la stessa schermata. Niente.

Guardò di nuovo la foto. Che cosa cercavano di dirgli? Chi c'era dietro?

Quando tornò a guardare il computer, sullo schermo compariva un messaggio di errore. Nathan premette il tasto di aggiornamento e riapparve il link ipertestuale. Ci cliccò sopra: si aprì un programma di visualizzazione multimediale in una finestra parallela e un piccolo film partì un momento dopo. Grazie alla connessione diretta ad alta velocità, Nathan poté vedere il video in maniera abbastanza fluida.

Si trattava di una successione di immagini riprese dalla telecamera di sorveglianza di una stazione di servizio. Era lo stesso posto della foto, solo che stavolta si poteva vedere Jeffrey Wexler chino sulla 4x4, intento a fare il pieno di benzina. Nathan non capì subito le intenzioni di chi gli proponeva quelle immagini. Poi notò che in basso a destra si trovavano la data e l'ora precisa: 18 dicembre, 19.14.

Sul rapporto della polizia, aveva letto che l'incidente era avvenuto approssimativamente verso le 19.20. Non c'erano molte stazioni di servizio nelle vicinanze di Stockbridge. Il numero della pompa come anche l'insegna

Texaco visibile sullo schermo rendevano quel posto facilmente identificabile e Nathan era quasi persuaso che si trattasse della stazione di servizio di Naumkeag, non lontano dal punto in cui il piccolo Ben Greenfield era stato investito.

Ora, se Jeffrey faceva il pieno alle 19.14, non sussisteva alcun dubbio sulla sua colpevolezza.

All'improvviso, l'immagine saltò. Avevano tagliato il momento in cui Jeffrey era andato a pagare. Adesso si vedeva il vecchio che ritornava barcollando verso la 4x4 prima di bere un sorso di whisky e rimettersi al volante.

"Ehi! Ma queste immagini la scagionano completamente", esclamò Abby che, senza chiedere il permesso, si era chinata dietro il suo capo per seguire il film assieme a lui.

Nathan si limitò ad annuire. Poi si voltò verso la sua segretaria e vide che gli occhi le brillavano per l'eccitazione.

Sullo schermo il filmato si era concluso con la partenza dell'auto. Nathan cercò di rivederlo, senza successo. Trafficò un po' sull'hard disk del computer ma il film non era stato salvato.

"Oh, cazzo!" imprecò l'avvocato. "Ha ritirato il film dal sito."

"Ma chi c'è dietro a tutto questo?"

"Chi c'è dietro? Glielo dico io: il gestore di quella schifosa stazione di servizio. Un tipo tutto contento di aver scoperto i nostri altarini."

"E perché cerca di nascondere la propria identità?"

"Perché è prudente. Vuole che sappiamo chi sia, ma non vuole che accumuliamo prove contro di lui."

"Prove di che cosa?" chiese ingenuamente Abby.

"Prove che mi ricatta."

La giovane donna si sedette accanto al suo capo.

"Senta, Nathan, deve reagire. Anche se ignoro perché lo faccia, so che non è una buona idea. È ancora in tempo per fare marcia indietro. Non può mica sacrificare la carriera per proteggere suo suocero!"

"Non è Jeffrey che proteggo, ma sono mia moglie e mia figlia."

"Non le protegge accusandosi al posto suo", insistette lei mettendogli sotto il naso l'articolo del *Nationl Lawyer.* "Nei corridoi, si parla già di lei al passato e, se non reagisce, è fritto. Non devo certo spiegarglielo io!"

Nathan non rispose subito. Il dubbio si stava insinuando nella sua mente. Forse Abby non aveva torto. Sarebbe stato così comodo fare marcia indietro... e quel film insperato gliene dava la possibilità. Non aveva fatto il massimo per aiutare il suocero? Andare oltre gli avrebbe procurato troppi guai.

Forse è ora di tornare sulla terra e di ritrovare il tuo onore, pensò con sollievo.

Nello stesso istante, si sentì di nuovo il sibilo discreto del fax nell'ufficio di Abby.

Nathan corse a prendere il foglio, mentre Abby guardava da sopra la sua spalla: c'erano solo tre segni scarabocchiati grossolanamente con un pennarello.

1 M $

"Un milione di dollari!" esclamò la segretaria. "Quel tipo è matto."

Ipnotizzato, Nathan non riusciva a distogliere lo sguardo dal pezzo di carta che teneva in mano. Quando finalmente si voltò verso la giovane donna, aveva preso la sua decisione.

Vincerò il mio ultimo caso perdendolo, pensò tra sé tristemente.

"È disposta ad aiutarmi, Abby?"

"Aiutarla a tirarsene fuori? Certo."

"Non a tirarmene fuori, Abby, ma a cacciarmici dentro un po' di più..."

26

Fate soldi e il mondo intero sarà d' accordo
nel chiamarvi Signore.
MARK TWAIN

Creed Leroy riavvolse la videocassetta fino alla posizione di partenza. Aveva già guardato quella scena più di venti volte in due giorni ma non se ne stancava.

Non rimpiangeva davvero l'acquisto di quella piccola telecamera a infrarossi, fatto alcuni mesi prima. Allora, il gestore della stazione di servizio aveva dovuto subire le ire della moglie che aveva visto in quel gadget solo un'inutile spesa in più. Eppure non costava un occhio della testa, appena 475 dollari con la vendita per corrispondenza, consegna compresa.

Ma a ogni modo, qualunque cosa lui facesse, Christy trovava sempre il modo di umiliarlo. Comunque, ormai era acqua passata, perché quei miseri 475 dollari gli avrebbero fruttato un milione! Il miglior investimento finanziario di tutti i tempi! Nel momento in cui l'intero pianeta si lamentava per i crolli in Borsa, lui, Creed Leroy, avrebbe incassato un sacco di grana.

Regolò la luminosità e il contrasto del monitor e inserì una cassetta vergine in un secondo registratore che aveva collegato all'apparecchio principale. Era meglio fare una copia per maggior sicurezza.

Aveva avuto fortuna, è vero. Di solito cancellava i nastri tutte le sere senza visionarli. Però, il 18 dicembre un problema con la programmazione dell'allarme lo aveva tenuto occupato per circa un'ora e per non andare a letto troppo tardi aveva preferito rimandare la cancellazione al giorno dopo.

Ah! Ah! “Non rimandare mai a domani quello che puoi fare oggi”, diceva il proverbio. Balle! Perché al mattino, aprendo il giornale, aveva visto la foto della 4x4 che accompagnava l'articolo sull'incidente del piccolo Greenfield. Aveva riconosciuto subito il veicolo che si era fermato a fare il pieno proprio prima dell'incidente. Ma la cosa più strana riguardava l'identità del guidatore, perché il giorno prima al volante della 4x4 non c'era quel giovane avvocato.

No, se ne ricordava benissimo, c'era uno dei vecchi ricconi del posto al volante: quel Jeffrey Wexler che di solito si spostava sempre con l'autista.

Allora Creed si era precipitato sulle registrazioni che avevano confermato il suo sospetto: Wexler era solo, completamente ubriaco, alcuni minuti prima che la 4x4 travolgesse il bambino!

Il giornale affermava che l'avvocato newyorkese aveva ammesso spontaneamente di essere implicato nell'incidente. Creed Leroy non era mai andato all'università, ma non ci aveva messo molto a capire che qualcosa puzzava in tutta quella storia. Ancora una manovra da avvocati, aveva pensato. Come la maggior parte dei suoi concittadini, Creed li detestava, vedendoli unicamente come individui avidi mossi dalla cupidigia. Era andato a controllare il registratore di cassa: Wexler aveva pagato in contanti, con un biglietto da venti dollari. Quindi non c'era traccia di carte di credito e solo lui lo aveva visto entrare nella stazione di servizio.

All'inizio aveva pensato di andare alla polizia, ma aveva rinunciato in fretta: le buone azioni non vengono mai ricompensate a questo mondo. No, non avrebbe ricevuto il più piccolo compenso per la sua collaborazione. Tutt'al più avrebbe avuto il suo nome sul giornale locale. Uno dei giornalisti della redazione sarebbe venuto a intervistarlo, avrebbero parlato di lui un giorno o due e poi il caso sarebbe stato dimenticato.

Invece aveva avuto un'altra idea, assai più brillante, che comportava dei rischi, certo, ma che forniva soprattutto un'occasione unica di cambiar vita.

Intuitivamente, Creed aveva deciso di non dire nulla alla moglie. Da qualche tempo era stanco di quella vita. Nei suoi sogni più segreti, era convinto che un'altra esistenza lo attendesse da qualche parte. Un'esistenza in cui sarebbe stato *qualcun altro.*

La sera, Creed Leroy rimaneva per ore davanti al computer a navigare in Internet. Il resto del tempo libero lo dedicava alla pesca e alle passeggiate. Talvolta, tra un cliente e l'altro, gli piaceva sfogliare le pagine dei romanzi di successo che prendeva dall'espositore girevole dei tascabili della stazione di servizio. Se le storie dei serial killer non lo appassionavano gran che, apprezzava invece i thriller legali e finanziari, anche se non capiva sempre tutto. Un giorno, gli era capitato un libro avvincente che aveva letto d'un fiato. Era un romanzo di John Grisham (un ex avvocato, però...) che si chiamava *Il socio* o qualcosa del genere.

Una storia sorprendente in cui un uomo simulava la propria morte per ricominciare a vivere sotto un'altra identità. Ma per ripartire da zero servivano i soldi. Nel libro di Grisham, il protagonista sottraeva parecchie centinaia di milioni ai suoi soci ma lui, Creed Leroy, si sarebbe accontentato di un milione solo. E sarebbe stato quell'avvocato di New York, quel Nathan Del Amico, a darglielo gentilmente.

La sua prima intenzione era stata di ricattare Jeffrey Wexler, ma dopo aver riflettuto si era detto che doveva attaccare dalla parte del genero. Dopotutto era stato lui a confessare l'omissione di soccorso. E poi Wexler era troppo potente nella zona. Allora Leroy aveva chiuso la stazione per la giornata. Era entrato in Internet trovando senza difficoltà ogni sorta di informazioni su Del Amico, in particolare il numero di fax del suo ufficio. Aveva poi comprato un piccolo convertitore digitale che aveva collegato al suo videoregistratore per riuscire a trasmettere le immagini della telecamera di sorveglianza su un sito di fortuna. E per non lasciare traccia, aveva inviato il fax da una copisteria di Pittsfield.

Aveva atteso quel momento tutta la vita. Il momento della rivincita. Avrebbe fatto vedere di che cosa era capace Creed Leroy.

Se tutto andava bene, anche lui presto avrebbe indossato abiti italiani e camicie di Ralph Lauren. Forse avrebbe acquistato persino una 4x4 ultimo modello, come quella dell'avvocato.

In ogni caso, sarebbe andato lontano. Lontano da quel paesino e da quel lavoro che detestava. Lontano dalla moglie che non sopportava più, una donna la cui ambizione suprema era quella di siliconarsi le tette e farsi tatuare un serpente in fondo alla schiena.

Premette il tasto di espulsione ed estrasse la cassetta dal videoregistratore per infilarla in una grande busta imbottita.

Da due giorni il cuore gli batteva più in fretta. Per una volta che aveva fortuna!

Nessuno parlava mai della fortuna in quel Paese, ma era spesso lei a fare la differenza, molto più delle qualità individuali.

Essere al posto giusto nel momento giusto, almeno una volta nella vita: ecco l'importante.

Creed inserì l'allarme e chiuse l'ingresso della stazione di servizio. Un vetro scuro gli rimandò la sua immagine. Non era vecchio. In marzo avrebbe compiuto quarant'anni. La prima parte della sua vita era stata un fallimento, la seconda doveva assolutamente essere un successo.

Ma per questo bisognava che l'avvocato accettasse di pagare.

20 DICEMBRE

Nathan aveva ripreso le sue buone abitudini: jogging a Central Park alle sei del mattino e arrivo in ufficio alle sette e mezzo.

"Le ho comprato delle frittelle", annunciò spingendo la porta dell'ufficio di Abby.

"Non me le faccia nemmeno vedere", protestò la segretaria, "sarei capace di metter su due chili solo a guardarle."

Si misero al lavoro e riuscirono a trovare rapidamente il nome del proprietario della stazione di servizio, un certo Creed Leroy. Nathan era pienamente consapevole di dar battaglia per l'ultima volta. Non aveva cambiato idea: era deciso a salvare Jeffrey dalla prigione a ogni costo. Per proteggere Mallory avrebbe, dunque, versato la cifra astronomica che quel Leroy gli chiedeva.

In tempi normali, avrebbe agito diversamente. Avrebbe frugato nel passato di Leroy fino a trovare un mezzo di pressione per neutralizzare il ricatto. Forte della sua esperienza di avvocato, sapeva che ogni esistenza celava i propri segreti inconfessabili. Se ci si concede il tempo di cercare, si finisce sempre per scoprire qualcosa.

Ma non aveva più tempo. Avrebbe dovuto cedere quel bel milione di dollari, che era così fiero di aver accumulato, al piccolo gestore di una stazione di servizio!

Stranamente, la prospettiva di perdere tutto non lo turbava. Ora, per lui, l'essenziale si collocava altrove. A dire il vero, provava persino una certa eccitazione nel ripartire da zero. *Tutti dovrebbero poter vivere due vite*, sognò per un attimo.

Se fosse stato fattibile, avrebbe cercato di non commettere gli stessi errori. Non avrebbe rinunciato ai suoi sogni di grandezza, ma avrebbe cambiato semplicemente ambizione. Avrebbe abbandonato una certa forma di vanità, avrebbe trascorso meno tempo ad affannarsi dietro a cose effimere e inutili per concentrarsi su cose più essenziali. Avrebbe cercato di "coltivare il suo giardino" di più, come diceva Voltaire.

Sì, lo dico oggi perché so che sto per morire. Be', ho meditato abbastanza, pensò guardando l'orologio. Telefonò al direttore della sua banca per chiedergli di controllare i suoi conti.

"Ciao, Phil, come va Wall Street?"

Phil Knight aveva fatto una parte degli studi con lui. Non era proprio un amico ma qualcuno che stimava e con cui pranzava regolarmente.

"Salve, Nat, qual è la nuova multinazionale a cui eviterai un processo lungo e costoso? Bill Gates non ti ancora contattato?"

Dapprima Nathan si assicurò che l'assegno incassato da Candice prima di morire gli fosse stato addebitato. Poi chiese a Knight di vendere tutte le sue azioni e i buoni del Tesoro, perché avrebbe avuto bisogno di liquidi.

"C'è qualche problema, Nat?" chiese il banchiere, preoccupato alla prospettiva di vedersi svuotare il conto del suo cliente.

"Nessuno, Phil, ti assicuro che questi soldi verranno impiegati bene..."

È davvero la soluzione migliore? si chiese dopo aver riagganciato. Le storie di ricatto di solito non finivano bene. Non era tanto l'enormità della somma a dargli fastidio quanto il timore che le minacce non cessassero mai e che, di lì a sei mesi o a un anno, Creed tornasse alla carica con Jeffrey o Mallory. Il problema era che quell'uomo poteva duplicare la videocassetta all'infinito!

Con le braccia incrociate, Nathan rifletteva dondolandosi sulla poltrona. Non bisognava mescolare le priorità. In quella fase, l'essenziale era di non rischiare che alla fine Leroy decidesse di avvertire la polizia.

Sulla scrivania, la pendola indicava le 10.22. L'avvocato sollevò il ricevitore e chiamò Creed Leroy.

Aveva fretta di scoprire di che pasta fosse fatto quell'uomo.

NASSAU, BAHAMAS
UN PO' PRIMA NEL CORSO DELLA MATTINATA

Creed Leroy era andato a Boston il mattino presto per prendere il primo aereo diretto a Nassau. Al suo arrivo nella capitale delle Bahamas, aveva preso la navetta dell'aeroporto in compagnia di un gran numero di turisti venuti a trascorrere il Natale al sole.

La città risuonava del rumore del traffico. Il minibus suonò il clacson prima di accostarsi al marciapiede per far scendere i passeggeri. Creed si sentiva a suo agio in mezzo alla folla. Gli piaceva l'anonimato delle grandi città e dei luoghi impersonali. Risalendo Bay Street, il viale principale della città, intasato di vecchie auto e calessi per turisti, si sentiva l'animo di un camaleonte. Lì non era più il gestore di una stazione di servizio, poteva essere chiunque.

Creed aveva deciso di applicare le ricette lette nei thriller di quegli ultimi anni. Non appena si trattava di riciclaggio di denaro e conti offshore, si evocavano immancabilmente Nassau e le sue centinaia di banche e istituti finanziari. Seguiva, poi, la descrizione dei finanzieri opportunisti che, al riparo dal fisco, giocavano in maniera anonima con i milioni, spostando con un semplice clic del mouse somme strabilianti da un paradiso fiscale all'altro. Creed si era sempre chiesto quanto la realtà si avvicinasse alla fiction.

Presto lo avrebbe saputo.

Su Internet aveva trovato le coordinate dell'ufficio locale di una banca che proponeva una lista di servizi interessanti. Aveva inviato un'e-mail per ricevere la documentazione on line. Teoricamente, si poteva aprire un conto offshore senza spostarsi da casa, ma lui aveva insistito per incontrare qualcuno.

Creed Leroy svoltò in una traversa di Bay Street ed entrò in uno dei piccoli istituti bancari che si affacciavano sulla strada.

Quando ne uscì, meno di mezz'ora dopo, aveva il sorriso sulle labbra. John Grisham e compagnia non avevano mentito! Era stato ancora più facile che nei romanzi. Avevano subito pronunciato le parole che si aspettava: riservatezza, segreto bancario, zero tasse... Poi tutti gli eventi si erano concatenati. Concretamente, il modulo di apertura del conto era stato compilato e firmato in meno di un quarto d'ora: 5% di interessi annui senza tasse, un libretto di assegni, una carta di credito che sulla pista magnetica non riportava né il suo nome né alcuna informazione importante ma che dava accesso agli sportelli automatici di tutto il mondo. Esattamente quello che Creed cercava. Gli avevano anche promesso che il suo conto sarebbe stato inaccessibile alle indagini del fisco e della polizia. Allora ne aveva approfittato per lasciare in una delle piccole cassette di sicurezza del caveau una busta marrone con un copia della registrazione che avrebbe fatto la sua fortuna.

E tutto senza nessun'altra formalità che la foto del passaporto e un deposito di garanzia di quindicimila dollari. Il giorno prima, sempre senza dire nulla alla moglie, aveva venduto il suo pick-up per procurarsi parte della somma. Aveva anche ritirato cinquemila dollari dal conto comune. Si ripromise di rimandare il doppio a Christy in seguito, quando sarebbe stato lontano da lei e molto ricco.

Creed Leroy respirò il calore dell'aria. Non si era mai sentito così allegro. Mancava solo una cosa alla sua felicità: che Nathan Del Amico gli telefonasse e che fissassero il luogo dell'appuntamento.

Passò davanti a un elegante salone di parrucchiere in stile coloniale e guardò attraverso il vetro. Come nei bei tempi andati, un cliente si era fatto radere e approfittava del piacere rilassante di un asciugamano caldo sul volto.

Quella visione gli fece venire voglia. Nessuno gli aveva mai fatto la barba. Si decise immediatamente. Era ora di cambiare faccia, di tagliare quella barba incolta e quelle ciocche di capelli che gli ricadevano sul collo. Poi sarebbe andato in uno dei negozi di lusso della città ad acquistare abiti più consoni al suo futuro status sociale.

Una giovane donna lo invitò ad accomodarsi. Si era appena seduto quando il suo telefono squillò. Aveva fatto in modo che le chiamate della stazione di servizio fossero trasferite sul cellulare. Lanciò un'occhiata all'orologio. Dato che aveva dimenticato di spostare le lancette un'ora avanti per il fuso orario, queste segnavano le 10.22.

"Pronto?" fece Creed Leroy con voce piena d'impazienza.

"Parla Nathan Del Amico."

Garrett Goodrich esclamò seccato:

"Per la miseria, Nathan, le ho lasciato parecchi messaggi! Finalmente si decide a chiamarmi! Che cos'è questa storia dell'incidente?"

"Le spiegherò tutto, Garrett. Senta, sono al bar dell'ospedale. Ha un momento per parlarne?"

"Che ore sono?" chiese il medico come se avesse perso la cognizione del tempo.

"Quasi mezzogiorno e mezzo."

"Finisco di sistemare alcune cartelle e sono da lei fra dieci minuti."

"Garrett?"

"Sì?"

"Ho di nuovo bisogno che mi faccia un gran favore."

STUDIO MARBLE&MARCH
16.06

"Non avrebbe un'idea, Abby?"

"Che genere di idea?"

Nathan si dondolava sulla poltrona, con le mani giunte e un'aria misteriosa.

"Come le ho spiegato, sono disposto a versare la somma richiesta. Però voglio essere sicuro di pagare una volta sola. Purtroppo, il ricatto si sa quando comincia..."

"... ma non si sa quando finisce", completò per lui la segretaria.

"Esatto. Non voglio che fra sei mesi o un anno quel Leroy torni alla carica con Jeffrey, con Mallory... o anche con me", si sforzò di aggiungere.

"Il ricatto è severamente punito dalla legge", osservò lei.

"Sì, ma per dissuadere Leroy dal ritentare, bisognerebbe addurre la prova del suo ricatto. Quell'uomo, però, è molto prudente, come ho potuto constatare ancora una volta qualche ora fa."

"Cosa? Gli ha parlato?" esclamò Abby, indignata per non essere stata avvertita prima.

"Sì, l'ho chiamato stamattina ma ha insistito per richiamarmi cinque minuti dopo in una cabina pubblica qui sotto."

"Le ha fissato un appuntamento?"

"Lo incontro domani."

"E come conta di procedere?"

"Bisogna che trovi il modo di farlo parlare e soprattutto di registrare quanto dice, ma avrei bisogno di apparecchiature complesse: qualcosa tipo le pulci dei servizi segreti."

"Le faccio notare che non siamo più ai tempi del Watergate", esclamò Abby ridendo.

"Conosce forse un mezzo più efficace?"

"Quello, per esempio", rispose indicando il cellulare del suo capo.

"Il telefonino?"

"Sì, ma usato in maniera un po' indiretta."

Lui aggrottò le sopracciglia. Davanti a quell'aria incuriosita, Abby si spiegò:

"Il suo telefono ha l'opzione 'risposta automatica', non è vero?"

"Certo! Per rispondere senza togliere le mani dal volante."

"D'accordo. E che cosa succede quando il cellulare suona e lei sta guidando?"

"Dopo tre squilli, la risposta automatica entra in funzione", precisò Nathan, "ma non vedo in che cosa..."

"Mi lasci finire. Immagini di togliere la suoneria."

"Facendolo vibrare?"

"No", disse lei scuotendo la testa, "quando il telefonino vibra emette un leggero ronzio. Non è abbastanza discreto."

"Non vedo proprio come fare allora", disse Nathan scervellandosi.

"Vedrà."

Gli prese di mano il cellulare e cominciò a smanettare sui tasti.

"In realtà basta programmare una suoneria senza toni."

"Dunque silenziosa."

"Ed ecco che il suo telefonino è trasformato in microfono clandestino da 007", disse lei lanciando l'apparecchio che Nathan prese al volo.

Per verificare se funzionava davvero, Nathan sollevò la cornetta del telefono fisso dell'ufficio e chiamò il suo cellulare. Come previsto, questo entrò in funzione senza alcun rumore.

"È incredibile", riconobbe l'avvocato. "Dove lo ha imparato?"

"In una rivista femminile", dichiarò Abby. "Un articolo interessante: dieci trucchi infallibili per sorvegliare il coniuge e scoprire se vi tradisce."

27

Non sono un uomo senza difetti.

François Villon

Ospedale di Pittsfield, Massachusetts
Unità di rianimazione
L'una del mattino

"Ecco, dottor Goodrich, è qui."

"Benissimo."

Claire Giuliani fece un passo indietro. Era impressionata da quel medico prestigioso venuto da New York per visitare il suo paziente.

"Bene, la lascio un attimo. Non esiti a chiamarmi se ha bisogno di qualcosa."

"Grazie, dottoressa Giuliani."

Garrett aprì la porta ed entrò nella stanza.

Era una camera piuttosto impersonale, illuminata soltanto da una piccola lampada situata sopra il letto, che diffondeva una luce fioca. In fondo, una specie di scrivania bianca stava accanto a un lavandino di acciaio. Nella stanza risuonava il bip caratteristico del monitor cardiaco e il soffio dell'enorme respiratore artificiale che immetteva rumorosamente aria nel bambino intubato.

Garrett si avvicinò al letto e si chinò su Ben. Le infermiere gli avevano rincalzato il lenzuolo e avevano aggiunto una coperta per evitare l'ipotermia. Immobile come una statua di porcellana, il bambino sembrava minuscolo, sperduto in mezzo a quel grande letto. Le numerose ecchimosi sul volto accentuavano ulteriormente l'impressione di fragilità. Parecchi tubicini gli correvano lungo le braccia verso i flaconi di flebo appesi al sostegno metallico.

Meccanicamente, Garrett si avvicinò al monitor per controllare i valori della frequenza cardiaca e della pressione. Poi verificò il funzionamento della flebo che aveva il compito di iniettare al bambino dosi di morfina a intervalli regolari.

Conosceva a memoria quel genere di luogo, ma ogni volta che entrava nella camera di un malato, provava sempre una sorta di empatia accompagnata da una strana emozione. Aveva parlato un po' con quella giovane dottoressa che sembrava dubitare tanto delle proprie capacità. Eppure aveva fatto un buon lavoro. Si era occupata perfettamente di quel ragazzino. Non avrebbe potuto fare di più. Adesso non restava che aspettare.

Se Garrett si era spostato, era unicamente su richiesta di Nathan. L'avvocato gli aveva parlato dell'incidente, ma il medico non ci aveva assolutamente creduto. Nathan aveva insistito soprattutto perché si accertasse che il bambino stesse ricevendo le cure migliori e per avere un parere medico senza reticenze. Non aveva aggiunto altro, ma Goodrich aveva capito perfettamente il vero significato della sua richiesta: Nathan voleva sapere se Ben Greenfield fosse in pericolo di vita.

Garrett si voltò verso la porta a vetri per assicurarsi che nessuno lo guardasse. Poi spense la lampada da notte sopra il letto. Con suo gran sollievo non vide nessuna aureola di luce bianca attorno alla testa del bambino.

Forse Ben non si sarebbe svegliato di lì a dieci minuti, ma in ogni caso non sarebbbe morto.

Garrett decise allora di tentare qualcos'altro. Una cosa che faceva solo di rado.

Avvicinò piano le mani al viso di Ben...

Non aveva mai parlato a Nathan di quella facoltà. Era qualcosa di strano che lui stesso non controllava veramente. Non un autentico potere, né un dono. Solo una capacità supplementare che i Messaggeri potevano acquisire con il tempo. Qualcosa di difficile da definire, in effetti. Una piccola porta che si socchiudeva nella sua mente per un breve momento, una sorta di flash, rapido e improvviso come un lampo. Talvolta gli faceva persino un po' male, come se il suo corpo venisse momentaneamente svuotato di ogni energia, ma il fenomeno durava meno di un secondo. Un attimo dopo, tutto era di nuovo normale.

Ma perché funzionasse, ci voleva un contatto.

Le mani di Goodrich erano ormai a pochi millimetri dal viso di Ben.

Aveva ignorato a lungo quella capacità. E anche adesso non funzionava sempre. Ma a volte riusciva a "intravedere", a socchiudere la porta e allora sapeva cosa sarebbe successo. Lo sapeva e basta, al di fuori di ogni ragionamento razionale. Come una specie di presentimento.

Garrett sfiorò la fronte del bambino con la punta delle dita e un'immagine apparve nella sua mente: quella di Ben Greenfield ventenne che si lancia con il paracadute.

La visione non durò e Garrett venne subito scollegato da quell'universo premonitorio.

Dato che stava sudando, si sedette un attimo accanto al bambino per riprendere le forze, poi si abbottonò il cappotto e lasciò l'ospedale.

In quali circostanze Ben Greenfield si sarebbe lanciato con il paracadute all'età di vent'anni? Garrett non lo sapeva proprio. Ma a ogni modo era certo di una cosa: non solo il bambino non sarebbe morto, ma sarebbe uscito in fretta dal coma.

21 DICEMBRE
MANHATTAN, GRAND CENTRAL TERMINAL

Nathan aveva scelto di percorrere a piedi il centinaio di metri che separavano il suo ufficio dalla stazione. Arrivando davanti alla sagoma massiccia del Metlife Building, diede un'occhiata ansiosa all'orologio.

Le 11.41.

Perfetto, non era in ritardo. Entrò a Grand Central addirittura con quattro minuti di anticipo sull'appuntamento.

Le immense vetrate che lasciavano entrare una luce bianca, conferivano alla grande hall l'aspetto di una cattedrale. Con i suoi lampadari dorati e le sculture di marmo, il luogo somigliava davvero a un museo e non usurpava la fama di più bella stazione del mondo.

Attraversò l'immensa sala per raggiungere il celebre orologio dai quattro quadranti che sovrastava l'ufficio informazioni. Era lì che Creed Leroy gli aveva dato appuntamento. Di solito apprezzava quel luogo, associato per sempre nella sua mente a uno scenario cinematografico e a Hitchcock che vi aveva girato una celebre sequenza di *Intrigo internazionale*.

Come sempre, il posto brulicava di gente. Ogni giorno, più di mezzo milione di persone passava di lì prima di prendere d'assalto Manhattan o di ripartire verso la periferia.

Il luogo perfetto per passare inosservati.

L'avvocato rimase immobile un momento, lottando contro il flusso continuo di viaggiatori che irrompevano da ogni parte. Si assicurò che il cellulare fosse in "risposta automatica". Sapeva che all'altro capo Abby era pronta a registrare i discorsi compromettenti di Leroy.

Nathan si stava spazientendo. Non sapeva nemmeno che faccia avesse quel tipo. "La riconoscerò io", si era limitato a dire il ricattatore. Pazientò ancora due o tre minuti finché si sentì battere brutalmente su una spalla.

"Lieto di incontrarla finalmente, signor Del Amico."

L'uomo era lì già da un po', ma Nathan non aveva pensato neppure per un attimo che potesse trattarsi di Creed. L'individuo che aveva davanti non sembrava proprio il gestore di una stazione di servizio. Abito scuro di buon taglio, cappotto di qualità, scarpe nuove o ben tenute: se avesse portato la cravatta, Leroy non avrebbe sfigurato in uno studio legale della città. L'uomo non aveva un fisico particolare. Tutto in lui era medio: l'altezza, la corporatura, i lineamenti... Tutto era medio tranne il suo sguardo di smeraldo in fondo al quale ardeva una fiamma intensa.

Il ricattatore non sembrava un tipo loquace. Con un cenno del capo, fece segno all'avvocato di seguirlo.

I due uomini passarono accanto alla moltitudine di negozi ai lati delle rampe che portavano ai binari. Arrivarono così al piano inferiore pieno di caffè, paninoteche e ristoranti. Per ridurre il rumore e l'inquinamento, i binari di Grand Central erano stati relegati nel sottosuolo, il che dava al visitatore la strana sensazione di muoversi in una stazione senza treni. Su invito di Creed Leroy, Nathan aprì la porta dell'Oyster Bar.

Il locale aveva fama di servire i migliori frutti di mare della città. In tempi normali, Nathan adorava quella brasserie piena di fascino e la sua grandiosa sala a volta.

"Prima passiamo dai gabinetti", suggerì nervosamente Leroy.

"Eh?"

"Non discuta."

Nathan lo seguì in bagno. Creed attese che non ci fosse nessuno per ordinargli:

"Mi dia il cappotto".

"Cosa?"

"Mi dia il cappotto e la giacca, non vorrei che avesse un registratore."

"Non ho proprio niente!" protestò Nathan capendo che il suo piano ben congegnato stava andando in fumo.

"Si sbrighi", gli intimò Creed.

Nathan si tolse il cappotto e la giacca. Recuperò il cellulare dalla tasca di quest'ultima e lo infilò nel taschino della camicia. Tentare non costava nulla.

"Si tolga l'orologio."

Nathan ubbidì.

"Si apra la camicia."

"Lei è completamente paranoico."

"Non me lo faccia ripetere!"

L'avvocato si sbottonò la camicia sospirando. Leroy gli esaminò il torace.

"Vuole vedere qualcos'altro?" chiese Nathan in tono provocatorio. "Ne approfitti, ho le mutande di Calvin Klein."

"Il cellulare, per favore."

“È una cosa ridicola!”

Leroy si impadronì d’autorità del telefonino.

Cazzo!

“La fede.”

“Non la tocchi!”

Creed esitò un istante e poi posò la mano sul polso dell’avvocato.

“Giù le mani!”

In un lampo Nathan lo afferrò alla gola e lo sbatté contro la porta.

“Rrrgl...” cercò di articolare Creed Leroy.

Nathan accentuò ulteriormente la pressione.

“NON LA TOCCHI! Capito?”

“Rrrgl... ca... pito.”

L’avvocato allentò di colpo la stretta.

Leroy si chinò e tossì parecchie volte per cercare di riprender fiato.

“Cazzo, Del Amico... me la pagherà.”

“Be’, si sbrighi, Leroy”, ordinò Nathan uscendo dai gabinetti. “Suppongo che non mi abbia fatto venire qui per gustare una zuppa di vongole...”

Adesso erano seduti davanti a due Martini posati su un tavolino con una tovaglia a quadri. Nella grande sala ronzavano le conversazioni animate dei clienti. Leroy, che aveva consegnato al guardaroba il cappotto, la giacca e il cellulare di Nathan, aveva ritrovato un certo contegno. Tirò fuori dalla tasca un mazzo di tarocchi e lo diede all’avvocato.

“Le prime nove carte formano il numero di un conto bancario alle Bahamas”, spiegò. “Telefoni alla sua banca e ordini il versamento del denaro su questo conto. La banca si chiama Excelsior."

Nathan annuì.

Peccato che Abby non abbia potuto registrarlo.

Per la miseria, doveva recuperare il cellulare. Ma per farlo doveva prima eludere la vigilanza di Leroy.

"Niente male il colpo delle carte, Creed."

"Vero?"

"Sì... Nessuna traccia... Basta mescolare il mazzo per far sparire la prova del ricatto."

Leroy ridivenne a un tratto diffidente:

"La smetta di cantare le mie lodi e si sbrighi a chiamare la sua banca".

"Devo ricordarle che mi ha sequestrato il cellulare?"

"Usi il telefono del ristorante."

"Come vuole."

Nathan assunse un'espressione sollevata per darla a bere a Leroy e si alzò dirigendosi verso il bancone, come se fosse esattamente quello che aspettava.

La sua improvvisa sollecitudine fece nascere una certa inquietudine in Creed.

"Aspetti, Del Amico. Riprenda piuttosto il cellulare, voglio poter ascoltare quello che dice."

Nathan recuperò il telefonino al guardaroba e controllò che la comunicazione fosse aperta.

Nessun problema.

Pensò ad Abby in agguato all'altro capo del filo, armata di registratore.

Adesso era il suo turno, toccava a lui *perorare*. Nathan Del Amico, il grande avvocato, sarebbe riuscito a far parlare Creed Leroy? Sì, se era "il migliore", come gli piaceva credere.

Ma lo era davvero? Lo era ancora?

Tornò indietro e posò con noncuranza il cellulare sul tavolino. Sentiva che Leroy diventava sempre più nervoso.

"Allora, questa telefonata? Ci muoviamo?"

Nathan prese il telefono, fece finta di accenderlo e poi si interruppe:

"A dire il vero, il direttore della mia banca ha l'abitudine di pranzare presto e..."

"La smetta con queste storie, Del Amico!"

Nathan si grattò la testa.

"Avevamo detto diecimila dollari, non è vero?"

"Non mi prenda per il culo, cazzo!"

"Si calmi, dopotutto forse guadagnerà in un giorno la somma che ci ho messo anni ad accumulare..."

"Si sbrighi."

"E che effetto fa essere sul punto di voltar pagina? Sono sicuro che nel suo intimo si sta facendo un sacco di domande: mi sveglierò tutte le mattine dicendomi 'Ecco fatto, sono ricco'? Mi..."

"Non mi provochi!"

"Senta, forse dovremmo rimandare a un altro giorno, Creed. Non sembra molto in forma..."

Leroy tirò un pugno sul tavolino pronunciando finalmente le parole che Nathan cercava di strappargli:

"Telefoni alla sua cazzo di banca e faccia girare un milione di dollari sul mio conto!"

"Benissimo, benissimo, è lei a condurre il gioco."

Ma il migliore sono io.

L'avvocato prese il telefono, chiuse la comunicazione per scollegare il microfono e lo riaccese immediatamente. Chiamò Phil alla banca e ordinò il trasferimento di fondi sotto lo sguardo vigile di Leroy.

"Ecco, il denaro è stato versato."

Non appena aveva pronunciato quelle parole, Creed si era alzato dalla sedia per dileguarsi tra la folla. Nathan lo perse di vista solo una frazione di secondo, ma fu incapace di ritrovarlo.

Creed era svanito.

Leroy uscì dal ristorante senza affrettarsi. Quell'uomo era talmente trasparente che Abby per poco non se lo lasciò sfuggire. Leroy fece alcuni passi lungo il marciapiede e chiamò un taxi.

"Aeroporto di Newark", ordinò aprendo la portiera.

Abby gli si infilò dietro.

"Vado anch'io a Newark, forse potremmo dividere la corsa."

E si tuffò nel taxi così velocemente che lui non ebbe nemmeno la possibilità di rifiutare.

Il taxi era partito da pochi secondi quando il telefono di Abby squillò.

"Credo che sia per lei", disse la donna porgendo l'apparecchio a Leroy.

"Ma insomma, che cosa significa?"

"Vedrà. Quanto a me, scendo qui", disse battendo contro il vetro per avvertire l'autista. "Buon viaggio, signor Leroy."

Il taxi si fermò per lasciarla scendere sotto lo sguardo sbalordito di Creed. Questi esitò a rispondere ma poi cedette alla curiosità.

"Pronto?" Fu sorpreso di sentire la propria voce: '*Telefoni alla sua cazzo di banca e faccia girare un milione di dollari sul mio conto!*' e poi quella dell'avvocato: '*Benissimo, benissimo, è lei a condurre il gioco.*'

"Cazzo, Del Amico, qual è il suo gioco?"

"Il gioco dell'uomo che accetta di pagare una volta ma non due."

"Che cosa farà del nastro?"

"Niente, lo conserverò, proprio come lei conserva le sue videocassette. Lo conservo 'nel caso che', ma dipende esclusivamente da lei che non me ne debba mai servire."

"Non cercherò di ricattarla una seconda volta se è questo che la preoccupa."

"Lo spero per lei, Creed, perché il gioco è decisamente meno divertente quando si passa dalla casella 'prigione'."

"Non ci sarà una seconda volta."

"Non chiedo di meglio che crederle. Oh! Ancora una cosa, Creed: vedrà, non mantiene tutte le sue promesse."

"Chi?"

"Il denaro, Creed, il denaro."

Poi chiuse la comunicazione.

Il sole tramontava su Nantucket. Il vento dell'est aveva soffiato ininterrottamente per tutto il giorno. All'imbrunire, le onde si erano scatenate con maggior violenza, andando a infrangersi con un boato sulle rocce che proteggevano la villa dei Wexler.

Jeffrey e Mallory erano sotto la veranda coperta a picco sui flutti. Era il posto più impressionante della casa, un punto di osservazione incomparabile che arrivava direttamente sull'oceano.

Mallory era rientrata dal Brasile con il volo del mattino. Arrivando a San Diego, aveva chiamato i genitori sulle Berkshires ma la domestica l'aveva avvertita che alla fine "il signore e la signora" avevano deciso di trascorrere il

Natale a Nantucket. Preoccupata per quel cambio di programma, aveva preso un aereo fino a Boston ed era arrivata sull'isola appena un'ora prima.

"Ecco, Mallory, conosci tutta la storia."

Jeffrey le aveva raccontato dettagliatamente gli avvenimenti di quegli ultimi giorni. Non aveva tralasciato nulla, dal momento in cui, ubriaco fradicio, aveva investito Ben Greenfield, passando per il sacrificio di Nathan, fino alla storia con Creed Leroy di cui il genero lo aveva tenuto al corrente. Le aveva parlato anche del suo problema di alcolismo che, venticinque anni prima, lo aveva indotto ad accusare la madre di Nathan per un furto che la donna non aveva commesso.

Le aveva raccontato tutto, tranne che Nathan stava per morire.

Con gli occhi pieni di lacrime, Mallory si avvicinò al padre.

"Hai notizie di quel bambino?"

"Chiamo l'ospedale due volte al giorno. Le sue condizioni sono stazionarie. Può ancora succedere tutto."

Jeffrey cercò di prenderla fra le braccia, ma lei lo respinse.

"Come hai potuto?" gli chiese con voce soffocata. "Come hai potuto permettere che Nathan si accusasse al posto tuo?"

"Non... non lo so", farfugliò il vecchio avvocato, "è stato lui a volerlo. Pensava che sarebbe stato meglio per tutti..."

"E soprattutto è meglio per te!"

Quel giudizio risuonò dolorosamente nelle orecchie di Jeffrey.

Il vecchio non sapeva come giustificarsi. Si sentiva legato dalla promessa fatta a Nathan ed era ben deciso a mantenerla, anche a costo di passare per un vigliacco agli occhi della figlia. Era questo il suo fardello. Il suo modo di espiare.

“Non lo lascerai andare in prigione, vero?”

“No, tesoro”, assicurò Jeffrey, “ti prometto che lo tirerò fuori da questo guaio. Forse ormai c'è solo una cosa che io sappia fare correttamente a questo mondo e ci metterò tutto il mio impegno.”

Jeffrey si guardò le mani che tremavano in maniera allarmante, segno che era in crisi di astinenza. Per la terza volta in meno di un quarto d'ora, aprì la bottiglia di Evian che era appoggiata sul tavolo e mandò giù un po' d'acqua, sperando, senza crederci troppo, che avrebbe avuto su di lui l'effetto tranquillizzante di un sorso di vodka.

“Perdonami, Mallory.”

Si sentiva miserabile, paralizzato da una sensazione che trascendeva la vergogna. La figlia che adorava e che sapeva così fragile gli stava accanto in lacrime e lui non aveva nemmeno più il diritto di stringerla fra le braccia.

Mallory andò verso la grande vetrata che chiudeva la veranda. Il suo sguardo si perse nella linea dell'orizzonte dell'oceano. Quando era piccola, nei giorni di tempesta, non osava avventurarsi lì a causa del rumore amplificato delle onde e del vento. Questo scatenarsi degli elementi la terrorizzava dandole l'impressione di essere al centro dell'uragano.

Jeffrey trovò il coraggio di fare un passo nella sua direzione.

“Tesoro...”

Mallory si voltò a guardarlo e si lasciò finalmente andare fra le sue braccia, come quando aveva dieci anni.

“Sono infelice da morire da quando non sto più con Nathan, papà.”

"Parla con lui, tesoro. Credo abbia qualcosa da dirti."

"All'inizio, quando ci siamo separati, ho provato uno strano misto di pena e di sollievo."

"Di sollievo?"

"Sì, per tutta la vita ho avuto paura che non mi amasse più, che una mattina si svegliasse e scoprisse com'ero in realtà, debole e fragile. In questo senso, non stare più con lui costituiva una liberazione: visto che lo avevo già perduto, non rischiavo più di perderlo."

"Ha bisogno di te quanto tu di lui."

"Non credo. Non mi ama più."

"Quello che ha fatto dimostra il contrario."

Mallory alzò lo sguardo, i suoi occhi erano pieni di speranza.

"Va' da lui", consigliò con gravità Jeffrey. "Ma sbrigati: il tempo stringe."

28

Chiudi gli occhi, batti tre volte i tacchi
e pensa molto intensamente:
si sta bene solo a casa propria.

DAL FILM *IL MAGO DI OZ* DI VICTOR FLEMING

24 DICEMBRE

"Posso avere un hot dog?"

Bonnie saltellava davanti al carretto di un venditore ambulante, all'angolo tra la 5ª Avenue e la 58ª.

"Sono le quattro, tesoro, non preferisci piuttosto un frutto?"

"Oh, no!" fece la piccola scuotendo la testa. "Adoro gli hot dog con molta senape e anche le cipolle fritte! Sono una delizia."

Nathan esitò: quel cibo non era molto sano, ma diede comunque il suo consenso con un cenno del capo.

"*¿Cuanto cuesta esto?*" chiese la piccola con la massima serietà prendendo dalla tasca un minuscolo portamonete in cui custodiva i suoi risparmi.

Il padre la sgridò:

"Non devi parlare spagnolo con tutti".

"*Son dos dòlares*", gli rispose il venditore con una strizzatina d'occhio.

Nathan prese il portafoglio e tirò fuori una mazzetta di banconote piegata in due.

"Metti via i tuoi soldini, su."

Pagò i due dollari e la figlia lo ringraziò con il suo più bel sorriso.

Bonnie prese l'hot dog e corse come un razzo verso un gruppo di persone da cui provenivano dei canti natalizi. Il freddo era secco ma tonificante, e un sole magnifico investiva le facciate degli edifici. Nathan seguì la figlia. In mezzo a quella folla e alle numerose attrazioni del viale che si moltiplicavano nel periodo festivo, l'avvocato stava attento a non perderla di vista, cosa che gli permise così di constatare che si era fatta una grossa macchia gialla di senape sul montgomery. Ascoltarono per un po' le belle melodie cantate a cappella da un coro gospel. Bonnie canticchiò parecchie arie con loro prima di spostarsi verso un altro gruppo. La bambina non resistette molto alla tentazione di dare i due dollari che aveva in tasca a un violinista mascherato da Babbo Natale che raccoglieva denaro per l'Esercito della Salvezza. Poi trascinò Nathan verso l'ingresso sudorientale di Central Park, proprio di fronte alla Grand Army Plaza.

Malgrado il freddo, in quel tardo pomeriggio il vasto spazio verde era preso d'assalto dagli sfaccendati che arrivavano a piedi, in bicicletta, nelle tradizionali carrozzelle e persino con gli sci da fondo!

Passarono davanti a un cartello che proponeva di adottare alcuni rami degli alberi del parco.

"Potrei adottare un ramo per il mio compleanno?" chiese Bonnie.

Suo padre fu categorico:

"No, è una cosa stupida, non si adottano gli alberi".

Lei non insistette, ma passò a una nuova richiesta:

"Potremmo andare a Times Square a Capodanno?"

"Non è un posto adatto a una bambina. E poi non è molto bello."

"Per favore. Sarah mi ha detto che è il veglione all'aperto più importante del Paese."

"Vedremo, tesoro. Intanto copriti bene, comincia a fare freddo."

Bonnie si calcò il berretto peruviano fino agli occhi. Nathan le annodò la sciarpa attorno al collo e le fece soffiare il naso in un Kleenex. Era una bimba adorabile e prendersi cura di lei era un privilegio inestimabile.

Bonnie non era rimasta traumatizzata da quello che aveva vissuto la sera dell'incidente. Vedere il padre condotto via dai poliziotti come un volgare criminale non era stato facile per lei ma, subito il giorno dopo, i nonni le avevano raccontato tutta la verità. Oggi ne parlava solo per informarsi delle condizioni del bambino investito.

A quel proposito, le ultime notizie erano rassicuranti. Il mattino stesso, Jeffrey aveva chiamato Nathan per annunciargli che Ben era uscito dal coma. Per i due uomini, l'intenso sollievo di sapere il ragazzino fuori pericolo si mescolava a una soddisfazione più egoistica: spariva, così, la minaccia della prigione che incombeva su Nathan.

Padre e figlia avevano trascorso insieme tre giorni di vacanza straordinari in cui non avevano fatto altro che divertirsi. Nathan non aveva cercato di trasmettere a Bonnie un qualche messaggio particolare. Non voleva perder tempo giocando al filosofo, ma solo condividere con lei momenti preziosi di cui si sarebbe potuta ricordare in seguito. Le aveva fatto scoprire le antichità egizie e le tele di Picasso al Moma. Il giorno prima, erano andati a vedere il gorilla del grande zoo del Bronx e, nella mattinata, erano risaliti fino ai giardini di Fort Tryon Park dove Rockefeller aveva fatto ricostruire alcuni chiostri provenienti dal Sud della Francia.

Nathan guardò l'orologio. Le aveva promesso che avrebbero fatto un salto al Carrousel, ma dovevano sbrigarsi: era già tardi e la celebre attrazione era aperta solo fino alle sedici e trenta.

Si misero a correre in direzione della giostra. Quel luogo sprigionava un'atmosfera da lunapark. Bonnie si divertiva molto.

"Sali accanto a me?" chiese la piccola tutta ansimante.

"No, tesoro, non è per gli adulti."

"Ma ci sono un sacco di adulti", disse indicando i cavalli di legno.

"Su, sbrigati", la esortò Nathan.

"Per favore", insistette lei.

Quel giorno non era in vena di rifiutarle niente. Quindi prese posto accanto a lei su uno dei magnifici cavalli dipinti.

"Si parte!" gridò la piccola quando il Carrousel si mise in movimento con una musica travolgente.

Dopo la giostra, andarono a gettare qualche briciola di pane alle anatre che si scrollavano sulle acque calme dello stagno e poi raggiunsero la pista da pattinaggio del Wollman Ring.

In quel periodo dell'anno, era uno dei posti all'aperto più incantevoli di Manhattan. La pista era circondata da alberi dominati dai grattacieli di Midtown. Dietro la cancellata, Bonnie guardava con invidia gli altri bambini che lanciavano grida di gioia eseguendo complicate figure.

"Vuoi provare?"

"Posso?" chiese la bimba che non credeva alle proprie orecchie.

"Solo se te ne senti capace."

Fino a sei mesi prima Bonnie avrebbe risposto *no, ho*

paura o *sono troppo piccola*, ma da qualche tempo aveva acquistato maggior fiducia in se stessa.

"Pensi che sarei in grado?"

"Certo", rispose Nathan guardandola negli occhi. "Sei una vera campionessa sui Rollerblade. Be', sul ghiaccio funziona esattamente allo stesso modo."

"Allora voglio proprio provare."

Nathan pagò i sette dollari per l'ingresso e il noleggio dei pattini e poi la aiutò a metterseli e a entrare in pista.

Dapprima esitante, Bonnie non tardò a fare la sua prima caduta. Seccata, si rialzò in fretta cercando con lo sguardo Nathan. Dal bordo della pista, il padre la incoraggiò a perseverare. Lei provò di nuovo, acquistò un po' di sicurezza e riuscì a scivolare per parecchi metri. Quando cominciava a prendere velocità, si scontrò con un ragazzino della sua età. Invece di piangere, scoppiò a ridere.

"Fai così!" le gridò Nathan da lontano, mimando con le mani la posizione da dare ai pattini per frenare.

Bonnie alzò il pollice nella sua direzione. Aveva un'età in cui si impara in fretta.

Rassicurato, Nathan risalì verso il chiosco e ordinò un caffè, continuando sempre a tenerla d'occhio. Con le guance arrossate dal freddo pungente dell'inverno, adesso la bambina pattinava con maggior sicurezza su ritmi rock.

Lui si soffiò sulle mani per riscaldarle. Quel giorno Manhattan somigliava a un'immensa stazione invernale. Da lontano, la pista da ghiaccio brillava come se fosse d'argento. Su un terrapieno che la fiancheggiava, uno slogan effimero inciso nella neve proclamava: I ♥ NY. A Nathan piacevano quelle atmosfere invernali quando la città intera sembrava racchiusa in uno scrigno di cristallo. Si spostò lungo la recinzione per approfittare degli ultimi raggi di sole del pomeriggio. Era pazzesco come il semplice fatto di sentire il sole sul suo viso fosse diventato importante per lui!

Quel pensiero scatenò immediatamente un'ondata di emozione. Presto sarebbe stata la fine. Non avrebbe potuto sentire mai più il buon odore del caffè solleticargli le narici o il calore del sole riscaldargli la pelle. Frenò a fatica le lacrime. Non era il momento di lasciarsi andare.

Dopotutto, gli avevano concesso il tempo di salutare sua figlia e sua moglie. Non tutti i moribondi avevano avuto questa fortuna.

I raggi dorati del sole iniziarono a declinare dietro la linea dei grattacieli. Di lì a poco sarebbe scesa la notte. Allora i lampioni si sarebbero accesi come candele in mezzo a quel paesaggio di neve, offrendo un'altra visione fiabesca del parco.

Per il momento, faceva ancora giorno ma uno spicchio di luna biancastra era spuntato dietro i grattacieli. Fu allora che la vide arrivare, da lontano, nella luce.

Mallory.

La sua sagoma si stagliava nel chiarore arancione. Il vento le scompigliava i capelli e il freddo le arrossava le guance. Nel momento stesso in cui vide Nathan, si mise a correre nella sua direzione e, ancora tutta ansimante, si precipitò fra le sue braccia. Fu come se avessero di nuovo vent'anni, solo che, quando si voltarono, videro una bambina che aveva lasciato giù i pattini e correva verso di loro lanciando grida di gioia.

Bonnie saltò in braccio ai genitori e si strinsero forte tutti e tre. Mentre erano abbracciati, la bimba chiese:

"Facciamo il fiore?"

Era un gioco che avevano inventato un tempo, quando Bonnie era molto piccola.

Prima ci si avvicinava moltissimo, ci si abbracciava e si diceva: "fiore chiuso", poi ci si allontanava un po' gridando: "fiore aperto".

Si rifaceva tre o quattro volte. Fiore chiuso, fiore aperto. Fiore chiuso, fiore aperto...

Un gioco semplicissimo, segno di unione in una famiglia dove sarebbe sempre mancato qualcuno.

29

È sempre per amore che soffriamo;
anche quando crediamo di non soffrire per niente.
CHRISTIAN BOBIN

NOTTE DEL 24 DICEMBRE
APPARTAMENTO DEL SAN REMO BUILDING
ALCUNE ORE DOPO

Sdraiati insieme sul letto, guardavano le stelle.

Il cielo era così sereno che la luna illuminava la camera con una luce azzurrognola. Le labbra di Mallory scivolarono lungo il collo di Nathan. Un'ondata di passione li aveva uniti di nuovo e il loro respiro continuava a essere rapido.

Mallory passò una mano fra i capelli del marito.

"Sai che sono più vecchia di te", gli sussurrò all'orecchio.

"Solo di qualche giorno", osservò lui con un sorriso.

"Credo che ti abbiano fatto per me", scherzò lei.

Nathan le posò una mano sul seno.

"Che cosa vuoi dire?"

Lei proseguì il gioco:

"Quando sono stata concepita, un'entità benefica si è chinata su di me e ha deciso di affiancarmi qualcuno con cui affrontare le difficoltà di questo mondo".

"La mia esistenza sarebbe stata decisa così in alto?" fece lui ridendo.

"Esatto. Quindi puoi ringraziarmi di cuore", mormorò lei baciandolo. "Senza di me, probabilmente non avresti visto la luce."

Nathan rispose a lungo ai suoi baci. Non voleva più disfarsi del suo odore. Era attento a tutto, al minimo fremito della sua pelle, al più leggero dei suoi sospiri. Poteva vincere alla lotteria, aggiudicarsi il processo del secolo, avere sette o otto zeri sul suo conto in banca, niente avrebbe mai eguagliato il loro amore. La strinse più forte fra le braccia, la baciò sulla nuca, le accarezzò le anche, poi si incollò alla sua schiena come se lei costituisse un ultimo legame con la vita.

Allora, gli avvenimenti di quegli ultimi giorni gli ripassarono veloci davanti agli occhi e si rese conto di non essersi mai sentito così vivo come dal momento in cui aveva capito che sarebbe morto presto.

Poi, subito dopo, sentì di nuovo la morte che gli girava attorno.

Quella sera, per la prima volta, era pronto ad accettarla. Naturalmente la paura non era sparita, ma si accompagnava a una certa impazienza. Diventava curioso della morte come si può essere curiosi di vedere un nuovo continente. Forse partiva verso l'ignoto, ma circondato dall'amore. *In pace con se stesso e con gli altri*, come avrebbe detto Garrett.

Il suo corpo scottava, come se avesse la febbre. Sentì di nuovo quel dolore al petto che aveva finito per dimenticare e, quasi nello stesso momento, il morso alla caviglia ricominciò a fargli male. Gli sembrò anche che tutte le ossa del corpo fossero bollenti e si stessero disgregando. Si sentiva sempre più escluso dal mondo dei vivi, proiettato in una dimensione ignota.

Aveva l'impressione di essere vivo solo per poter morire.

Erano le due del mattino quando chiuse gli occhi e il suo ultimo pensiero fu per Goodrich.

Presto non mi sarà più accanto.

Non lo vedrò più. Non lo sentirò più.

Continuerà a operare i suoi pazienti e ad accompagnare altre persone alla morte.

Io, come tutti quelli che mi hanno preceduto, avrò finalmente la risposta all'interrogativo: esiste un posto in cui andiamo tutti?

A un centinaio di chilometri di distanza, Jeffrey Wexler si alzò dal letto senza fare rumore. Aprì una piccola porta, situata sotto la scala del salotto, accese la lampadina polverosa che pendeva dal soffitto e scese con prudenza le scale della cantina.

Da sotto una mensola di legno tirò fuori una cassetta con sei bottiglie di whisky che un fattorino gli aveva recapitato alcuni giorni prima: un Chivas invecchiato vent'anni, regalo di Natale di un cliente che aveva salvato da una brutta situazione.

Non appena era andato a letto, Jeffrey aveva capito che non sarebbe riuscito a prendere sonno finché quelle bottiglie si fossero trovate sotto il suo tetto. Portò la cassetta in cucina e cominciò a svuotare le bottiglie nel lavandino. L'operazione richiese alcuni minuti durante i quali guardò pensieroso il liquore che scorreva via come l'acqua degli spaghetti quando vengono scolati. Poi aprì l'acqua del rubinetto per non soccombere alla voglia di leccare il lavandino.

Come poteva un uomo del suo stampo essere arrivato a quel punto? Si faceva quella domanda ogni giorno ma sapeva che non avrebbe mai trovato una risposta.

Intanto, anche quel giorno, era riuscito a resistere alla tentazione. Però, l'indomani, avrebbe dovuto ricominciare di nuovo a lottare, e così pure il giorno successivo. La sua guerra necessitava uno stato di allerta continuo perché, quando era in astinenza, sapeva di essere capace di mandar giù qualsiasi cosa: l'acqua di colonia, il deodorante, l'alcool denaturato dell'armadietto dei medicinali. Il pericolo era ovunque.

Tornò a coricarsi accanto alla moglie, ma era molto depresso. Strinse il pugno contro il cuscino. Forse avrebbe dovuto tentare di riavvicinarsi a Lisa, di comunicare di più con lei e di parlarle dello sconforto che lo pervadeva. Adesso o mai più.

Sì, gliene avrebbe parlato l'indomani stesso.

Se fosse riuscito a trovare il coraggio.

DA QUALCHE PARTE, IN UNA ZONA POPOLARE
DI BROOKLYN
MEZZANOTTE PASSATA

Connie Booker aprì la porta stando attenta a non far rumore. Si chinò su Josh e lo guardò con profonda tenerezza. Solo dieci giorni prima, quella stanza era una camera degli ospiti, fredda e senza vita. Adesso vi dormiva un bimbo nel tepore del suo lettino. Stentava ancora a crederci.

Era successo tutto talmente in fretta. Prima c'era stata la tragica morte della nipote Candice durante quell'orribile rapina. Poi, alcune ore dopo, una telefonata dei servizi sociali che le proponevano di prendere in custodia il bambino. Connie non ci aveva messo molto ad accettare. A quasi cinquant'anni e dopo parecchi aborti spontanei, non sperava più di avere figli. Era arrivata a un'età in cui non si aspettava gran che dalla vita. In quegli ultimi anni, si era sentita sempre più stanca e vecchia. Ma dall'arrivo di Josh, la pesantezza della sua esistenza era svanita. Come se la vita avesse ritrovato all'improvviso tutto il suo significato.

Sarebbe stata una buona madre, ne era sicura. A Josh non sarebbe mancato nulla. Lei e il marito lavoravano sodo e Jack, così fiero del suo nuovo ruolo di padre, aveva chiesto ore supplementari alla caserma.

Ma qualcosa la preoccupava. Quel mattino, nella cassetta delle lettere aveva trovato un pacchetto con un'automobilina elettrica e alcune banconote. C'era anche un biglietto, firmato semplicemente "Nathan", in cui veniva precisato che il denaro era destinato al Natale del piccolo.

Lei e Jack avevano riletto il biglietto parecchie volte senza sapere cosa pensare. Era proprio uno strano Natale. Connie baciò piano il bimbo e uscì in silenzio.

Richiudendo la porta, si chiese ancora una volta chi potesse essere il misterioso donatore.

GREENWICH VILLAGE

Abby Coopers tornava dalla cena della Vigilia. Da sola. Aveva un terribile mal di testa e una cosa era certa: non avrebbe incontrato presto il suo grande amore. Il custode aveva posato un pacchetto davanti alla sua porta. Lei lo aprì con curiosità. Era una bottiglia di vino francese, accompagnata da un biglietto in cui Nathan le augurava buon Natale e la ringraziava per tutto quello che aveva fatto per lui.

Abby si tolse le scarpe in fretta e poi mise su il suo CD preferito, *Songs*, del trio jazz di Brad Mehldau, prima di abbassare le luci. Si accomodò sul divano e allungò le gambe.

Rilesse il biglietto di auguri una seconda volta. C'era qualcosa di bizzarro in quel messaggio, come se fosse una lettera d'addio, come se loro due non si dovessero rivedere mai più.

No, sciocchezze, erano tutte idee sue! Si chiese dove potesse essere Nathan in quel preciso momento. Un'intuizione le suggerì la risposta: probabilmente con la sua ex moglie.

Peccato!

Sarebbe potuto essere lui il suo grande amore.

Garrett Goodrich uscì dall'unità di cure palliative di Staten Island.

"Forza, Cujo, sali!" gridò aprendo la portiera posteriore dell'auto.

L'enorme mastino ubbidì abbaiando.

Garrett si mise al volante, avviò il motore e accese la radio. Ascoltò alcune stazioni, fece una smorfia sentendo Britney Spears, aggrottò le sopracciglia su un ritornello di Eminem, poi finalmente trovò una stazione di musica classica che trasmetteva il *Nabucco* di Verdi.

Perfetto, pensò dondolando il capo.

Prese lentamente la direzione del suo appartamento,

mentre il coro degli schiavi ebrei intonava il *Va', pensiero*. Al primo semaforo rosso, lanciò un'occhiata al cane sul sedile posteriore soffocando un prepotente sbadiglio. Da quanto tempo non dormiva come si deve? Fece uno sforzo ma non riuscì a ricordarsene.

Doveva essere da un pezzo.

Nella sua camera, Bonnie Del Amico non riusciva a chiudere occhio.

Era talmente felice che i suoi genitori si amassero di nuovo. Era quello che aveva sempre desiderato. Da due anni, non c'era stata sera in cui non lo avesse chiesto nelle sue preghiere. Eppure la sua angoscia non era totalmente sopita, come se una minaccia confusa incombesse ancora sulla sua famiglia.

Si alzò di scatto, afferrò il berretto peruviano posato su una sedia e lo usò come orsacchiotto per prendere finalmente sonno.

UN CIMITERO DEL QUEENS
LE TRE DEL MATTINO

Uno spesso strato di neve gelata continuava a ricoprire la pietra tombale di Eleanor Del Amico. Quel mattino, il figlio le aveva portato dei fiori: un mazzo di rose in un vaso di stagno. Se il vaso fosse stato trasparente, si sarebbe potuto vedere che qualcosa stringeva gli steli dei fiori.

Era un braccialetto con quattro fili di perle e un fermaglio d'argento in cui erano incastonati piccoli brillanti.

Era ancora notte nella cittadina di Mystic, Massachusetts.

Vicino alla spiaggia, in una casa vuota, c'era una stanza con dei ripiani di metallo. In un grande scatolone era riposto un album che qualcuno aveva aperto di recente. Un album che conteneva ogni genere di cose: testi, disegni, fiori secchi, foto... In una di esse, una donna correva su una spiaggia.

Sotto, aveva scritto a penna: "*Corro così veloce che la morte non mi raggiungerà mai*".

Si chiamava Emily Goodrich e sapeva benissimo che la morte avrebbe finito per prenderla.

Non aveva mai creduto veramente in Dio.

Ma forse c'era qualcos'altro.

Un mistero.

Un posto in cui andiamo tutti.

Mallory aprì gli occhi.

Ascoltò nella notte il respiro del marito che le dormiva accanto.

Per la prima volta da molto tempo, si sentì fiduciosa nell'avvenire e pensò alla possibilità di avere un altro figlio. La prospettiva la riempì all'improvviso di una gioia traboccante.

Al momento di riaddormentarsi, Dio sa perché, si ricordò che a causa del viaggio in Brasile non era passata a ritirare i risultati delle analisi che il suo medico le aveva chiesto di fare la settimana prima.

Pazienza, avrebbero aspettato ancora qualche giorno. A ogni modo, il dottor Albright si preoccupava sempre per niente.

Spuntava il giorno sull'isola di Nantucket.

A quell'ora, non c'era nessuno nei pressi del lago di Sankaty Head, dietro le paludi che bagnavano le piantagioni di mirtilli selvatici.

In quella regione, le acque dei laghi e degli stagni erano gelate da parecchi giorni. Tuttavia un cigno bianco nuotava lungo una superficie sottile dove il ghiaccio aveva cominciato a sciogliersi. Come aveva fatto quel cigno a perdersi lì in pieno inverno? Nessuno lo avrebbe mai saputo.

Nessuno lo avrebbe neppure mai visto, perché l'uccello non tardò a spiccare il volo con un pesante battito d'ali.

Per andarsene altrove.

30

Non direi mai di nessuna cosa: "l'ho persa", ma "l'ho restituita". È morto tuo figlio? È stato solo restituito. È morta tua moglie? È stata solo restituita.

EPITTETO

25 DICEMBRE

All'inizio sentì solo un'ondata di calore sul viso che non lo invogliò ad aprire subito gli occhi. Aveva troppa paura di quello che avrebbe potuto scoprire.

Poi sentì una musica in lontananza. Conosceva quell'aria. Che cosa poteva essere? Mozart, forse. Sì, il *Concerto per piano n. 20*, il suo preferito.

Infine gli sembrò che un profumo di *pancake* aleggiasse nell'aria. Solo allora Nathan si decise ad aprire gli occhi: non si mangiavano certo i *pancakes* nell'altro mondo.

In effetti era sempre a casa, in mutande e maglietta, nella camera in cui si era addormentato la notte prima. Faceva fatica a crederlo, ma era ancora vivo. Si mise a sedere sul letto. Accanto a lui nessuno. Si girò verso la finestra: faceva bello quel giorno di Natale. Un sole impertinente riversava la sua abbagliante luce in tutta la stanza.

Bonnie aprì la porta della camera e infilò la testa nello spiraglio.

"*¿Qué tal?*" chiese vedendo che il padre era sveglio.

"Ciao, scoiattolino, tutto bene?"

"Benissimo!" gridò la piccola prendendo lo slancio per saltare sul letto.

Lui la prese al volo stringendosela al petto.

"Dov'è la mamma?"

"Prepara le *crêpes*. Faremo colazione a letto tutti e tre."

Per manifestare il proprio entusiasmo, Bonnie si servì del letto dei genitori come di un trampolino, moltiplicando salti, balzi e capriole.

Nathan tese l'orecchio. Le note della musica classica salivano dal piano di sotto, mescolate al rumore delle pentole e degli utensili da cucina. A Mallory era sempre piaciuto lavorare ascoltando la radio.

In piedi davanti al grande specchio della camera, Nathan si esaminò con attenzione e si sfregò la barba del giorno prima con il dorso della mano come se non credesse ai propri occhi. Nessun dubbio, era davvero lui, in carne e ossa. Eppure aveva creduto che sarebbe morto durante la notte. Adesso, però, non sentiva più niente, né febbre né dolore, come se il pericolo che lo minacciava fosse svanito.

Come spiegarlo? Non si era certo inventato tutto.

La voce di Mallory risuonò dalla cucina:

"Qualcuno viene ad aiutarmi?"

"Arrivo!" urlò Bonnie facendo un atterraggio controllato sul parquet.

Lui, sua figlia e sua moglie, finalmente riuniti, senza minacce che pendevano sulle loro teste. Era quasi troppo bello. Troppa felicità tutta insieme.

Però sentiva confusamente che qualcosa non andava.

Doveva parlare a Mallory. Offrì il suo aiuto:

"Hai bisogno di me, tesoro?"

"Va tutto bene, amore, ce la caviamo", gli rispose lei.

Andò davanti alla vetrata per vedere Central Park che

si risvegliava. La nebbia del mattino, che riduceva sempre un po' la visibilità, si era completamente dissolta.

Bonnie saliva le scale portando un vassoio con un piatto pieno di piccole *crêpes*.

Lo posò sul letto, affondò un dito nel barattolo di sciroppo d'acero e se lo portò alla bocca facendogli la famosa strizzatina d'occhio.

"Gnam gnam", fece la bambina con una mano sulla pancia.

Nathan sentì dietro di sé lo scricchiolio dei gradini. Si girò per aspettare l'arrivo di Mallory.

All'inizio non notò niente di particolare. Raggiante, sua moglie stava nella luce, in piedi davanti al vetro, reggendo un grande vassoio da prima colazione con un bricco di caffè, un po' di frutta e dei *bagels*.

Ma mentre lei veniva avanti nella stanza per girare attorno al letto, di colpo Nathan si sentì mancare la terra sotto i piedi: un'aureola di luce bianca circondava i capelli di Mallory.

31

Non è la morte a essere brutta.
È il compito non assolto.
DIALOGHI CON L'ANGELO

Sconvolto e in preda ai pensieri più folli, Nathan correva a tutta velocità in direzione di Soho.

Doveva sapere. E solo Garrett conosceva le risposte.

Lanciò un'occhiata al quadrante del cruscotto. A quell'ora, in un giorno di festa, probabilmente lo avrebbe trovato ancora a casa.

Arrivò come un razzo a Houston Street, lasciò la 4x4 in mezzo alla strada e si precipitò nello stabile in cui abitava Goodrich. Dopo una rapida scorsa alle etichette delle cassette delle lettere, salì a quattro a quattro i gradini che conducevano all'ultimo piano.

Giunto davanti alla porta del medico, bussò rumorosamente.

Nessuno.

Per la rabbia sferrò un pugno violento che fece vibrare la porta. Allarmata dal rumore, una vecchia vicina con la schiena curva uscì sul pianerottolo.

"È lei a fare tutto questo baccano?" chiese con voce fievole.

"Non c'è il dottore?"

Lei guardò l'orologio.

"A quest'ora starà portando a spasso il cane."

"Sa dove?" le chiese l'avvocato sforzandosi di essere gentile.

“Non lo so”, rispose la donna impaurita, “talvolta va dalle parti di...”

La fine della sua risposta si perse per le scale:

“... Battery Park”.

Nathan aveva già ripreso la 4x4. Schiacciò l’acceleratore, in direzione *downtown*. Anche se il traffico era scorrevole, gli sembrava di procedere troppo lentamente. Passò con il rosso svoltando a Broadway. Divorato dall’angoscia, non distingueva più la strada che scorreva davanti a lui.

Vedeva solo l’immagine di Bonnie che saltellava di gioia sul letto e il viso di Mallory contornato di luce. Prima si era avvicinato a lei fino a toccarla, le aveva passato la mano fra i capelli come per scacciare quella maledetta aureola. Ma la luce non era sparita.

E lui era l’unico a vederla.

Continuò la sua folle corsa. All’altezza di TriBeCa, rallentò per imboccare quella che pensava essere una scorciatoia e che si rivelò una strada a senso unico. Procedette contromano per qualche decina di metri, sbandando parecchie volte sul marciapiede e facendosi richiamare all’ordine da vigorosi colpi di clacson. Riuscì a fare inversione e si sforzò di andare più piano: nella sua situazione non poteva permettersi di avere tutte le auto della polizia di New York alle calcagna.

Nathan lasciò la macchina all’altezza di Fulton Street, senza nemmeno curarsi di chiuderla a chiave. Proseguì a piedi e, alcuni minuti dopo, arrivò nelle vicinanze della punta meridionale di Manhattan. Attraversò i viali alberati di Battery Park per sbucare sulla passeggiata lungo l’Hudson. Un nugolo di gabbiani spiccò il volo al suo arrivo.

Adesso non poteva scendere oltre. La baia di New York, battuta dal vento proveniente dal largo, gli si apriva davanti. Corse lungo il promontorio che costeggiava il fiume. C'era poca gente: alcuni jogger isolati erano venuti a smaltire gli eccessi del cenone della vigilia mentre un vecchio approfittava dell'assenza dei traghetti per sistemare le sue canne da pesca lungo i pontili. Avvolta in un banco di nebbia malgrado il sole, si intravedeva la sagoma della statua della Libertà che tendeva la sua torcia verso Staten Island.

Infine vide Garrett.

Con le mani incrociate dietro la schiena, portava tranquillamente a spasso il suo cane, il temibile Cujo, che trotterellava alcuni metri davanti a lui.

Quando era ancora abbastanza lontano dal medico, Nathan gridò:

"Che cosa significa?"

Garrett si voltò. Non sembrava molto stupito di vederlo, come se avesse sempre saputo che quella storia sarebbe finita lì e in quel modo.

"Credo che lo sappia benissimo, Nathan."

"Non era quello che mi aveva detto", protestò l'avvocato arrivando alla sua altezza, "lei sosteneva che ero *io* a dover morire!"

Garrett scosse la testa.

"Non l'ho mai affermato. È stato lei a crederlo."

"Sì, lo ha detto! Non ho mica sognato."

Si ricordava di avergli rivolto la domanda: *è qui per me?*

Tuttavia, riflettendoci, Nathan capì che Garrett aveva ragione: non gli aveva mai detto chiaramente che stesse per morire. L'unica volta in cui aveva acconsentito a dare una parvenza di risposta, durante la loro conversazione al bar dell'ospedale, aveva precisato: *non è proprio quello che ho detto.* Ma Nathan aveva scelto di non tener conto della sua osservazione.

Alcune altre parole di Goodrich gli risuonavano adesso in testa.

Esistono persone con il compito di preparare coloro che stanno per morire a fare il grande salto nell'altro mondo.

Il ruolo dei Messaggeri è di facilitare la separazione serena tra i vivi e i morti.

È una sorta di confraternita.

Il mondo è popolato di Messaggeri, ma pochi ne conoscono l'esistenza.

Non sono un semidio. Sono solo un uomo, esattamente come lei.

L'ultima frase.

Esattamente come lei...

Nathan ebbe un fremito. Aveva sempre avuto tutti gli elementi davanti agli occhi e non si era reso conto di nulla.

Fissò Garrett dritto negli occhi.

"Non mi ha mai annunciato la mia morte."

"In effetti", ammise il medico in tono rassegnato, "non è per questo che sono entrato in contatto con lei."

"Voleva avvertirmi che sarei diventato un Messaggero, è così?"

Goodrich annuì.

"Sì, dovevo rivelarle questa faccia nascosta della realtà. Il mio ruolo era di iniziarla a questa funzione, di assicurarmi che sarebbe stato capace di assolvere il compito che le sarebbe stato assegnato."

"Ma perché io?"

Garrett allargò le braccia con aria fatalistica.

"Non cerchi di capire quello che non si può spiegare."

Si era alzato il vento. Per Nathan era giunto il momento di avere la conferma che era venuto a cercare.

"Mallory sta per morire, non è vero?"

Garrett gli mise una mano sulla spalla e gli disse in tono dolcissimo:

"Sì, Nathan, temo di sì".

Il giovane avvocato si liberò con violenza dalla mano caritatevole del medico.

"Ma perché?" urlò disperato.

Garrett fece un profondo sospiro prima di ammettere:

"Il primo compito che attende il nuovo Messaggero è difficile perché consiste nell'accompagnare alla morte la persona che gli è più cara".

"È ignobile", gridò Nathan facendosi avanti con aria minacciosa.

Incuriosite, alcune persone si erano fermate per assistere alla scena.

"Si calmi, non sono io a stabilire le regole", ribatté tristemente Goodrich. "Ci sono passato anch'io, Nathan."

Allora l'ombra di Emily passò nei suoi occhi, facendo sbollire la rabbia di Nathan.

"Perché?" chiese disarmato. "Perché bisogna assistere alla morte della persona che si ama per accedere a questa condizione?"

"È così da sempre. È il prezzo da pagare per diventare un Messaggero."

L'avvocato si ribellò:

"Ma quale prezzo? Non ho mai avuto la possibilità di scegliere!"

Garrett si aspettava questa argomentazione.

"Non è vero, Nathan. È stato lei a decidere di ritornare."

"Lei parla a vanvera!"

Goodrich guardò Nathan con un'espressione piena di umanità. Gli sembrava di ritrovarsi venticinque anni prima, quando, giovane medico, aveva dovuto superare la stessa prova. Avrebbe voluto confortarlo, perché sapeva quanto quelle rivelazioni fossero difficili da accettare.

"Ripensi alla sua esperienza di pre-morte."

"Quando ero in coma, dopo l'incidente?"

"Sì, qual è la visione che le ha fatto scegliere di vivere?"

"..."

Nathan sentì una specie di scossa in tutto il corpo prima di essere mentalmente proiettato in un tunnel di luce.

"Che cos'ha visto?" chiese di nuovo Garrett. "Che cosa l'ha spinta a tornare fra i vivi?"

Nathan abbassò la testa.

"Ho visto un volto", ammise, "un volto che sembrava non avere età..."

Sì, ora gli ritornava in mente tutto. Si rivide bambino, a otto anni, in quel famoso momento che aveva sempre rimosso. Si ricordava bene di quella luce bianca dolcissima che lo attirava irrimediabilmente verso la morte. Poi, improvvisamente, all'ultimo momento, quando si credeva già dall'altra parte, aveva sentito che gli lasciavano la possibilità di scegliere. Andarsene per sempre o tornare.

Per aiutarlo nella decisione, gli avevano anche inviato una visione: un'immagine sfuggente, come un lampo di futuro.

Era un volto. Il volto di quella che, anni dopo, sarebbe diventata sua moglie. Fisicamente era diversa, ma dentro di sé Nathan aveva sempre saputo che era lei. Soffriva, era sola e lo invocava. Per questo era tornato: per essere accanto alla moglie quando la morte forse venuta a prenderla.

Per la terza volta, Garrett tornò alla carica:

"Chi ha visto, Nathan?"

"Era Mallory... Aveva paura. Aveva bisogno di me."

Leggere raffiche di vento increspavano le acque dell'Hudson. La nebbia si era ormai dissolta completamente e la baia era visibile in tutta la sua lunghezza, dalle rive di Brooklyn a quelle del New Jersey.

Nathan Del Amico risaliva a piedi verso il Nord di Manhattan. Sapeva che i giorni a venire sarebbero stati molto duri.

Nella sua testa c'era una gran confusione.

Che cosa avrebbe detto a Mallory quando si sarebbe trovato davanti a lei? Sarebbe riuscito a non crollare? Avrebbe saputo essere all'altezza dello schiacciante potere che ormai possedeva?

Una cosa era certa: l'avrebbe circondata di tutto l'amore di cui era capace, un amore profondo e inalterabile che non era mai finito e che sarebbe durato al di là di tutto.

Quanto al resto, non aveva ancora la forza di pensare a cosa sarebbe successo in seguito, quando Mallory non sarebbe stata più al suo fianco e lui avrebbe dovuto aiutare altri a compiere il grande salto.

Per il momento, poteva pensare solo a lei.

Sarebbe stato la sua bussola, la guida dei suoi ultimi momenti.

Il Messaggero che le avrebbe preso la mano per accompagnarla fino alla soglia di quel posto.

Quel posto sconosciuto e temuto.
Là dove andremo tutti.

All'altezza di Trinity Church, affrettò il passo: la donna che amava lo stava aspettando a casa.

E aveva bisogno di lui.

Ringraziamenti

A Valentin Musso per le numerose idee e i consigli sempre pertinenti.

Grazie, Valen, *L'uomo che credeva di non avere più tempo* non avrebbe mai assunto questa forma senza di te.

Ai miei genitori e a mio fratello Julien per gli incoraggiamenti e le critiche spesso molto fondate.

A Bernard Fixot e a Caroline Lépée.

Lavorare con voi è un privilegio.

Finito di stampare nel gennaio 2008 presso
il Nuovo Istituto Italiano d'Arti Grafiche - Bergamo
Printed in Italy

ISBN 978-88-17-02029-9